Sommerkätzchen

PIPER

Zu diesem Buch

»Ein Leben ohne Katze ist möglich, aber sinnlos« – das sagte ein berühmter Mann und sprach damit unzähligen Menschen aus der Seele. Ein paar von diesen Menschen – namentlich Liane Dirks, Thommie Bayer, Alex Capus, Gisa Pauly, Thomas Raab, Franz Hohler, Jess Jochimsen, Elfriede Hammerl, Eva Berberich, Klaus Modick und viele mehr – erzählen hier von Katzen und Menschen und natürlich auch von den nicht immer einfachen, aber stets erhellenden Beziehungen zwischen beiden. Warum zum Beispiel will man eine Katze nie wieder loswerden, wenn man sie erstmal hat? Und wie findet man heraus, ob die eigene Katze sprechen kann? Wieso gelten für Katzen grundsätzlich andere Gesetze …?

Jone Heer, geboren 1953, studierte Pädagogik und Psychologie. Sie arbeitet seit zweiundzwanzig Jahren als Psychotherapeutin in eigener Praxis in Staufen bei Freiburg.

Sommerkätzchen

Sonnige Katzengeschichten

Herausgegeben von
Jone Heer

Piper München Zürich

Mehr über unsere Autoren und Bücher:
www.piper.de

Von Jone Heer herausgegeben, liegen bei Piper vor:
Weihnachtskätzchen
Sommerkätzchen

Originalausgabe
Juli 2010

Umschlagkonzeption: semper smile, München
Umschlaggestaltung: Cornelia Niere, München
Umschlagabbildung: Christina Krutz / age fotostock
Satz: Kösel, Krugzell
Papier: Munken Print von Arctic Paper Munkedals AB, Schweden
Druck und Bindung: CPI – Clausen & Bosse, Leck
Printed in Germany ISBN 978-3-492-25842-5

Für Claudia

Richtig solche Katzen ticken,
die Mäuse mit den Tatzen kicken.
Christof Stählin

Inhalt

Eva Berberich

Von Katzen, verfluchten Dichtern und der Sommerfrische

Der Sommer war sehr groß.

Sagt der Dichter Rainer Maria Rilke. Das sagt er aber nicht einfach so daher, das sagt er im Gedicht. Wir haben es in der Schule auswendig gelernt, und es hat uns nicht geschadet. Heute meint man, das Auswendiglernen von Gedichten sei eine Tortur, die jugendlichen Seelen nicht zuzumuten ist. Weshalb man von Leuten unter fünfzig dumm angeguckt wird, wenn man mit versonnenem Lächeln sagt, der Sommer sei in diesem Jahr sehr groß.

Konrad lächelte versonnen zurück, er kennt das Gedicht, und dafür – unter anderem – liebe ich Konrad. Natürlich kennt er nicht nur dieses eine, er kennt Gedichte von den *Merseburger Zaubersprüchen* bis zu denen, die er in jungen Jahren selbst geschrieben und die er mir nie gezeigt hat.

Zur Zeit jenes Dichters mit dem eindrucksvollen Schnauzer, dem seelenvollen Blick und dem großen Sommer gab es noch andere schöne Wörter. Man sagte zum Beispiel nicht Urlaub, man sagte Sommerfrische. Ein kühles, heiteres, melodisches Wort, es schmeckt nach Sonne und Wind und einem Himmel, über den freundliche Wolken gelassen hinwegziehen. Wie bei uns im Hochschwarzwald. Viele Leute reisen von weither und zahlen ein Mordsgeld dafür, hier weilen zu können, zwischen Kuhglockengebimmel, Schafsgeblök und Güllegeruch. Denn wir sitzen mittendrin in der

Sommerfrische, wir sommerfrischeln umsonst. Aber was man immer hat, schätzt man weniger.

»Fahren wir doch ein oder zwei Wochen in eine andere Sommerfrische«, sagte Konrad. »Mich brennt's in meinen Reiseschuhn.«

Was er aber nicht wörtlich meinte, er meinte seine Autoreifen.

»Schön wär's«, sagte ich.

»Schön wird's!«, sagte Konrad.

»Und was ist mit Schlumpel?«

Schlumpel ist meine und – wenn ihr gerade danach ist – auch Konrads Katze. Eines Morgens stand hinter der Küchentür eine alte Schachtel, darin hockte ein junges Ding, rot bepelzt, mit grünen Augen, schmuddeligen Pfoten und einem Charme, dem ich sofort erlag. Hergebracht hatte sie der Pfarrer von St. Blasien, und auf einem Zettel las ich, hier vertraue er mir das Enkelkind jenes berüchtigten schwarzen Katers namens Mephistopheles an, der ihm mit seiner nächtlichen Singerei und auch sonst das Leben zur Hölle gemacht habe und dann gottlob ausgewandert sei, um, wie er vermute, auch mir das Leben zur Hölle zu machen. Dieser Mephistopheles habe reichlich herumgehurt, sei der Stammvater eines großen Geschlechtes, und für das kleine rote Ding in der Schachtel zu sorgen, gehe über seine, des Pfarrers, Kräfte. Weshalb er das, wie er zugeben müsse, durchaus anmutige, atemberaubend muntere Geschöpf meiner Obhut anvertraue. Und er werde mich in sein Nachtgebet einschließen.

So kam Schlumpel zu mir, und ich liebte sie vom ersten Moment an, wie ich ihren Großvater geliebt habe, meinen unvergesslichen Stoffele, diesen Saukater, Macho und Tunichtgut, der aus meinen Kissen die Fäden herauszog, meine Teppichfransen zerkaute, meine Hausordnung zerfetzte, meinen Schaukelstuhl zu dem seinigen erklärte und, weil er mir einen Stern vom Himmel holen wollte, vom Dach fiel, deshalb längst in den ewigen Jagdgründen weilt und gelegentlich in meine Träume hereinschaut.

»Und was ist mit Schlumpel?«, fragte ich also. »Wer soll sie, wenn wir in der Sommerfrische weilen, füttern, streicheln und ihr zehnmal am Tag sagen, dass sie die Allerliebste und Allerschönste ist?«

»Petermann«, sagte Konrad nach einigem Nachdenken.

Ich kannte keinen Petermann, dem ich meine Katze anvertraut hätte.

»Petermann ist ein Freund von mir. Der sucht gerade einen Zufluchtsort, weil seine Wohnung in Konstanz renoviert wird und der Krach ihn schier in den Wahnsinn treibe, wie er mir gesagt hat. Petermanns Nervensystem ist so sensibel, da kommt deins nicht mit. Hier hätt er's ruhig, gute Luft und Salat, frisch vom Beet.«

Ich stellte die Gretchenfrage: »Wie hält Petermann es mit Katzen?«

»Er hat mal erwähnt, seine kleine Nichte habe eine.«

Das überzeugte mich nicht von Petermanns Katzenhüterqualitäten. »Du weißt, dass Schlumpel sehr ungnädig sein kann, wenn hier Leute herumlaufen, die ihrer Meinung nach nicht in dieses Haus gehören.«

»Petermann«, sagte Konrad beschwörend, »ist aber doch ein Schöngeist und Dichter. Und Dichter gehören in dieses Haus.«

Da hatte er recht. Ich schreibe über Katzen, weil mir das Spaß macht und weil ich über Katzen schreiben muss. Denn mein Verlag will immer nur was über Katzen von mir, da Katzengeschichten nun mal gut gehen, obwohl meine anderen, nicht von Katzen bevölkerten Geschichten noch besser sind. Konrad schreibt kluge Essays über Musik und auch Erzählungen, in denen oft Leute auf unerklärliche Weise verschwinden. Weshalb ich ihn gebeten habe, bloß keine Katze verschwinden und nicht wiederkommen zu lassen, sonst sei's aus mit uns. Was Konrad gelobt und gehalten hat.

Trotzdem äußerte ich Bedenken.

»Dichter und Schöngeister mögen Katzen«, sagte Konrad. »Thomas Mann war mehr für Hunde.«

»Der gilt nicht. Baudelaire, verrückt nach Katzen, hat seine Liebe in Verse gegossen: ›Komm, meine schöne Katze, an mein verliebtes Herz!‹«

Monsieur Charles Baudelaire ist für uns nämlich kein Fremder, er ergeht sich manchmal zur Blauen Stunde in unserem Garten, sinnend und dichtend. Schlumpel mag ihn sehr. Vor allem seine grünen Haare.

»Und Robert Walser«, fuhr Konrad fort, »hat mal geschrieben: ›Ich dachte heute an nichts als an das Kätzchen.‹« Dann fiel ihm auch noch Doris Lessing ein: »›0 Katze! Schööööne Katze! Kostbare Katze! Erlesene Katze! Seidige Katze! Katze! Katze! Katze!‹ Na? Genügt das?«

»Nein. Das spricht zwar für die Dichter«, sagte ich, »aber machen Dichter auch Katzenklos sauber? Was tun Schöngeister, wenn die Katze spuckt, weil sie *Kaninchenragout sehr fein* nicht mag, unter den Schrank pinkelt, mit einem Tatzenhieb das Computerprogramm löscht?«

»Im schlimmsten Fall«, sagte Konrad, »machen sie ein Gedicht.«

»Und im besten?«

»Machen sie auch eins.«

»Aber Bruder Grau –«

Bruder Grau ist ein Kartäuser (und Kartäuserkater sind nun mal grau), der seine Zuneigung zu uns entdeckt hat. Eigentlich ist er ein wilder Streuner und fahrender Sänger, ohne einen Platz, auf dem er sein graues Haupt zur Ruhe legen kann. Und er hat immer Hunger, gewaltigen Katerhunger, den wir nach besten Kräften stillen. Er findet stets ein gefülltes Schüsselchen, auf dem geschrieben steht: *Für liebe Gäste.*

»Glaubst du, ich lass unseren grauen Bruder verhungern?«, fragte Konrad entrüstet.

»Mir wär's lieber, Petermann ließe ihn nicht verhungern«, sagte ich. »Du weilst mit mir ja in irgendeiner anderen Sommerfrische.«

»Allerdings ist Petermann –«

»Hat er einen Haken?«

»Er neigt zum Hypochondertum. Kriegt alle Krankheiten, von denen abends zuvor in den Gesundheitssendungen des Fernsehens die Rede war. Sagt man ihm, heut sehe er aber gar nicht gut aus, ist er imstand und stirbt auf der Stelle. Aber sonst leg ich für ihn die Hand ins Feuer.«

Das tat Konrad so lange, bis ich es nicht mehr sehen konnte. »Tu die Hand da raus! Probieren wir's!«

Und also probierten wir's mit Petermann, dem sensiblen Dichter und lärmempfindlichen Schöngeist.

Petermann kam, er sah pumperlgesund und prächtig aus mit seinem beigen Strohhut, den er schief trug, einem getupften, seltsam verschlungenen Etwas am Hals, einem Mittelding zwischen Krawatte und Fliege, das ich blöd fand, und Konrad auch. Aber Petermann zuliebe fand er es, wie er schmeichlerisch sagte, geradezu innovativ. Und dann erklärten wir ihm alles, den Fernseher, den Weinkeller, die Tiefkühltruhe. Den Computer nicht – von dem soll er die Dichterfinger lassen, flüsterte ich Konrad zu –, und Bruder Grau erklärten wir ihm auch.

Petermann schloss ihn sofort ins Herz, weil Bruder Grau, wie er auch, ein aus der Gesellschaft Ausgeschlossener sei, ein Sonderling, eine poetische Existenz sozusagen. Wobei ich fand, da lüge er sich in die Tasche, denn Petermann war – er hatte geerbt – durchaus wohlsituiert; es ging ihm ausgesprochen gut, jedenfalls besser als Bruder Grau, der kein bisschen poetisch und wohlsituiert war und nichts geerbt hatte. Auch plagten ihn – Petermann – weder Flöhe noch Milben noch Würmer.

Trotzdem legten wir Petermann die Nummern des Internisten, des Orthopäden, des Urologen, des Proktologen, des Chiropraktikers, die unseres Hausarztes sowie die eines gut beleumundeten Heilpraktikers neben das Telefon. Petermann sortierte seine Pillen in dafür vorgesehene Schächtelchen, die wie Schubladen in einer kleinen Kommode stecken und eingeteilt sind in Fächer für morgens, mittags, abends und nachts.

Dann kam Schlumpel. Petermann lüpfte seinen Strohhut, den er immer noch aufhatte, wegen der in unserer Höhe intensiven Sonnenstrahlung, und sagte, er habe die Ehre. Schlumpel sagte gar nichts, aber ihr Blick sagte, sie habe nicht die Ehre. Ich nahm sie auf den Arm, lobte Petermann übern Schellenbambl, wie man bei uns im Badischen sagt, er sei ein Bewunderer von Monsieur Baudelaire mit dem grünen Haar, der sie, Schlumpel, so bewundere, appellierte an ihren Großmut und ihre Intelligenz, bat sie, sich von ihrer allernettesten Seite zu zeigen. Und ich würde ihr auch was Schönes mitbringen.

Schlumpel knabberte an meinen Haaren und sagte, dann wolle sie mal nicht so sein und – da denkt meine Katze praktisch – Konrad solle ihr auch was Schönes mitbringen, von zwei schönen Mitbringseln habe man mehr als nur von einem. Wenn ich hier sage, was Schlumpel gesagt hat, dann ist das wörtlich zu nehmen. Denn in unserem Hause sprechen Mensch und Katz miteinander, das hat sich so ergeben, und wir sind dabei geblieben.

Petermann fand Schlumpel apart, ihren Namen verheißungsvoll, die Gegend herrlich, die Ruhe bemerkenswert, die Eier meiner Eierfrau wohlschmeckend, mein Quittengelee köstlich. Und so fuhren Konrad und ich beruhigt von dannen, in eine größere Stadt mit allen geistigen Anregungen, die wir hinter unserem Schwarzwaldmond eher selten finden, mit Theater, Konzert, Oper, Museen, eine Stadt voller Trubel und weltstädtischem Flair.

Die Nichtruhe, die wir sonst zu Hause nicht genießen, genossen wir dort in vollen Zügen. Allerdings hatte sich über dieser Stadt ein atlantisches Tief niedergelassen, das nicht genug von uns kriegen konnte, und wir liefen mit Regenmänteln und Schirm herum, was wir zwei Tage erfrischend fanden, dann aber nicht mehr, vor allem, weil wir hörten, auf unseren Schwarzwaldhöhen habe sich ein Azorenhoch breitgemacht und erheitere Einheimische und Fremde.

Nach zwei Wochen waren wir so erschöpft vom Genuss der Nichtruhe, dass wir uns nach unserer häuslichen Ruhe sehnten und nach einem heiteren blauen, sommerfrischen Himmel, und deshalb fuhren wir wieder heim.

Petermann stand vor der Tür und winkte uns mit seinem Strohhut herzlich zu, bedauerte sehr unsere Rückkehr und schlug vor, noch eine Urlaubswoche dranzuhängen, aber bitte nicht hier. Wir störten.

Schlumpel, die sonst immer schnell angerannt kommt, war nicht da.

»Wo steckt meine Schlumpel, Petermann?«, fragte ich.

»In meinem Bett. Sie schläft. Trampel nicht so«, sagte er zu Konrad, »Katzen und Dichter mögen's leis. Ich hol sie.« Er kam zurück, Schlumpel im Arm, sie schmiegte den schönen Kopf an seine dicke Backe.

»Habt ihr euch vertragen? Sie hat's sonst ja nicht so mit Fremden.«

»Vertragen«, sagte Petermann, »ist gar kein Ausdruck. Ich hab mich in ihr rotes Haar verliebt. Was ich auch bedichtet habe.« Petermann sah tief in Schlumpels grüne Augen und legte los:

»Im Sommer war das Gras so tief,
Daß jeder Wind daran vorüberlief.
Ich habe da dein Blut gespürt.
Und wie es heiß zu mir herüberrann.
Du hast nur meine Stirn berührt,
Da schmolz er auch schon hin, der harte Mann,
Weil's solche Liebe nicht tagtäglich gibt.
Ich hab mich in dein rotes Haar verliebt ...«

»Petermann«, sagte ich, »du lügst.«

Er sah mich empört an.

»Dieses rote Haar gehört nicht meiner Schlumpel, sondern einer Maid, die dein Dichterkollege François Villon besungen hat. Der stand auch schon auf Rot, allerdings ein paar hundert Jahre vor dir, und bei einer anderen Schlumpel. Fast hätte man ihn aufgehängt.«

»Schlumpelhalber?«, fragte Petermann besorgt.

»Nein, wegen Beleidigung der Obrigkeit und noch ein paar anderer Delikte. Er war wirklich ein Außenseiter, ein fahrender Sänger, ein Vagabund. Und ein Genie dazu.«

»Da muss ich uns verwechselt haben«, sagte Petermann unzerknirscht. »Ja, so sind wir nun mal, wir Dichter. Genial. Kritisch. Unbeugsam.«

Schlumpel beknabberte zuerst seinen Daumen, dann fraß sie einen Tupfen von seiner Krawattenfliege.

Ich erkundigte mich nach dem Befinden seiner inneren Organe.

Vor lauter Schlumpel, sagte Petermann, habe er keine Zeit gehabt, sich darum zu kümmern, habe sogar vergessen, die Pillen regelmäßig zu nehmen.

»Bleib noch einen Tag«, sagte ich großmütig, »dann müsst ihr Abschied nehmen.«

Petermann trübte ein und gestand, ohne meine Katze

nicht mehr leben zu können. Und vor allem nichts mehr zu schaffen, denn Schlumpel sei, weil poetisch so naturbegabt, eine große Hilfe für ihn.

»Wie meinst du das, Petermann?«, fragte ich nicht ohne Misstrauen, denn Schlumpels poetische Ader war mir bisher nicht aufgefallen.

»Diese Katze ist was Besonderes«, sagte er. »Die Katze aller Katzen.«

»Das wissen wir«, sagten Konrad und ich wie aus einem Mund.

Schlumpel guckte, als wisse sie das auch. Doch was heißt *wisse* – sie weiß es.

»Sie kann nicht genug kriegen«, sagte Petermann. »Will dauernd was hören.«

Schlumpel tatzelte nach Petermanns Strohhut.

»Ganz der Opa«, sagte ich. »Dem hab ich auch immer was erzählen müssen. Worauf war sie denn besonders scharf?«

»Auf mich«, sagte Petermann bescheiden. »Sie ist ganz wild nach Gedichten. Natürlich nach meinen.«

Schlumpel schleckte Petermanns Ohr ab. Petermann kicherte. »Sie versteht eine Menge davon. Ist geradezu eine Fachkatze für Lyrik. Klopft mit dem Schwanz den Rhythmus mit. Wie Goethe.«

»Was?«

»Der klopfte mit den Fingern das Metrum auf den Rücken seiner Geliebten.«

»Goethe hat Frau von Stein beklopft?«, fragte Konrad. »Das ist mir aber entgangen.«

»Nicht die«, sagte Petermann. »Eine schöne junge Dame in Rom. Sie hatte ein sehr sicheres Urteil, sicherer als so mancher Literaturpapst.«

»Die beklopfte leckere junge Dame in Rom?«

»Schlumpel. Die redet und schwafelt nicht drumherum,

wie die Literaturtrüffelschweine und Feuilletonschreiberlinge. Was sie sagt, hat Hand und Fuß, beziehungsweise Pfot. Sie ist eindeutig. Klar. Souverän. Legt sie den Schwanz rechts um sich herum, gefällt ihr das Gedicht. Ein Rechtsrumschwanz mit begleitendem Schnurren heißt *genial.* Wenn ich ihr eins von mir vorgelesen habe, hat sie ihren Schwanz fast immer rechtsrum gelegt und dabei über die Maßen geschnurrt. Du hast nie geschnurrt« – er sah Konrad kühl an –, »wenn ich dir mal eins vorgelesen hab. Schwanz links herum bedeutet, da gehst du besser noch mal drüber. Ein Bürstenschwanz mit aufgestelltem Haar heißt: Lass es lieber! Hat sie aber nur einmal gemacht. Was ihr erst einer nachmachen soll.«

Das freute mich von Herzen und erfüllte mich mit einem gewissen, aber unberechtigten Stolz, denn Schlumpels lyrischer Verstand ging ja nicht auf mein Konto.

»Ich nehm sie mit«, sagte Petermann. »Ihr könnt sie schon mal zusammenpacken. Ich werde über sie schreiben. Bedichten werd ich sie.«

Ich entriss ihm Schlumpel. »Kommt nicht in Frage. Über Schlumpel schreib nur ich! Du lässt die Finger von meiner Katze und hältst dein poetisches Maul. Bedichte meinetwegen die Bodenseeschwäne oder die Möwen, die alle Emma heißen.«

»Ich nehm sie mit«, sagte Petermann stur. »Ihr habt ja Bruder Grau. Der reicht für euch.«

»Was soll das heißen?«, rief Konrad.

»Ich brauch sie. Als Musenkatze. Als Katzenmuse.«

»Ich brauch sie auch«, sagte ich. »Als Katze.«

Schlumpel drückte den Kopf in meine Halsgrube und verlangte nach dem Mitbringsel.

»Leg dir selber eine zu«, sagte ich zu Petermann. »Katzen gibt's jede Menge. Nimm Bruder Grau! Dort hockt er hinter der Balkontür.«

»Dort ist er den ganzen Tag über gehockt«, sagte Petermann. »Oder er hat gepennt und auf die nächste Fütterung gewartet. Ich hab ihm immer eine doppelte Portion gegeben, und das dreimal am Tag. Weil er so geguckt hat.«

Bruder Grau musste es gehört haben, denn er guckte wieder so.

»Ich weiß ja, wie das ist, ein fahrender Sänger zu sein«, sagte Petermann, »ausgestoßen aus der Gesellschaft und –«

»Nimm ihn mit«, sagte Konrad. »Du kriegst ihn umsonst.«

Bruder Grau machte Männchen und kratzte am Türrahmen. Petermann winkte ihm zu, aber mitnehmen wollte er ihn nicht, weil er zu proletarisch sei und beim Fressen schmatze. »Keine Katze ist von solch poetischer Intelligenz wie Schlumpel«, sagte er. »Sie ist ungeheuer inspirierend. Die ist viel zu gut für euch. Eine solche Perle schmeißt man nicht vor die – na ja.«

»Kommt nicht in Frage«, sagte ich, und Konrad, der mir Schlumpel entrissen hatte, nickte sogar zweimal, was in diesem Fall nicht ja bedeutete, sondern ein entschiedenes Nein. So entschieden, dass ich mich fragte, wem er, vor die Wahl gestellt, entweder Schlumpel oder mich mit Petermann ziehen zu lassen, wohl den Abschied gäbe. Und ich beschloss, statt seines Leibgerichts – mit Pilzen gefüllte und mit Parmesan überbackene Pfannkuchen – zum Abendessen alte Kartoffeln mit Bibbeleskäs zu servieren, dazu Hagebuttentee.

Schlumpel heischte von Konrad zu wissen, was er ihr denn mitgebracht habe. Bruder Grau kratzte und guckte. Petermann stellte sich an. Seufzte, bettelte, erklärte, dann komme er in die Krise und werde dichterisch verstummen.

Ich blieb hart. Packte ihm noch zwei Gläser Quittengelee ein, man weiß ja nie, wann man ihn wieder brauchen kann, und zehn frische Eier, damit übersteht man auch Krisen besser. Konrad machte ein wehmütiges Foto von Petermann mit Schlumpel im Arm, dann reiste Petermann ohne Abendbrot – er hätte keinen Bissen hinuntergebracht, wie er sagte, und Bibbeleskäs sei, weil unpoetisch, sowieso nicht sein Ding – zurück an den Bodensee in ein schlumpelloses Leben, und Schlumpel verdrückte das Mitbringsel, ein Paar von der Stiftung Warentest mit »sehr gut« ausgezeichnete Wienerle. Für uns holen wir immer nur die »gut«. Bruder Grau kriegte Geflügelhäppchen an feiner Soße und machte uns klar, ab heute bestehe er auf zwei Portionen.

»Den hast du aber bezirzt«, sagte ich zu Schlumpel. Sie saß auf meinem Schoß, machte Müffchen und schnurrte; Konrad saß in seinem Musiksessel und hörte Lautenmusik von John Dowland. Die ist so beruhigend, auch Schlumpel schläft am liebsten bei Dowland. »Und zugenommen hast du ganz schön.«

Schlumpel schleckte sich die Schnauze. »Rinderhack aus Mutterweiderind. Milch von biologischen Kühen. Und Tabs. Aber nicht die billigen« – schräger Blick zu Konrad –, »sondern die besseren, die wo so riechen.«

»Was?«

»Hat er immer geholt. Wenn ich den Schwanz rechtsrum gelegt habe. Wir sind doch nicht blöd, mein Schwanz und ich. Drum hat der sich immer rechtsrum –«

»Das war kein poetisches Liebes-, sondern ein Hackfleischverhältnis«, sagte Konrad. »Bei uns beiden« – er sah mich zärtlich an – »ist's umgekehrt. Wann machst du endlich die Pilze?«

Längere Zeit hörten wir nichts von Petermann. Er geriet, wie versprochen, in eine schwere dichterische Krise, in der er ziemlich lange verweilte. Als er wieder herauskam aus der Krise und aus dem Verstummen, schrieb er einen Gedichtzyklus, durch den ein frischer poetischer Wind wehte. Er stellte ihm die Widmung *Für Schlumpel* voran, was in literarischen Kreisen einiges Rätselraten hervorrief, hatte man Petermann bisher doch eher mit Musen in Verbindung gebracht, deren Namen auf eine etwas vornehmere Abstammung hindeuteten.

Konrad und ich gefielen uns darin, abenteuerliche Vermutungen anzustellen. Da es uns an Phantasie nicht mangelt, malten wir uns aus, wie Joachim Kaiser (von der Süddeutschen Zeitung) in Schlumpel eine unerreichbare ferne Geliebte sah, ganz wie bei Beethoven, aber aus niedrigeren Kreisen. Ein wildes, schönes Natur-, Gossen- oder Schmuddelkind, dessen loser Wortschatz den bisher eher elitären, gepflegten des Dichters erfrischend bereichere. Konrad ernannte Petermann sogar zum *poète maudit*, der am heimischen, sonst eher biederbraven Bodensee eine ganze Schule begründete und dem viele junge, unbiedere, wilde Poeten, die auch gern verflucht sein wollten, nacheiferten – *Schlumpellyriker* nannten sie sich – und deren liederlichste Gedichte, gesättigt von drastischer Erotik, demnächst in einer Anthologie veröffentlicht würden. Und der Komponist Aribert Reimann, so stellten wir uns weiter vor, trage sich mit dem Gedanken, den Schlumpelzyklus zu vertonen; der Bariton Dietrich Fischer-Dieskau bedaure, diese Lieder, wegen seines Rücktritts von der Konzertbühne, nicht mehr uraufführen zu können. Und endlich werde Petermann, doch noch mit Schlumpel vereint, vermutlich in die Unsterblichkeit eingehen.

Das alles stellten wir uns aber, wie gesagt, nur vor, wohl wissend, wie albern es war. Unsere Phantasien haben sonst immer ein hohes Niveau.

Schlumpel, die sich gerade ganz unpoetisch den Hintern schleckt, ist das wurscht. Bruder Grau kratzt an der Tür und guckt so. Konrad schreibt eine Geschichte über den fahrenden Sänger, Vaganten und *verfluchten Poeten* François Villon, der im Jahre 1463, nachdem er wegen seines schlimmen Lebenswandels aus der Stadt und Grafschaft Paris verbannt worden war, spurlos verschwand.

Michael Schulte

Meine amerikanischen Katzen

Ich war beleidigt. Zwei Jahre hatte ich in New York City gelebt, der schönsten und aufregendsten Stadt der Welt, und nun war ich in Santa Fe, New Mexico, der Perle des Südwestens, wie in den Reiseführern zu lesen stand. Die Perle war stinklangweilig. Die zahlreichen Kunstgalerien boten Ölbilder feil, deren Motivvielfalt etwas begrenzt war: Kakteen vor Sonnenuntergängen und, wie ich es nannte, röhrende Indianer. Das einzige Kino zeigte Western und schlechte Krimis, das Nachtleben war, als hätte man den Ayatollah Khomeini mit der Gestaltung desselben beauftragt. In den meisten Kneipen saßen grölende Texaner, die sich benahmen wie deutsche Fußballfans nach einem Sieg ihrer Mannschaft.

Warum war ich hierhergezogen? Ich weiß es noch immer nicht. Mein Hab und Gut, in dem Anhänger meines Autos verstaut, war bald ausgeladen: eine Matratze, zwei Stühle, Bücher, der Fernseher, ein paar Textilien, Teller, Töpfe und anderer Küchenkram. Das kleine unmöblierte Haus, das ich für wenig Geld gemietet hatte, glich während meines gesamten Aufenthalts in Santa Fe bis zum letzten Tag einer gerade aufgegebenen Trödelhandlung, war sozusagen ein innenarchitektonischer Niederschlag meiner seelischen Verfassung.

Der Fernseher war die Rettung. Auf irgendeinem Kanal entdeckte ich die Wrestlers, jene muskulösen Kraftpakete, die jeden Abend Weltmeisterschaften austragen und es verstehen, in entfesselter Brutalität sich kein Haar zu krümmen. Innerhalb weniger Wochen war ich Experte; ich wusste, wer die Guten und die Bösen waren, war über alle Intrigen und Fehden informiert. Später bin ich den Wrestlers sogar eine Zeit lang zu ihren Veranstaltungen nachgereist und habe mit einigen von ihnen Freundschaft geschlossen. Leider habe ich nie meinen Lieblingsringer kennengelernt; er nannte sich George the Animal Steel, war am ganzen Körper behaart und konnte nur ein einziges Wort ausstoßen: Youuuu! Von seinem Freund Tony Randall erfuhr ich dann, dass George eine riesige Plattensammlung klassischer Musik besaß und in seiner Freizeit am liebsten Marcel Proust las.

So lag ich jeden Nachmittag und Abend auf meiner Matratze und sah den Athleten zu, Hulk Hogan, Sergeant Slaughter, Hillbilly Jim, Randy Savage, The Undertaker, Mister Fuji und so weiter. Ich kümmerte mich nicht um Santa Fe, unternahm allenfalls ein paar Ausflüge in die Berge oder zum Supermarkt.

Im Sommer ließ ich die Fenster und die Haustür offen stehen, in der Hoffnung auf einen kühlenden Luftzug. Und eines Abends erhielt ich unangemeldeten Besuch – von einer Katze. Rot und weiß gefleckt war sie, blickte ein wenig unglücklich drein und wagte schließlich den Schritt über die Schwelle. Ich brachte ihr ein Schälchen Milch, öffnete später eine Thunfischdose für sie und beobachtete das Tier beim Verzehr seiner Mahlzeit. Ohne ein Zeichen der Dankbarkeit verschwand die Katze nach dem letzten Bissen, um genau vierundzwanzig Stunden später stumm fordernd erneut zu erscheinen. Dieses Ritual wiederholte sich Tag für Tag in schöner Regelmäßigkeit, bis es mir zu dumm wurde. Während die Katze fraß und trank, schloss ich die Tür hinter und das Fenster vor ihr, ignorierte ihre Fluchtversuche und sagte: »Ich glaube, wir müssen mal ein ernstes Wort miteinander reden, Madame. Entweder du bleibst hier, um meine Hauskatze zu werden, oder du scherst dich ein für allemal zum Teufel. It's up to you. Da drüben ist ein Kissen, auf dem du schlafen kannst, gepinkelt und gekackt wird im Garten.«

Die Katze hatte genau verstanden, kam zur Matratze, ließ sich streicheln, kletterte auf meinen Bauch und sah mit mir gemeinsam zu, wie Hulk Hogan seinen Gegner unter dem Gejohle des Publikums auf die Matte zwang. Ich öffnete die Haustür, aber die Katze blieb, und ich gab ihr einen schönen Namen: Cosima.

Ein paar Tage danach geschah etwas, das den Glauben an mich selbst erschütterte, den Glauben, ich sei ein Katzenkenner. Cosima gesellte sich ein anderes Haustier hinzu, mit dem sie auf der Stelle Freundschaft schloss. Sie spielten zusammen, rollten meinen Pingpongball über den Holzboden, balgten um alte Zeitungen, vergnügten sich bei Haschen und Verstecken, fraßen gemeinsam von dem Tellerchen, das in der Küche stand. Das Futter hatte ich mit Käse und Haselnüssen angereichert, denn Cosimas Geliebter war eine Maus.

Gegen Ende der Woche sprach meine Hauswirtin Rosalie vor, die in einer Villa auf demselben Grundstück wohnte.

»Mike«, sagte sie, »ich habe festgestellt, dass du neuerdings eine Katze hast.«

»Gut beobachtet«, sagte ich.

»Offenbar hast du den Mietvertrag nicht richtig gelesen. Da steht: No pets!«

»Die Katze ist mir zugelaufen«, antwortete ich.

»Das hat absolut nichts mit der Klausel im Vertrag zu tun«, beharrte Rosalie.

»Für eine Frau kannst du erstaunlich gut logisch denken«, sagte ich.

Rosalie sah mich an wie eine cholerische Giftschlange. Am liebsten hätte sie mir fristlos gekündigt, doch das Haus war fast zwei Jahre auf dem Markt gewesen, ehe sie mich als Mieter gefunden hatte, außerdem war sie über die Maßen geldgierig.

»Ich habe gleich gewusst, dass es mit dir Ärger geben wird«, sagte sie.

»Seltsam«, log ich, »du warst mir auf Anhieb sympathisch, und ich hätte nie geglaubt, dass du dich wie eine kleinkarierte deutsche Zimmerwirtin verhalten wirst.«

Das saß. Rosalie sackte innerlich zusammen wie ein Salzburger Nockerl. Ich war stolz auf mich.

»Wo ist die Katze?«, fragte Rosalie.

»Im Garten«, sagte ich, »auf Mäusejagd; hier im Haus findet sie keine mehr.«

»Soll das heißen, dass ...?«

»In jedem Haus, das längere Zeit leer steht, sind Mäuse«, erklärte ich.

»Warum hast du nichts gesagt? Ich hätte dir Mausefallen gegeben.«

»Ich wäre unweigerlich in eine getreten«, sagte ich, »wenn ich nachts aufs Klo gehe – im Dunkeln, um Strom zu sparen.«

Im Mietpreis waren Strom- und Wasserverbrauch enthalten. Einen solchen Mieter, das wurde ihr schlagartig klar, würde sie so schnell nicht noch einmal finden. Sie überlegte.

»Wie heißt die Katze?«, fragte sie.

»Rosalie«, sagte ich.

»Wirklich?«

»Wirklich.«

Rosalie zog ab, die Katze kam rein. Ich nahm sie in den Arm.

»Nun, meine kleine Cosima«, flüsterte ich, »sieht so aus, als müsste ich dir einen neuen Namen geben.«

Wendy saß auf der Bank neben der einzigen Bäckerei in Bisbee, Arizona. In diese alte Minenstadt unweit der mexikanischen Grenze war ich gezogen, nachdem ich mich mit der Hauswirtin Rosalie endgültig verkracht hatte und die Katze Rosalie plötzlich verschwunden war. Die Bäckerei fiel durch ein spartanisch dekoriertes Schaufenster auf: zwei verschrumpelte, halb versteinerte Croissants neben einem Gummibaum, der keine Blätter mehr besaß. Auch das Angebot war beschränkt: eine Art Bienenstich, der in Konsistenz und Geschmack an Schaumstoff erinnerte, sowie Brötchen, den Überraschungseiern in Deutschland nicht unähnlich, da ihr Inneres gelegentlich Objekte aufwies, mit denen man nicht unbedingt gerechnet hatte – durchgegarte Ameisen, kleine Haarbüschel, Reste alter Telefonrechnungen und so weiter.

»Hallo, Mike«, rief Wendy, »möchtest du meine Katze haben?«

Erst jetzt merkte ich, dass zu ihren Füßen ein wunderschöner pechschwarzer Kater saß, geschmückt mit einer Leine aus Paketschnur, an die rote Papierschleifchen geknotet waren.

»Warum willst du das Tier nicht behalten?«, fragte ich.

»Weil ich kein Geld mehr für sein Futter habe.«

»Versuch's mal mit trockener Hundenahrung«, schlug ich vor, »die kostet so gut wie nichts.«

»Hab ich schon probiert«, sagte Wendy, »aber das blöde Vieh rührt das Zeug nicht an. Da belegt man nun im College Kurse in Philosophie und französischer Lyrik und kann dann nicht mal seine Katze ernähren.«

Der Kater, die Lage erfassend und den Hungertod vor Augen, sprang auf die Bank und leckte meine Hand. Mit dieser Sympathiekundgebung hatte er mich gewonnen.

»Gib her«, sagte ich, »ich nehme ihn. Wie heißt er?«

»Er hat keinen Namen«, sagte Wendy, »denk dir einen aus.«

»Ich werde ihn Hoffmann taufen«, sagte ich, »nach E.T.A. Hoffmann, einem deutschen Dichter. Er hat ein Buch über einen Kater geschrieben, den berühmtesten der Weltliteratur.«

»Wow!«, sagte Wendy. »Das muss ich mir unbedingt kaufen, wenn ich wieder Geld habe.«

Ich fuhr Hoffmann zu meiner Hütte und warf ihn ins Wohnzimmer. Der Kater sah sich nicht schnuppernd um, sondern stolzierte durchs Haus, wie wenn es ihm gehören würde, souverän und besitzergreifend. Typisch Mann, dachte ich. Hier ist eine härtere Gangart als bei der sanften Rosalie gefordert.

»Ich gehe jetzt in den Supermarkt«, sagte ich im Tonfall eines Feldwebels, »und kaufe Futter, eine Plastikschale und Katzenstreu. Wenn du in der Zwischenzeit auf den Teppichboden schiffst – weißt du, was dann passiert? Ich werde dich am Schwanz packen und über den Zaun in die schöne, weite Halbwüste von Arizona schleudern.«

Hoffmann schien nicht beeindruckt, doch er hatte verstanden. Er benahm sich tadellos, die ganze Zeit bis zu meinem nächsten Umzug. Ein selbstbewusster Kater, gleichwohl liebenswert, schenkte er mir doch so manche Maus zum Frühstück.

»Hallo, Mike!«, rief Wendy von ihrer Bank aus. »Wie geht es Goethe?«

»Goethe?«

»Dem Kater, den ich dir geschenkt habe.«

»Du meinst Hoffmann«, sagte ich. »Dem geht es ausgezeichnet.«

»Kann ich ihn wiederhaben? Ich bin unverhofft zu Geld gekommen.«

Ich setzte mich neben Wendy.

»Hör mal«, sagte ich, »häufiger Besitzerwechsel schadet Katzen, sie werden dann leicht schizophren. Das habe ich neulich in einer Fachzeitschrift gelesen.«

»Aber das wäre doch gar kein richtiger Besitzerwechsel, die Katze hat mir doch schon mal gehört.«

»Wendy, das Tier fühlt sich wohl bei mir, lassen wir es dabei. Doch die Leine mit den roten Schleifchen gebe ich dir gerne zurück.«

Wendy blickte mich traurig und vorwurfsvoll an. Sie war nicht die erste Frau in meinem Leben, die mir beleidigt war. Hoffmann habe ich schließlich meinem Stiefsohn Keith geschenkt, der ihn mit nach San Francisco nahm. Liebe auf den ersten Blick, das gibt es auch zwischen Mensch und Tier. Seit Keith bei mir wohnte, behandelte mich der Kater wie Luft. Katzen dürfen unhöflich sein, ohne Sanktionen befürchten zu müssen, sie dürfen sich ihren Bekannten nach Belieben ab- und zuwenden, eigentlich beneidenswert. Weder von Keith noch von Hoffmann habe ich jemals wieder etwas gehört.

Ich zog wieder nach New York. Diesmal werde ich keine Katze akzeptieren, das stand fest. Säugetiere haben in Städten nichts verloren. Nach etwa drei Wochen stand meine Nachbarin Jill vor der Tür – mit einer Katze im Arm!

»Definitely no!«, rief ich.

»Das arme Tier ist angefahren worden, es lag im Rinnstein, als ich vom Einkaufen zurückkam. Ich war schon beim Tierarzt, er meint, sie überlebt.«

»Wenn sie in gute Hände kommt, ich weiß. Nimm du das Vieh und vergiss alles, was du über die tierlieben Deutschen gehört hast.«

»Ich wollte sie ja nehmen, aber unser Kater verträgt sich nicht mir ihr. Er war nahe daran, sie zu zerfleischen.«

Jills Katze war in der Tat ein übles Vieh, eine fauchende

Bestie, die jeden Besucher mit ausgefahrenen Krallen anfiel und ihm Bisswunden und sonstige Blessuren zufügte. Mich ließ sie in Ruhe, seit ich ihr einen gewaltigen Faustschlag auf den Kopf versetzt hatte.

»Nur für ein paar Tage«, wimmerte Jill. »Ich gebe eine Annonce auf, und du wirst sehen, spätestens Ende der Woche meldet sich jemand bei dir.«

»Und wenn nicht?«

»Dann lasse ich sie einschläfern.«

Die Katze kann bereits vor dem Unfall nicht sehr hübsch gewesen sein. Sie hatte O-Beine, schielte, hatte einen kümmerlichen Schwanz, kaum länger als mein kleiner Finger, das Fell glich einer gebrauchten Drahtbürste. Sie sah aus wie ein Stück Flokati, das mehrere Monate auf dem Sperrmüll gelegen hatte. Wozu hat man sich von Romanen und soziologischen Essays über die geschundene Kreatur beeindrucken lassen, wenn man dann nicht einmal bereit ist, so ein bedauernswertes Wesen für ein paar Tage in karitative Pflege zu nehmen?

»Na gut, weil du's bist, Jill«, sagte ich und ging mal wieder zum Supermarkt, um Futter und das sonstige Zubehör zu kaufen.

Die Katze war mit den Erwerbungen zufrieden, fraß mit großem Appetit, doch die Art ihrer Nahrungsaufnahme kam mir seltsam vor. Sie schluckte, ohne zu kauen. Erst jetzt fiel mir auf, dass mein Pflegling an Maulsperre litt, wohl eine weitere Folge des Missgeschicks im verkehrsreichen New York. Für die kurze Zeit, die die Katze bei mir bleiben würde, lohnte es sich kaum, ihr einen Namen zu geben, dennoch taufte ich sie Milo, nach der ebenfalls böse lädierten Venus.

Milo machte es sich auf meinem Schoß gemütlich, wenn ich nachmittags auf dem Sofa lag und Musik hörte oder Bücher über die versunkene New Yorker Boheme las. Gerne hätte ich an diesen Atelierfesten und Cocktailpartys teilgenommen, aber was will man machen, wenn man zu spät geboren wurde? Ich klappte das Buch zu und stellte fest, dass meine frisch gereinigte Hose durch einen riesigen Fleck verunstaltet war. Milos offenem Maul war ein steter Speichelfluss entströmt. An den folgenden Nachmittagen breitete ich also ein Geschirrtuch auf meine Oberschenkel, doch die Katzenspucke suppte durch, worauf ich bei Woolworth eine extradicke, saugfähige Frotteematte erwarb, die gottlob gerade im Sonderangebot war.

»O Gott, das habe ich vergessen«, sagte Jill, als ich sie bat, mir die Liebes-Kätzchen-in-gute-Hände-abzugeben-Annonce zu zeigen. »Ich werde das sofort in Angriff nehmen. Soll ich erwähnen, dass das Tier ein wenig schief ist?«

»Spar dir die Mühe«, sagte ich, »ich möchte das schiefe Tier nicht mehr missen. Gib zu, dass du damit gerechnet hast, gib zu, dass mein weiches Herz von Anfang an Teil deines teuflischen Plans war.«

»Du tust mir Unrecht«, protestierte Jill. »Im Büro war nur so viel los, dass ich einfach nicht ...«

»Jaja«, unterbrach ich sie, »schon recht, mach dir keine Gedanken.«

»Am liebsten hätte ich die Katze ja behalten, wenn meine nicht ...«

»... so eine ekelhafte Kreatur wäre«, ergänzte ich. »Gib doch eine Annonce für deine Katze auf, dann kannst du meine bekommen.«

»Ich dachte, du willst sie nicht mehr missen«, sagte Jill.

»Stimmt«, gab ich zu. »Sie heißt übrigens Milo.«

»Ist das ein deutscher Künstler?«, fragte Jill.

»So was Ähnliches«, sagte ich.

Manchmal lud mich Jill in ihre Wohnung zum Abendessen ein. Dann hatte sie gewöhnlich einen Film ausgeliehen, den wir uns später ansahen. Diesmal war ihre Wahl auf

Harry and Tonto mit Art Carney gefallen, die Geschichte von einem alten Mann, der mit seiner Katze durch die USA zieht, ein Roadmovie also, und eines der schönsten, das ich je gesehen habe.

»Jill«, sagte ich, »du hast meinen Geschmack mal wieder hundertprozentig getroffen.«

Vor dem Einschlafen tagträumte ich noch ein wenig. Ich fuhr mit einem Auto, das dem von Inspektor Columbo nicht unähnlich war, durch das weite, weite Land, die potthässliche und strohdumme Milo, die Lieblingskatze meines Lebens, auf dem Rücksitz. Warum eigentlich nicht? Ein fester Wohnsitz passt ohnehin nicht so recht zu mir. Ein paar Dutzend Bücher, einen Koffer mit Kleidung, Spirituskocher samt Kochtopf, ein Zelt plus Luftmatratze und Butangaslampe, vielleicht noch einen Klappstuhl. Korkenzieher und Flaschenöffner nicht vergessen! Ich sitze vor dem Zelt, das ich am Rande eines Maisfelds aufgeschlagen habe, trinke einen sauren kalifornischen Wein und lese in einem Roman von Jean Paul. Ein Motorgeräusch schreckt mich auf, ein Pick-up hat neben meinem Wagen geparkt. Eine überaus schöne Frau steigt aus dem Auto und kommt auf mich zu.

»Hi«, sagt sie, »ich heiße Gwendolyn.«

»Ich bin Mike«, sage ich und biete ihr meinen Platz und einen Becher Wein an.

Milo kommt aus dem Maisfeld, streicht Gwendolyn um die Beine.

»Was für ein reizendes Tier«, sagt die so unvermutet aufgetauchte Frau.

»Das ist Milo«, sage ich, »meine Reisegefährtin.«

»Wohin bist du unterwegs?«, will Gwendolyn wissen.

»Ich muss die Mörder meiner Eltern finden«, sage ich, »und wenn ich das Kopfgeld kassiert habe, kaufe ich mir eine kleine Farm in Montana.«

»Und welche Rolle spielt Milo dabei?«

»Milo ist meine Assistentin. Dank ihres Spürsinns und ihrer Intelligenz werde ich die Gangster schneller finden.«

»Kommt doch erst mal zu mir nach Silverton in Colorado, mein Haus wird dir gefallen, du musst auch keine Miete zahlen.«

Wir trinken den restlichen Wein und gehen ins Zelt.

Ehe ich in Schlaf versank, dachte ich noch, ich sollte besser zwei Klappstühle und zwei Luftmatratzen kaufen.

Franz Hohler

Der Präsident

Es war morgens um sechs, als der Präsident seine Altstadtwohnung verließ und sich zu Fuß auf den Weg zum Regierungsgebäude machte.

Der Personenschutz war informiert, aber wie üblich hatte sich der Präsident eine Begleitung verbeten. Er bewegte sich gern wie ein normaler Mensch unter normalen Menschen und genoss es, in einem Land zu leben, in dem das möglich war. Er genoss es, einer zu sein, der wie irgendeiner frühmorgens zur Arbeit ging und freundlich zurückgrüßte, wenn ihn jemand freundlich grüßte.

Der Weg zum Regierungsgebäude war kurz, er führte quer durch die Altstadt, welche um lange Straßen herum angelegt war. Die Straßen nannte man ihrer Breite zum Trotz Gassen, und sie waren durch verschiedenste Quergässchen miteinander verbunden, die zum Teil so eng waren, dass sich zwei Personen gerade noch kreuzen konnten, ohne sich zu berühren. Diese Gässchen mied der Präsident auf Anraten des Personenschutzes und wählte die größeren Querstraßen, welche ebenfalls Gassennamen trugen.

An der Ecke einer Quer- mit einer Längsgasse befand sich ein Café, das schon um sechs Uhr öffnete und in dem man sich bei mildem Wetter an eines der Tischchen unter einem Laubengang setzen konnte. Meistens versah Catherine, die Gerantin, den Frühdienst selbst, und wenn der Präsident, wie heute, dort Platz nahm, hatte er wenig später einen Café au Lait mit einem Croissant vor sich.

»Bonjour, Monsieur le Président«, sagte Catherine, eine etwas füllige, fröhliche Frau, die stets eine rot-weiß karierte Schürze trug und ihre Haare in zwei Zöpfen um den Kopf geschlungen hatte. Der Präsident antwortete mit »Bonjour, Madame Catherine«, und wenn er sich fünf Minuten später erhob, sechs Franken auf den Tisch legte und weiterging, rief sie ihm unter der Tür »Au revoir, bonne journée!« nach, und er rief »Merci, pareillement!« zurück, und nach diesem Morgenritual konnte der Tag beginnen.

Heute blieb er etwas länger, denn kurz bevor er den Kaffee ausgetrunken hatte, hörte er vom Stuhl, auf den er seine Mappe gestellt hatte, ein Miauen und sah, dass eine junge Katze hinaufgehüpft war und ihn anblickte, erwartungsvoll, wie ihm schien. Der Präsident blickte sie auch an, hob dann die Augenbrauen und sagte: »Na, noch nicht gefrühstückt?«

Als die kleine Katze wieder ihr dünnes Miauen hören ließ, nahm er eine große Brosame seines Croissants, nässte sie mit einem Rest geschäumter Milch aus seiner Kaffeetasse und hielt sie der Katze hin. Diese musterte sie nur kurz, schnappte sie sich mit einer ebenso schnellen wie graziösen Bewegung und nahm dann wieder ihre erwartungsvolle Haltung ein.

Der Präsident, amüsiert, fütterte ihr noch zwei, drei Stücklein, kraulte sie auch ein bisschen am Brustlatz, und als die Wirtin heraustrat, fragte er sie, ob das ihre Katze sei. Nein, sagte diese, sie habe sie gestern schon gesehen, wisse aber nicht, wo sie herkomme, hoffentlich störe sie ihn nicht.

»Wir sind schon Freunde«, sagte der Präsident lächelnd, stand auf, nahm seine Mappe vom Stuhl und verabschiedete sich.

Als er wenig später an einem Fußgängerstreifen anhielt, um nach links und rechts zu schauen, bemerkte er neben seinem rechten Fuß die junge Katze.

»Ssst!«, zischte er ihr zu und schüttelte dazu drohend seine Mappe, »geh nach Hause!«

Dann überquerte er die Straße, und hinter ihm her, zierlich und unbeirrbar, ging die kleine Katze.

Der Präsident blieb auf der anderen Straßenseite stehen, zusammen mit dem Kätzchen, dachte einen Augenblick nach, drehte sich dann um und ging wieder zurück, gefolgt vom Kätzchen. Drüben angekommen, beugte er sich nieder, packte die junge Katze am Nacken und warf sie in die Richtung, aus der er vorher gekommen war. Dann betrat er den Fußgängerstreifen so schnell, dass ein Lieferwagen scharf abbremsen musste, und strebte mit schnellem Schritt dem nahen Regierungsgebäude zu.

Der Sicherheitsbeamte am Eingang grüßte ihn respektvoll, als er ihm die Pforte neben der Schleuse für die Parlamentarier öffnete, und fragte ihn: »Alles in Ordnung, Herr Präsident?«

»Danke, Herr Schmid«, sagte der Präsident und wunderte sich erst im Weitergehen ein bisschen über die Frage, die ihm so noch nie gestellt worden war. Auch hatte er das Gefühl, im Blick des trockenen Schmid sei ein leichtes Erstaunen gelegen.

Er stieg die große Treppe hoch und bog dann in den Korridor ab, der zu seinem Büro führte. Erst als er vor der Tür stand und seinen Schlüssel aus der Tasche zog, sah er das Kätzchen. Es hatte sich vor die Türschwelle gesetzt und blickte zu ihm hinauf. Einen Moment lang war er fassungslos. Dann schaute er sich um. Es war noch früh, er war allein. Er bückte sich, hob das Kätzchen auf und ging mit ihm zum Ende des Ganges. Dort öffnete er das Fenster und schaute hinunter. Katzen haben sieben Leben, dachte er und maß mit den Augen die Höhe bis zum Hof. Das Kätzchen miaute.

»Du Lauskerl«, sagte er, schloss das Fenster, ging zurück

zu seiner Tür und setzte es vor die Schwelle. Dann schloss er die Tür auf, und das Kätzchen spazierte hinein, noch bevor er selbst sein Büro betrat.

Als er sich an sein Pult setzte, setzte sich die junge Katze neben seinen Bürostuhl und begann sich die Pfoten zu schlecken.

Ihr Fell war grau und hellbraun getigert, unter dem Kopf hatte sie einen großen weißen Fleck, der sich bis zu ihrer Schnauze fortsetzte; in ihrem Gesicht dominierte die braune Farbe, nur die Ohren waren grau, mit feinen hellbraunen Rändern.

»Bald kommt Frau Ehrismann, dann kannst du zu ihr«, sagte der Präsident zum Kätzchen. Danach entnahm er der Mappe seine Agenda und das Dossier zur Krankenkassenfrage, über dem er gestern Nacht eingeschlafen war.

Vor ihm auf dem Schreibtisch lag der heutige Tagesablauf, den ihm Frau Ehrismann gestern Abend hingelegt hatte, und ein Blick darauf bestätigte ihm, dass, wie eigentlich immer, ein unerbittlicher Stundenplan bevorstand.

Gleich um acht kam eine Delegation der Rüstungsindustrie, die mit ihm über die Bewilligungspraxis für Waffenexporte sprechen wollte. Der Termin war neu und ärgerlich, er vertrat dabei die Wirtschaftsministerin, die gestern Hals über Kopf in die Vereinigten Staaten geflogen war, um dort der größten Bank ihres Landes erneut die politische Rückendeckung zu geben, die sie gar nicht verdient hatte. Ihre Meinung zu den Fragen lag in einem Sichtmäppchen unter dem Tagesplan, sie hatte auf einer A4-Seite Platz. Ihr Departementchef würde auch dabei sein, der wusste Bescheid, er sollte schon vorher zu einer kurzen Vorbesprechung kommen. Um neun wollte ihm die Kommission für Kinder- und Jugendfragen die Studie zur Jugendsexualität im Wandel der Zeit vorstellen, ein Thema, von dem er überhaupt nichts wusste und eigentlich auch nichts wissen wollte, darauf gab es bis zum Mittag Besprechungen mit Direktoren seiner Abteilungen, von Suchtprävention über Lebensmittelkontrolle bis zu Pensionskassen, Briefing, Coaching, Wording, las er auf seinem Tagesblatt und fragte sich, ob eigentlich Englisch die Amtssprache sei, zum Mittagessen traf er sich mit dem Protokollchef und dem schwedischen Botschafter, um den bevorstehenden Besuch des schwedischen Königspaares zu besprechen, und am Nachmittag war das große Hearing zu den Krankenkassenprämien angesagt, mit Vertretern der Kassen, der Ärzte und der Spitäler, dann warteten zwei Journalisten einer Sonntagszeitung auf ein großes Interview, und was noch bleiben würde, war für das vorgesehen, was er Signierstunde nannte, nämlich dem Unterschreiben amtlicher Dokumente und Briefe, doch der Abend war, als einziger dieser Woche, frei. Zwar wusste er, dass er zu Hause seine Jubiläumsansprache an die Verbände der Freiwilligenhilfe fertigschreiben musste, aber dennoch gab ihm das ein kleines Gefühl von Freiheit zurück, das er so oft vermisste, und er öffnete mit Schwung den Krankenkassenordner, um mit dessen Studium dort fortzufahren, wo er gestern eingeschlafen war.

Als Frau Ehrismann anklopfte, um einen guten Tag zu wünschen und ihn zu fragen, ob er etwas von ihr brauche, sagte er lächelnd, er habe einen Gast mitgebracht, und er wäre froh, wenn sie sich um ihn kümmern könnte. Seine Sekretärin war ebenso verwundert wie gerührt, als sie das Kätzchen sah, das immer noch neben dem Bürostuhl saß, und schüttelte ungläubig den Kopf über die kleine Morgengeschichte des Präsidenten.

Als sie jedoch hinter das Pult kam, um die junge Katze zu ergreifen, rannte diese unter dem Pult durch und sprang auf die Polster der Besuchersitzgruppe.

»Moment«, sagte der Präsident, »lassen Sie mich das machen«, erhob sich und ging auf das Sofa zu, auf dem sich die kleine Katze inzwischen rekelte. Doch als er sie nehmen wollte, hüpfte sie hinunter und war sofort auf der anderen Seite des Büros, kletterte an einem Vorhang hinauf und stand auf dem Fenstersims.

»Kann ich helfen?«, fragte der Departementschef, der nun unter der Türe stand.

»Das erste Exportproblem«, sagte der Präsident, »die kleine Katze sollte ins Vorzimmer, Lösungsvorschläge sind willkommen.«

»Mach ich«, sagte der Departementschef, legte seinen Ordner auf das Pult, ging langsam zum Vorhang hinüber, nahm die Kordel und ließ sie über dem Kätzchen hin und her pendeln.

Tatsächlich folgte die junge Katze mit dem Blick gespannt den Bewegungen, und sowie sie sich auf die Hinterpfoten stellte, um nach der Quaste zu greifen, packte er sie am Nacken und trug sie trotz ihres empörten Zappelns und Miauens ins Vorzimmer, gefolgt von Frau Ehrismann, welche die Tür hinter sich zuzog.

Als der Departementschef nach ein paar Minuten das Präsidialzimmer wieder betrat, hatte er ein dickes Pflaster auf dem linken Handrücken.

»Oh«, sagte der Präsident, »ein leidenschaftliches Tierchen.«

»Kann man sagen«, antwortete der Departementschef säuerlich und begann dann mit dem Briefing.

Bald traten die vier Herren von der Rüstungsindustrie ein. Man nahm auf der Sitzgruppe Platz, der Präsident erläuterte ihnen, weshalb Pakistan als Exportland nicht mehr in Frage kommen dürfte, der CEO der größten Waffenschmiede betonte, es handle sich nur um Luftabwehrsysteme, die ja wohl kaum gegen die Taliban eingesetzt werden könnten, worauf der Departementschef eine vertrauliche amerikanische Information hervorzog, aus der hervorging, dass die Taliban schon seit einiger Zeit Flugzeuge gegen afghanische Stellungen einsetzten.

An dieser Stelle hüpfte die kleine Katze, die sich offenbar mit der Delegation eingeschlichen hatte, dem Präsidenten auf die Knie. Die Herren von der Rüstung waren perplex.

»Ihr neues Haustier?«, fragte der CEO schließlich, halb im Scherz.

»Ja«, sagte der Präsident und kraulte der Katze den Kopf, »ist sie nicht hübsch?«

»Und wie heißt sie?« fragte ein Panzerwagenfabrikant.

»Smeralda«, sagte der Präsident zu seiner eigenen Überraschung. Die Katze schnurrte leise.

Der Departementschef funktionierte sein Prusten in ein Husten um, das er mit seiner gepflasterten Hand abdeckte.

Von dem Moment an verlief die Sitzung jedoch bedeutend entspannter, was ihre Ergebnislosigkeit erträglicher machte. Nachdem sich die Delegation verabschiedet hatte und der CEO dabei auch Smeralda übers Köpfchen gefahren war, teilte der Präsident seiner Sekretärin mit, er behalte das Kätzchen vorderhand bei sich, und ob sie ein gepolstertes Körbchen sowie etwas Katzenstreue besorgen könne.

Die Nachricht, der Präsident habe in seinem Büro ein Haustier, sprach sich in seinem Departement so schnell herum, dass bereits die Abteilungsleiterin der Suchtprävention zur Sitzung eine Dose Gourmetkatzenfutter mit Thunfisch mitbrachte.

Smeralda verhielt sich manierlich, sah zwar nach einem kurzen Beschnuppern des Körbchens, das ihr Frau Ehrismann hingestellt hatte, davon ab, dieses in Anspruch zu nehmen, benutzte aber sofort die in einer Ecke auf einer Tageszeitung aufgehäufte Katzenstreue. Danach strich sie dem Präsidenten schnurrend um die Beine.

Dieser merkte, dass ihn die Gegenwart des Kätzchens eigenartig beschwingte. Keine Besprechung konnte beginnen, bevor Smeralda nicht erstaunt und belustigt zur Kenntnis genommen worden war. Sie wusste sich stets unwiderstehlich in Szene zu setzen, sei es, dass sie auf das Pult des Präsidenten oder auf das Tischchen der Sitzgruppe sprang, immer so, als wolle sie die jeweiligen Besucher begrüßen.

Bevor der Präsident gegen Mittag sein Büro verließ, öffnete er eigenhändig die Dose mit dem Katzenfutter, drückte dessen Inhalt auf seine Kaffeeuntertasse und kratzte die Reste mit einem Teelöffel aus. Er orderte bei Frau Ehrismann noch ein Fresströglein, und Smeralda schaute nur kurz zu ihm auf, als er ihr sagte, er sei über Mittag weg und komme nachher wieder.

Das Mittagessen mit dem schwedischen Botschafter verlief zur Zufriedenheit, doch nach der Verabschiedung nahm ihn der Protokollchef zur Seite und fragte ihn, was es mit dieser jungen Katze in seinem Büro auf sich habe. Die Antwort des Präsidenten, das sei sein neues Haustier, welches ihm bei seinen Amtsgeschäften Gesellschaft leiste, befriedigte den Protokollchef nicht. Sie müssten sich, sagte er, dringend auf eine Sprachregelung einigen, und ob er ihn in seinem Büro noch vor dem Interview mit der Sonntagszeitung kurz aufsuchen dürfe.

Gut, sagte der Präsident, wenn ihn das so beunruhige, solle er kommen, er verstehe zwar nicht, was da so Besonderes dabei sei. Er schmunzelte auf seinem Gang ins Büro. Doch als er die Tür öffnete, erschrak er.

Die Katzenstreue war über den ganzen Boden verteilt, es roch nach öligem Thunfisch und Pisse, und als er den ersten Schritt machte, um die Tür hinter sich zuzuziehen, zerquetschte er mit dem linken Schuh ein Würstchen Katzenscheiße, dessen Duft sich sofort mit dem Hafenkneipendunst vermengte, der den Raum erfüllte. Smeralda lag auf dem vordersten Sitz der Polstergruppe, streckte die Vorderpfoten aus und gähnte. Die Striemen auf dem Bezug zeigten, dass sie versucht hatte, das Polster aufzukratzen.

Der Präsident schüttelte den Kopf. Hätte ihm gestern jemand gesagt, er würde sein Büro heute so vorfinden, er hätte ihn für verrückt erklärt.

Dann beschloss er zu lachen.

Er rief Frau Ehrismann, welche beim Anblick des Büros kurz die Fassung verlor, und bat sie, auf den Beginn des Hearings, das in einem der Sitzungszimmer angesagt war, den Reinigungsservice zu bestellen. Ihre Frage, ob sie das Kätzchen zu sich nehmen oder es durch den Hausdienst abholen lassen solle, verneinte er entschieden.

»Das Tierchen gefällt mir«, sagte er, »ich behalte es.«

In fünf Minuten, sagte sie, seien der Staatssekretär des Außenministeriums und der Dolmetscher da für das kurzfristig anberaumte Telefongespräch, ob er lieber das Büro wechseln wolle.

»Ach woher«, sagte der Präsident heiter, und als er wenig später von seinem Pult aus mit der rasselnden Stimme eines weit entfernten Diktators sprach, assistiert vom angestrengten Staatssekretär und einem sichtlich gestressten Dolmetscher, die beide ihre Stühle durch die Katzenstreue zum Pult gezogen hatten, hielt er dazu Smeralda auf den Knien und streichelte sie. Es ging um zwei Bürger seines Landes, die schon länger in einem Schurkenstaat festgehalten wurden und an deren Freilassung der Präsident dieses Staates immer wieder neue Bedingungen knüpfte.

Das Gespräch dauerte nicht lange, denn als sein Kontrahent eine zusätzliche Million für die Überstellungskosten verlangte, sagte der Präsident: »Ich weiß, dass Ihnen unsere zwei Bürger egal sind. Und wissen Sie was? Mir sind sie auch egal.« Erbleichend hatte der Dolmetscher die Sätze in die fremde Sprache übersetzt, und bestürzt blickte der Staatssekretär auf seinen Präsidenten, als dieser jetzt in ein großes Gelächter ausbrach. Zu ihrem Erstaunen erklang aber aus dem Telefonlautsprecher ein ebensolches Gelächter, Smeralda miaute laut, und dann brach die Verbindung ab.

Verstört verließ der Staatssekretär das Präsidialzimmer, zog sich draußen einen Schuh aus und wischte sich mit einem Papiertaschentuch Katzendreck von der Sohle, während sich der Dolmetscher fragte, ob er die verhängnisvollen Sätze nicht besser etwas gemildert übersetzt hätte.

Gut gelaunt betrat der Präsident um drei Uhr nachmittags das Sitzungszimmer, gefolgt von Smeralda, die beflissen hinter ihm hertrippelte.

Ein Raunen ging durch die Anwesenden, als das Kätzchen auf den Tisch sprang, an den sich der Präsident gesetzt hatte, und begann, sich sorgfältig das Fell zu lecken.

»Meine neue Mitarbeiterin«, sagte der Präsident launig, und den Interessenvertretern blieb nichts anderes übrig als zu lachen, wenn ihnen auch die Irritation deutlich anzusehen war.

Dann eröffnete er die Sitzung mit der Frage: »Hat irgendjemand von Ihnen eine Ahnung, wie man die Gesundheitskosten senken könnte?«

Resultate brachte das zweistündige Hearing wie erwartet keine, aber die Stimmung war entspannt, ohne die üblichen Gehässigkeiten.

Der Protokollchef erwartete ihn am Eingang des Sitzungszimmers mit der Frage, ob er für das Interview das Kätzchen Frau Ehrismann geben wolle.

Ach nein, sagte der Präsident, ihn störe das alles nicht, und wo das Problem sei?

Er habe, antwortete der Protokollchef, beim Bundeshaushistoriker nachgefragt, und es sei in der ganzen Geschichte des Landes kein einziges Regierungsmitglied bekannt, das ein Haustier mit ins Büro genommen habe.

»Dann ist es mal Zeit für etwas Neues«, sagte der Präsident, und auch für die Beschwörungen, wenigstens den Fressnapf und die Katzenstreue vorübergehend zu entfernen, hatte er kein Gehör.

Kurz bevor die Journalisten kamen, erreichte ihn die Nachricht, die zwei Geiseln seien freigelassen worden.

Das wurde dann auch das erste Thema des Interviews, und auf die Frage, wie er das geschafft habe, sagte der Präsident mit Blick auf Smeralda, die er auf den Knien hielt, seine neue Mitarbeiterin habe ihn für das Telefongespräch gecoacht.

Die zwei Journalisten wussten nicht recht, was sie von dem Kätzchen im Büro und vom ungewohnt ironischen und aufgeräumten Tonfall des Präsidenten halten sollten, aber der Fotograf fragte nicht lange und schoss ein Bild nach dem anderen vom Magistraten mit seinem Kätzchen, das die Aufmerksamkeit zu genießen schien, und vergaß mit seinem Sucher auch nicht die Ecke mit dem Futternapf und der Streue, welche inzwischen in einem Karton für A4-Blätter lag.

Als ihn Frau Ehrismann später, nach der Signierstunde, fragte, wie es denn nun mit der jungen Katze weitergehen solle, sie habe mit ihrer Schwester gesprochen und könnte sie ihr ohne Weiteres bringen, da ihre Nichte schon lang gern ein Tierchen hätte, bedankte sich der Präsident und sagte, nein, er habe sich entschlossen, Smeralda mit nach Hause zu nehmen.

Vergeblich malte ihm seine Sekretärin all die Abende aus, an welchen er die Katze allein lassen müsste, das schien den Präsidenten nicht zu kümmern, und auch der Frage, wie diese denn jeweils vom Büro in die Wohnung kommen werde, wenn er, wie meistens, gleich nach der Arbeit zu einem Anlass irgendwohin gehen müsse, wich er aus.

Das werde sich schon machen lassen, sagte er, verglichen

mit der Senkung der Gesundheitskosten sei das doch wohl ein kleines Problem, und ob sie ihm morgen nochmals einen Futternapf ins Büro stellen könne, er nehme den hier in seine Wohnung mit, der sei aus Metall und glänze so schön.

Frau Ehrismann resignierte. Gut, sagte sie dann, das müsse *er* wissen, sie gebe ihm ihre Einkaufstasche mit, in die sie den Napf stelle und auch ein bisschen Streue in einer Papiertüte, zusammen mit einem Karton, und, sagte sie leicht verlegen, eine Dose Katzenfutter mit Geflügel habe sie auch noch besorgt, die lege sie ihm hinein, dann könne er ja das Kätzchen für den Nachhauseweg ebenfalls in die Einkaufstasche setzen.

Nachdem sie alles vorbereitet und sich verabschiedet hatte, blieb der Präsident noch etwas in seinem Büro sitzen, schaute seine Agenda an und dachte über den morgigen Tag nach, und zwar weniger über den Inhalt seiner Verpflichtungen, sondern darüber, was diese für Smeralda bedeuteten. Wo konnte sie dabei sein und wo nicht?

Bei seinem Auftritt vor dem Parlament zum Kulturförderungsgesetz eher nicht, hingegen hatte er heute erfahren, wie auflockernd sich ihre Anwesenheit auf den Verlauf von Sitzungen und Besprechungen auswirkte. Oder würde sich das wieder ändern, sobald man sich daran gewöhnt hätte? Und wenn sie in ein paar Wochen oder Monaten den Charme der jungen Katze verlöre?

Daran mochte er jetzt nicht denken. Etwas an ihr rührte ihn mehr, als er verstehen konnte. Das Leben, in das sie eingedrungen war, sein Leben, war eine spröde Angelegenheit, manchmal kam es ihm vor, als spiele es sich zwischen den Deckeln seiner Agenda ab. Er war geschieden und steckte so tief in seiner Arbeit, dass er kaum noch Freunde hatte, mit denen er sich regelmäßig traf. Er war nicht sehr beliebt, wollte es auch nie sein. Politik, sagte er gelegentlich, solle man nicht machen, wenn man geliebt werden wolle. Und plötzlich war da ein Wesen, das ihn offensichtlich liebte, und zwar so sehr, dass es unbedingt bei ihm bleiben wollte.

Er erhob sich und ging zur Türe, das Kätzchen sprang auf, ging mit und schaute zu ihm hoch.

Er kniete sich nieder, blickte ihm in die Augen und kraulte es hinter den Ohren.

»Na, mein Kleines, kommst du mit?« Smeralda miaute, er hob sie auf und ließ sie sanft in die Einkaufstasche gleiten. Dann nahm er die Tasche in die linke Hand, trat zum Büro hinaus und schloss die Tür ab.

Erst unterwegs merkte er, dass er seine Mappe vergessen hatte, entschied sich aber, nicht umzukehren, da er heute Abend auch ohne die Unterlagen darin auskommen würde. Smeralda hielt sich schön still in der Tasche und machte keinen Versuch hinauszukriechen. Offenbar hatte er sie von seinen guten Absichten überzeugt.

Er vermied es, denselben Weg zu gehen, auf dem er am Morgen gekommen war, denn er fürchtete, das Kätzchen könnte beim Bistro wieder hinausspringen und dorthin zurückgehen, woher es gekommen war. Deshalb nahm er zwischen zwei Längsstraßen eine der engen Gassen.

Den Mann mit der Mütze, der ihm »Präsident!« zurief und dann eine Pistole auf ihn richtete, sah er erst im letzten Moment. Er riss seine Tasche zur Brust hoch, und gleichzeitig fiel ein ohrenbetäubender Schuss. Mit einem Aufschrei ging der Präsident zu Boden, der Attentäter drehte sich um und flüchtete. Einer der Bodyguards, die dem Präsidenten unauffällig gefolgt waren, rannte hinter dem Schützen her, der andere kniete neben dem Angeschossenen nieder. Blut sickerte auf das Pflaster, immer mehr.

»Herr Präsident«, rief der Bodyguard, »sind Sie verletzt?«

Der Präsident lag mit geschlossenen Augen auf dem Boden, aber er atmete. Der Notfallarzt, der kurz danach auf dem Platz war, fand keine Verletzung und vermutete eine Hirnerschütterung durch den Sturz. Die Kugel, so zeigte sich, hatte den metallenen Napf durchschlagen und war abgelenkt worden, doch die Wucht des Aufpralls hatte den Präsidenten zu Boden geworfen.

Das Blut kam vom Kätzchen.

Karin Gündisch

Mitzpuff

Er hieß nicht Mitzpuff, nur wir haben ihn so genannt. Unsere Nachbarn, ein junges, noch kinderloses Ehepaar, nannten ihn anders, aber diesen eigentlichen Namen habe ich mir nie merken können. Er hatte glänzendes schwarzes Fell und war sehr gut genährt. Als ich ihn das erste Mal sah, schlief unsere Nachbarin, die wir später im Geheimen nur noch Frau Mitzpuff nannten, im Liegestuhl auf der Terrasse und hielt ihn an der Leine. Er sah mich mit seinen gelbgrünen Augen an, bewegte sich ganz sacht auf mich zu, so dass die Leine aus der schlaff herabhängenden Hand meiner Nachbarin glitt und er sich etwas freier bewegen konnte. Er kam bis zu den Blumentrögen, die unseren Terrassenteil von dem der Nachbarn trennte, und wagte sich nicht weiter. Wahrscheinlich schüchterte ich ihn ein. Später überwand er seine Scheu und besuchte uns oft, allerdings erst, als seine Halter beschlossen hatten, ihm mehr Freiheit zu gewähren.

Bei meinem ersten und einzigen Besuch in der Nachbarwohnung, der nur zustande kam, weil meine Kinder mir nicht glaubten, dass Mitzpuff existierte – er hatte sich ihnen in der ersten Zeit nie gezeigt –, fiel mir im geräumigen Wohnzimmer ein Gestell auf, das aus einem Bein bestand, auf dem sich ein mit Samt ausgelegtes Tablett befand. Auf diesen Katzenbaum klettere Mitzpuff hoch, sagte meine Nachbarin, und da fühle er sich am wohlsten. Manchmal spiele er auch mit den Spielsachen, die vom Tablett herunterhingen. Ob er denn nicht mehr Bewegungsdrang verspüre?, erkundigte ich mich, aber meine Nachbarin verneinte, Mitzpuff sei außerhalb des Hauses ängstlich und unglücklich. Sie selbst hätte ihn ja gar nicht gewollt, früher sei sie berufstätig gewesen und habe gar keine Zeit für ihn gehabt. Da fiel mir auf, dass auch meine Nachbarin gelbgrüne Augen hatte. Ihr Mann habe ihn angeschafft, und nun könnten sie nicht einmal mehr in den Urlaub fahren, weil Mitzpuff sich in Hotels nicht wohl fühle. Sie hätten einen Versuch gemacht am Tegernsee, doch es sei nicht zum Aushalten gewesen, denn Mitzpuff hätte schon am zweiten Tag von der ungewohnten Kost Durchfall bekommen, und in der Nacht hätte er wie ein kleines Kind gejammert, da ihm der Ort nicht behagte. Sie hätten dann den Urlaub abbrechen müssen, und ihr Mann habe sich geweigert, einen zweiten Urlaub an einem bekömmlicheren Ort zu buchen.

In dem darauffolgenden Winter schaffte sich meine Nachbarin einen glänzenden schwarzen Pelz an, weil es so kalt geworden war. Als sie mir den Preis nannte, den ihr Mann dafür bezahlt hatte, verengten sich ihre Pupillen zu schmalen Schlitzen, und sie fauchte mir die Summe förmlich ins Gesicht. Ich erinnere mich, dass sie damals sehr oft Streit mit ihrem Mann hatte, der tagsüber zur Arbeit ging und abends in die Wirtshäuser, und manchmal drang durch die dünnen Wände, die unsere Wohnungen trennten, ein Miauen und ein Greinen, das einem Kinderweinen nicht unähnlich klang. Ich glaube, Herr Mitzpuff schlug seine Frau im Suff, und mein Verdacht verstärkte sich, nachdem ich in seinem Gesicht deutliche Kratzspuren festgestellt hatte.

Eines Tages erwischte ich Mitzpuff in unserem Wohnzimmer. Er hatte ein Usambaraveilchen umgeworfen, die Schlaufe seiner Leine war am Blumenständer hängen geblieben, er war ängstlich in eine Ecke geflüchtet, von wo er sich nicht mehr heraustraute. Ich befreite ihn, und er verschwand mit einem Satz durch die geöffnete Balkontür.

In der ersten Zeit störten mich Mitzpuffs Besuche nicht sonderlich, aber allmählich wurden sie mir zum Alptraum, da Frau Mitzpuff ihm jedes Mal nachschlich. So konnte es passieren, dass ich gedankenverloren vor meinem Kleiderschrank im Schlafzimmer stand, einen Rock oder eine Hose suchen wollte, und plötzlich sah ich im Spiegel neben mir Frau Mitzpuff, die seltsamerweise jetzt auch im Sommer den glänzenden schwarzen Pelz trug und die Augen tagsüber immer zu dunklen Schlitzen verengt hatte. Sie suche Mitzpuff, sagte sie entschuldigend, verwendete natürlich den anderen Namen, er würde unsere Wohnung anscheinend bevorzugen, seitdem sie und ihr Mann beschlossen hätten, ihm mehr Freiheit zu geben. Sie suchte in meinem Kleiderschrank, der offen stand, und unter unserem Ehebett, aber Mitzpuff war schon ins Wohnzimmer geschlichen, und von dort konnten wir ihn nur mit vereinten Kräften vertreiben, wobei wieder ein Blumentopf, diesmal eine Orchidee, in die Brüche ging.

Einmal, bei einer Familienfeier, sahen wir aus unserem Wohnzimmerfenster, wie Mitzpuff über unsere Terrasse stolzierte, und kurz darauf kroch ihm die Frau auf allen vieren nach, so sah es jedenfalls aus, und schielte zu unserem Fenster hinüber. Sie kam ganz nah heran, und ihre Augen glänzten gelbgrün in der Dunkelheit, denn wir hatten das Licht ausgemacht, um Mitzpuff zu beobachten. Als sie bemerkte, dass wir ihr alle zusahen, duckte sie sich und verschwand mit einem Satz über die Blumentröge auf die andere Terrassenseite. Mein Sohn, der viel fernsieht, behauptete, auf unserer Terrasse sei ein Monster gewesen, und meine Mutter sagte, sie hätte noch nie einen so großen und fetten Kater gesehen. Ich sagte, sie hätten sich alle getäuscht, das sei meine Nachbarin im Pelzmantel gewesen, und danach sahen mich alle etwas verunsichert an, und meine Mutter fragte, ob mir meine Nerven in letzter Zeit noch zu schaffen gemacht hätten.

Wir haben ziemlich viel Geduld gehabt mit unserer Nachbarin. Ich fühlte mich in meinem Schlafzimmer und auch im Wohnzimmer ständig beobachtet, obwohl wir im ersten Stock wohnten und unsere Fenster also nicht direkt auf die Straße gingen. Ich hatte das Gefühl, auf einer Bühne zu leben, die nur durch ein Fenster von meinem Publikum auf der Terrasse getrennt war. Da endlich entschloss sich mein Mann einzugreifen, weil ich offensichtlich nicht imstande war, mich zu wehren. Als die beiden Mitzpuff ihn nackt im Schlafzimmer überraschten – wir hielten die Balkontüren im Sommer immer offen –, verjagte er sie schimpfend. Ich fand, er hätte nicht so grob sein müssen, er aber meinte, ich könne nicht erwarten, dass er nackt, wie er gewesen sei, sich zu einem höflichen Hinausschmiss hätte durchringen können. In der darauffolgenden Nacht, als wir schon im Bett lagen und im Einschlafen waren, kam ein Fauchen, ein Greinen und Miauen aus der Nachbarwohnung, das uns den Atem stocken ließ, und als der Nachbar am nächsten Morgen zur Arbeit ging, waren sein ganzes Gesicht und auch der Hals zerkratzt und blutunterlaufen. Ich konnte ihm nicht in die Augen sehen, da ich dachte, dass ihn seine Frau diesmal arg zugerichtet hatte.

Noch am selben Vormittag kam der Möbelwagen, und der Möbelpacker trug das einbeinige Gestell mit dem samtausgelegten Tablett, den Katzenbaum, die Treppen hinunter. Von da an wurde es sehr ruhig in der Wohnung neben uns, denn der Mann ging tagsüber zur Arbeit und abends ins Wirtshaus, und offensichtlich wohnte außer ihm niemand mehr in der Nachbarwohnung.

Liane Dirks

Wild Heart

Wann sie das erste Mal zu uns kam, lässt sich nicht genau sagen.

Ich nehme an, dass sie uns bereits längere Zeit beobachtet hatte vom Rand des Grundstücks her, wo damals noch diese schrecklichen sogenannten Lebensbäume standen, die eigentlich Todesbäume sind, so wenig Leben gibt es in ihnen oder unter ihnen. Aber sie hatte vermutlich genau dort ihren Posten bezogen.

Es war unsere zweite Katze, normalerweise suchen uns eher die Hunde auf.

Unsere erste Katze hieß Pelle, ein Name, den ich aus einer kurzen Liaison mit einem Schweden mitgebracht hatte, keine Anspielung also auf deutsche Wurstwaren oder Ähnliches. Pelle war extrem klein gewesen und auf den Fang von Ratten und Kaninchen spezialisiert. Ich habe nie wieder von solch einer Katze gehört, und ich höre so manches von Tieren, habe ich doch eine angehende Tierärztin zur Tochter. Damals lebten wir noch in einem wirklichen Dorf, dessen Zentrum der Platz vor der Kirche mit dem Gasthaus gleich daneben war und der obligatorischen Linde in der Mitte. Dort, auf diesem Platz, der nicht Markt-, sondern Kirchplatz hieß, unmittelbar unter der Linde, pflegte Pelle ihre Beute abzulegen. Ihrer Einmaligkeit und ihrer Leistung war sich diese Katze durchaus bewusst, stolz und aufrecht platzierte sie sich neben ihrem Fang, um die ihr gebührenden Ehrungen entgegenzunehmen. Lobte man sie – und es lobten sie alle, die dort lebten –, dann strich sie einmal im Kreis um ihr erlegtes Wild und setzte sich dann – gewissermaßen in Reih und Glied – wieder daneben. Tatsächlich glich dieses Verhalten eher dem eines Jagdhundes.

Jeder kannte diese Katze, und jeder kannte in dem Dorf natürlich auch mich, die ich die erlegte Beute am Ende dieser Vorführung zu beseitigen hatte.

Aber das ist lange her und nicht die Geschichte, die ich hier erzählen will. Es gibt allerdings eine Parallele, und die liegt in der Wildheit beider Tiere. Zum Glück legte Wild Heart keine Ratten ab. Ich war zu der Zeit, als sie auftauchte, extrem empfindlich und wäre womöglich sofort ausgezogen beim nachhaltigen Auftauchen dieser wenig possierlichen Nagetiere. Wie auch immer, Wild Heart war, wie es der Name schon sagt, eine wild lebende Katze. Kein bisschen zutraulich, aber auch nicht scheu. Eine, die ihr Leben lebte, ihr Katzenleben, in dem das Herz im Rhythmus der Freiheit schlug.

Hatte Pelle seinerzeit ein Heim bei uns gehabt, das sie ab und an aufsuchte, um sich nett auf das Sofa hin zu dekorieren oder – weniger nett – mit unerwarteten Attacken wie mit einem Sprung gegen die Brust unsere Gäste zu erschrecken, allerdings immer nur die, die uns eh leicht suspekt waren, so hatte Wild Heart kein Zuhause bei uns. Bei uns herrschte nämlich zu der Zeit noch Randolf, unser großer gelber Randolf, gelegentlich auch Reaggieman genannt, den ich ein paar Jahre zuvor als Welpen aus der Karibik mit nach Hause gebracht hatte. (Es ging nicht anders. Alle Tierschützer mögen mir verzeihen, es waren die Augen, der Fundort und die Tatsache, dass sich gewiss niemand um ihn gekümmert hätte, was in der Karibik auch schon mal das Ende eines gerade begonnenen Hundelebens bedeuten kann.)

Wir nehmen im Nachhinein an, dass Wild Heart ihn scharf im Auge hatte, während Randolf, schon ein wenig alt geworden und von Grund auf nun mal ein Karibe, also im höchsten Maße gelassen und zugleich auf diese einzigartige Weise selbstsicher, gewiss keine Ahnung hatte, wer sich dort unter diesen Lebensbäumen auf seinen Auftritt beziehungsweise auf die Inbesitznahme vorbereitete. Diese sogenannten Bäume, die zu einem kleinen Teil leider immer noch stehen, stammen übrigens vom Vorbesitzer, dessen Ehrgeiz offensichtlich darin bestanden hatte, dem Garten den Charme einer Blechbüchse zu verpassen oder etwas ähnlich auf Dauer Konservierendem. Als ich einzog, war in den Beeten Kriechbambus gepflanzt und an den Grundstücksgrenzen ringsherum eben jene riesigen Thujen, deren Beseitigung teurer ist als die Neuanlage des gesamten Gartens. Wild Heart boten sie damals Schutz.

Leider ging dann alles ganz schnell. Dass Randolf nicht nur älter geworden war, spürten wir. Müdigkeit hatte seinen Take-it-easy-Blick schon seit Längerem überzogen, Mattigkeit hatte sich auf seinen unnachahmlich federnden Gang gelegt, sein gelbes Fell hatte an Glanz verloren, immer öfter wollte er, statt die gewohnten weiten Wege mit mir zu gehen, zu Hause bleiben. Immer schneller nahm er seinen Platz am Morgen ein, den Flecken rechts neben meinem großen Schreibtisch, den Ort, den er bereits aufsuchte, bevor ich mit dem Frühstück in der Küche fertig war, als wolle er sagen: Ich fang schon mal an, ich denk mir schon was aus für dich.

»Randolf schreibt an seiner Autobiographie«, kommentierten die Töchter dieses Verhalten stets. Doch während er früher die erste Unterbrechung gegen dreizehn Uhr eingefordert hatte, blieb er nun einfach liegen. Weder das Winken mit der Hundeleine noch das Klappern mit dem Fressnapf lockten ihn wirklich. Und wenn er sich doch erhob, dann schien er es aus Zuvorkommenheit uns gegenüber zu tun.

Unsere kluge russische Tierärztin sagte, sie sei nicht sicher, Krebs oder Heimweh, mit beidem kannte sie sich bestens aus. Den Krebs hätten wir genauer untersuchen und dann endlos behandeln lassen können. Aber ich mag es nicht, wenn man zu viel mit den Tieren anstellt, insbesondere wenn die Diagnose nahelegt, dass es auch Krebs *und* Heimweh heißen könnte, und man deshalb gar nicht sagen konnte, was denn nun zuerst war, das eine oder das andere, und wie hätten wir es dann angemessen behandeln sollen? Indem wir alle zusammen in die Karibik zogen?

Das mag sich hart anhören, ich bitte aber zu berücksichtigen, dass diese Geschichte rückblickend erzählt wird. Wir fragten uns natürlich sehr wohl, was zu tun sei, doch es gibt auf dieser existenziellen Ebene etwas, das viel wichtiger als Fragen und Diskussionen ist und auch wichtiger als das Handeln. Es ist das Gefühl für Richtigkeit, für Stimmigkeit, für das, worum es wirklich geht. Man braucht Mut, um diesem Gefühl zu trauen, Mut und Selbstsicherheit, ja, auch eine Portion Gelassenheit, ein Schuss »Es ist, wie es ist«. Man braucht genau die Eigenschaften, die dieser Hund aus der Karibik gehabt hatte und die wir von ihm gelernt hatten. Es war Randolf selbst, der uns sagte, dass er sich verabschieden wollte. Er tat es ruhig und schnell und irgendwie gelassen, auf seine Art eben. Er schlief einfach nur ein, ohne wieder aufzuwachen.

Und draußen wartete Wild Heart.

Im Gegensatz zu den Katzen der Nachbarschaft, die bereits am Morgen darauf das Terrain demonstrativ als Durchlaufstrecke in Besitz nahmen, räumte sie uns noch mehrere Trauertage ein. Ihr Glück, die Respektlosigkeit ihrer Kolleginnen brachte mich nämlich ziemlich auf: Ich gestehe, dass ich die Terrassentür ruckartig aufriss, schrie – nichts Nettes – und ihnen auch noch Sachen hinterherschmiss. Diese »Sachen« waren nichts Geringeres als Randolfs Wurftau und der alte durchgekaute Tennisball. Heulend lief ich in den Garten und holte beides zurück. Woher wussten sie es? Hatten sie gerochen, dass er tot war? Hatten sie den Tod gespürt?

Als Wild Heart sich schließlich das erste Mal zeigte, lief sie nicht durch den Garten, sie strich vielmehr umher. Zuerst spähte sie unter den Thujen hervor, dann drückte sie sich am Gartenhaus entlang, wieder ein paar Tage später umkreiste sie das große Staudenbeet, und dann, dann stand sie auf der Terrasse vor der Tür.

Tags darauf hockte sie vor dem kleinen Fenster der Duschkabine im Souterrain und starrte mit leuchtenden Augen meine Tochter beim Duschen an.

Auch wenn ich das jetzt scheinbar leicht hier hinschreibe und es sich womöglich so liest, als sei es von Randolf zu Wild Heart eben nur jenes gewesen, ein Katzensprung, war das keineswegs so.

Der Verlust von Randolf war ein ungeheurer. Er markierte das Ende eines Lebensabschnittes für mich, an dessen Beginn nicht nur Randolf, sondern auch ein Mann gestanden hatte. Gemeinsam hatten wir den kleinen Kerl, der verlassen vor einem Holzhaus hockte, ganz in der Nähe eines der ehemals schönsten und nun am schönsten verkommenen Hotels der Karibik, mitgenommen. Gemeinsam hatten wir den Plan geschmiedet, gemeinsam hatten wir die Schlaftabletten besorgt, und gemeinsam hatten wir es geschafft, ihn im Handgepäck an Bord zu schmuggeln. Randolf war ein Teil von uns gewesen, doch es gab kein »uns« mehr, denn dieser so geliebte und so schwierige Partner war nicht lange zuvor eines heftigen und brutalen Todes gestorben. Ein Ereignis und eine Zeit in meinem Leben, der ich mich noch heute nicht nähern kann, und schon gar nicht schreibend, obwohl ich manchmal denke, dass es vielleicht Zeit wäre, davon zu erzählen, aber der Schmerz ist noch immer zu groß.

Zwei Jahre war es damals her. Nach Martins Tod waren auch noch zwei weitere Menschen aus meinem Leben gegangen, sein bester Freund Jörg, zugegeben ein Alkoholiker, aber die können bisweilen recht nett sein, und mein alter Freund Willy, der Mann, der mir mein erstes Haus vermietet hatte. Als hätten sie sich verabredet. Und nun auch noch der Hund.

Eine Tochter studierte bereits und war ausgezogen, die andere kurz davor.

Es war zu viel, einfach zu viel, zu viel Leere. Als würde alles von mir abgezogen. Um mich her fand ein prächtiger Sommer statt, doch ich war in ein Vakuum getaumelt, und der Sog, er wurde immer größer. Es fehlte nicht mehr viel, ich hätte ihm stattgegeben, ganz.

Sie hätten einen sechsten Sinn, heißt es von den Katzen. Ob es das war oder der berühmte pure Zufall, Wild Heart tat jedenfalls genau das Richtige. Kurz nach ihrem Terrassenbesuch und somit der Übernahme des randolfschen Terrains deponierte sie sechs entzückende Katzenkinder vor der Tür, mit anderen Worten: das Leben.

Ich muss hier einige Worte über ihr Aussehen verlieren. Wild Heart war, um es kurz zu fassen, ein Tigerchen, allerdings nicht gelb getigert, sondern braun, wie die gewöhnliche Hauskatze also, zumindest was den Körper anging. Nicht so das Gesicht. Wie bei einer großäugigen Sphinx waren ihre Augen eingerahmt vom dicksten und schwärzesten Lidstrich, den ich je gesehen hatte. *Jett* hätte Thomas Mann geschrieben, ein Wort, das heute kaum noch jemand kennt. Jett, das ist so schwarz wie Kohle, und wer Kohle kennt, richtige, nicht die vom Grill, der weiß, dass sie zugleich tiefblau ist.

Wer diese Katze ansah, war hypnotisiert. Es war ein Gemälde, in das man sah, hyperrealistisch und dadurch zugleich unwirklich. Die Überhöhung eines Katzenauges.

»So ein kleines Gesicht und so viel Schminke«, sagten die Töchter, wenn sie zu Besuch kamen. Wahrscheinlich hat es ihr beim Jagen geholfen, Wild Heart legte erstaunlich viel Beute ab, im Vergleich zu Pelle jedoch gewöhnliche: Mäuse, ein paar Vögel waren auch dabei.

Ihr magisch schönes Köpfchen hatte sie durchgehend vererbt, weshalb mich jenes wie mit Kajal gemalte Gesicht nun siebenfach anblickte, einmal groß und sechsmal klein.

Das Erstaunliche war nun, dass Wild Heart die kleine Bande in exakt gezogenen Zirkeln dirigierte, die genau das berücksichtigten, was ich – trotz all seiner Eigenwilligkeit – auch Randolf gelehrt hatte: Meine Staudenbeete waren tabu.

Und genau dieser Umstand war es auch, der mich und meine Töchter denken ließ, sie müsse uns beobachtet haben. Denn das ist weder leicht noch selbstverständlich. Purzelte eines dieser kleinen Wollknäuel im Spiel doch einmal zwischen meine so gehüteten Rittersporne, so nahm Wild Heart es sogleich am Specknacken und setzte das Kleine wieder auf der Wiese, der Terrasse oder manchmal auch auf der Liege ab. Und zwar ohne dass »Ballkleid« oder »Sommernachtstraum«, der lichtblaue »Schloss Wilhelmshöhe« oder der meerblaue »Ouvertüre« oder ganz und gar der kleine kobaltblaue »Völkerfrieden«, der eh am Schneckenbefall so stark zu leiden hatte, beschädigt worden wäre. Sie muss gespürt, nein, mehr als das, sie muss gewusst haben, dass dies den Verweis aus dem Garten zur Folge gehabt hätte. Der Garten war mein Refugium, ein Ort der Schönheit, der letzte Halt, der mir noch geblieben war. Vergänglichkeit, hier schien sie Sinn zu machen, denn hier brachte sie jeden Tag Neues hervor, man konnte fast zusehen dabei. Es war ein prächtiger Sommer, ich sagte es schon.

Mit derartig respektvollem, behutsamem Verhalten eroberte sie natürlich mein Herz, besser gesagt, das, was noch davon übrig war. Wir richteten ihr mit einer alten Wolldecke auf dem Holz unter dem Vorbau einen weichen Schlafplatz ein, wir stellten Näpfchen auf und kauften Katzenvitamine. Ich war es, die diese Katze Wild Heart taufte, die Töchter waren für Nofi als Kurzform von Nofretete, der sie nun mal ähnlich sah. Da aber nun beide Mädchen kaum noch zu Hause waren, weil sie, wie es so schön heißt, groß geworden waren, war eindeutig ich diejenige, die das Sagen hatte. Ich fand Nofi unmöglich, und außerdem war es auch nicht die Schönheit, um die es bei dieser Katze ging, selbst wenn sie diese außergewöhnliche Zeichnung hatte, es war die Wildheit.

Sie ließ uns weder sie noch ihre Kinder anfassen. Wir hatten nur das Sorgerecht erworben. Immer wieder formulierten wir die kuriose Frage: Was Randolf wohl dazu gesagt hätte? Die Frage: Was Martin wohl dazu gesagt hätte?, stellte ich nicht. Sie stand mir ins Gesicht geschrieben.

Die Tatsache, dass wir diese Kätzchen hatten, brachte wieder Menschen ins Haus. Sie kamen auf die Terrasse, setzten sich, sie wollten die Kleinen sehen, sie bestaunten den Garten, sie brachten Pflaumenkuchen mit, und ich holte die große Kaffeekanne für acht Personen wieder raus. Wild Heart verzog sich dann mit ihrer Schar neben den Pavillon, ihre Jungen balgten auf dem Rasen, sprangen nach Fliegen oder Schmetterlingen. Es war leicht, in ihrer Gegenwart Gespräche zu führen, niemand kam auf die Idee zu fragen, wie es mir wirklich ging. Im Gegenteil, sie wussten es. »Ein Ort der Freude ist das hier«, sagten sie, »wie schön du es hast.« – »Hier kommt man zur Ruhe.« – »So einfach kann das Leben sein, ein Häuschen, ein Garten, ein paar Katzenkinder.« Ich lächelte dann, denn sie hatten ja recht. Aber nicht mehr lange.

Katzenkinder wachsen schnell, und schon waren da wieder die Probleme, denn irgendwann, in naher Zukunft, mussten diese Katzen ja irgendwohin.

Und weil sie, je älter sie wurden, ihren Radius ausdehnten, stellte sich die Frage gegen Ende des Sommers dringlicher, bis eines Tages ...

Es war eine engagierte Tierschützerin aus der weiteren Nachbarschaft, die beherzt und ohne zu fragen gehandelt hatte. Wild Heart und die Katzenkinder waren weg.

Das Problem war, ich wusste nicht, dass es diese »beherzte« Tierschützerin in unserer Nachbarschaft gab. Bestürzt, befremdet und voller Sorge, musste ich mich durchfragen. Bis ich nach ein paar Tagen endlich die Antwort erhielt. Sämtliche Katzen, also die ganze Familie, waren gefangen, sterilisiert und alle Kleinen sofort danach abgegeben worden. Wegen ihrer Schönheit war das ein Leichtes gewesen. Wild Heart hatte man respektvoll, da sie nun mal wild war, nach der Behandlung wieder ausgesetzt. Und seitdem war sie weg.

In welche Hände die Kleinen denn geraten seien, wollte ich wissen, hatten sie doch gelernt, Hände unbedingt zu meiden. Doch die Tierschützerin fauchte mich nur an.

Meine Geschichte, wie Wild Heart zu uns gekommen war, interessierte sie kein bisschen.

Ich hätte sie sofort fangen müssen, oder bitte schön, wenn ich unfähig dazu wäre, dann eben fangen lassen.

Dass ich vor vollendete Tatsachen gestellt worden war beziehungsweise die vollendeten Tatsachen in Form sechs kleiner Wesen vor mir, all das interessierte diese Frau nicht. Wo so viele wilde Katzen seien, da hieße es handeln. »Was hätten Sie denn mit den Kleinen gemacht?«, zischte sie.

Ich wusste es nicht, ich konnte nicht antworten. Auf solche Vorwürfe war ich einfach nicht gefasst.

»Na bitte!« Mit diesen Worten ließ sie mich auf der Straße einfach stehen.

Und dann?

Es gibt diese Momente, die einfach nicht enden wollen. Man steht da, und plötzlich geht es nicht mehr weiter, der Moment hört nicht mehr auf. Irgendwie vergeht die Zeit, aber das ist draußen. An dem Draußen nimmt man nicht mehr teil. Man steht immer noch da. Man weiß, dass man dasteht und dass irgendetwas nicht stimmt. Etwas ist auseinandergefallen. Draußen ist Leben und Bewegung, drinnen aber steht plötzlich alles still.

Wahrscheinlich hatte diese Frau ja recht, sie hatte mir damit sogar etwas abgenommen, Mühe, Arbeit, Zeitaufwand und Kosten. Sicher, sie hätte es anders machen können, fragen, aufklären, höflicher sein. Aber solche Gedanken hatte ich nicht, ich hatte keine Gedanken mehr. Das Vakuum war wieder da, und diesmal fiel ich.

Es wurde Herbst. Die Zeit, sich um »Völkerfrieden« und Konsorten zu kümmern, war auch gerade vorbei, der Rückschnitt im Garten war erfolgt. Trat ich auf die Terrasse, stand ich vor einer Brache, so schien es mir jedenfalls. Es war zu viel zurückgeschnitten, und wenn man zu weit stutzt, das weiß der Gärtner, dann kann es sein, dass nichts mehr nachwächst.

Als ich zwischen den Beeten eine kleine Glasmurmel fand, mit der die Katzenkinder auf der Terrasse gespielt hatten, brach ich in derart heftiges Schluchzen aus, dass ich vor meiner eigenen Stimme erschrak und am liebsten für immer erstickt und verstummt wäre, damit ich nicht hören musste, wer oder besser was da so laut brüllte.

Von heute aus zurückblickend, finde ich es seltsam, dass ich nicht gestorben bin beziehungsweise aktiv hatte sterben wollen. Wirklich, ich finde es höchst seltsam. Ich nehme an, es war die Tatsache, dass ich eine Mutter war und bin. Das hielt mich am Leben. Hätte ich mich für das Gegenteil entschieden, dann hätte es meine Kinder, die schon vieles miterlebt hatten, nicht zerstört, aber aufs Heftigste verstört. Und wenn ich etwas nicht wollte, dann das.

Menschen, die schmerzhafte Verluste zu erleiden hatten, kennen es: An dieser Stelle kommt die Zeit ins Spiel mit nichts als der Tatsache, dass sie vergeht. Ich stürzte mich, so gut ich konnte, in die Arbeit, und die Tage vergingen, ab und zu kamen die Töchter vorbei und waren, wie immer, lieb zu mir. Nach ein paar Monaten traf ich sogar wieder Menschen. Aber immer nur außerhalb und nie bei mir zu Hause.

Ich bewachte den Garten, damit nicht zu viele Katzen durchliefen, und ließ die ersten Thujen fällen. Die Wurzeln grub ich selbst aus, sie brachen leicht aus der völlig ausgelaugten Erde. Und so verging ein Jahr, und wir entschieden, meine Töchter und ich, dass ich das Zimmer der jüngsten im Souterrain nun ganz übernehmen könne. Ich richtete es als zweites Arbeitszimmer und zugleich als Gästezimmer ein. Damit übernahm ich auch die Dusche des Töchterleins, eine improvisierte, man könnte auch sagen vom Vorgänger hingepfuschte, aber doch praktikable und sehr geräumige Nasszelle, die so groß ist, dass man darin Tai-Chi machen kann. Unter dieser Dusche erblickte ich sie dann: zwei irisierende kleine Scheinwerfer, die mich anleuchteten, nichts weiter zu erkennen als das, zwei Lichter. Und ich wusste natürlich sofort, das war Wild Heart, nach über einem Jahr war Wild Heart wieder da.

Ich stellte augenblicklich das Wasser ab, das Shampoo schäumte noch im Haar, und rannte mit einem Handtuch umwickelt rauf ins Wohnzimmer. Sie saß bereits vor der Terrassentür und wich, als ich die Tür öffnete, fauchend zurück. Niemals würde sie sich freiwillig von Menschenhand berühren lassen, daran hatte sich nichts geändert. Und das beruhigte mich, das beruhigte mich so sehr. Als ich Wild Heart ansah, als ich in ihre überdimensional gezeichneten Augen sah, genau in diesem Moment, wusste ich es: Die Zeit der Trauer war vorbei. Ich hatte genug gelitten, ich ging in die Küche und brachte ihr ein paar Katzencracker, die ich vorsorglich im Schrank immer vorrätig hatte. Ich suchte ihren Napf raus, sie fraß und ließ sich sogar dabei zusehen. Dann strich sie einmal an der Hauswand entlang und verschwand wieder in der Dunkelheit des Gartens.

Ich zog den Bademantel über, hockte mich auf das Sofa und fing zu weinen an. Wie gut das tat, es war kein Brüllen mehr, kein tierischer Laut, es war ein leises, leichtes Weinen, der Schmerz war frei. Es war ein letzter Rest der Trauer, der aus mir wich.

Ich tat mir selbst nicht mehr leid, es war ein reines Gefühl. Es war kostbar. Und ich, ich war unendlich dankbar. Ich hatte den Zugang zu meinem Herzen wiedergefunden.

Wild Heart hat etwas Vorbildliches, ich kann bis heute nicht beschreiben, was es genau ist. Ich nenne es ihr wildes Herz.

»It's your untamed heart you should trust in.« Das hatte uns, Martin und mir, der tibetische Mönch gesagt, zu dessen Schulungen wir gingen.

»Schärfe deine Augen und öffne dein Herz. Und wenn der Schmerz kommt, dann mach ihm die Tür auf und lade ihn ein. Gäste kommen, Gäste gehen, das wilde Herz bleibt.«

Wild Heart kommt übrigens bis heute gelegentlich bei mir vorbei. Sie ist etwas runder geworden, Beute legt sie nur noch selten ab. Ich spüre es inzwischen, wenn sie vor der Tür sitzt und wartet. Ich täusche mich äußerst selten. Gelegentlich bereite ich sogar etwas Putenfleisch für sie vor, und ab und zu verspüre ich dieselbe Gewissheit, inmitten des Lebens zu sein, wie sie.

Das ist viel, ich weiß.

Hajo Steinert

Der Kaschmirpullover

So weit ist es gekommen. Carla hält den Telefonhörer ans Schnäuzchen ihres Elvis und lässt ihn in die Muschel schnurren. »Siehst du, er will dir etwas Liebes sagen!«, höre ich sie mit ihrer unglaublich sanften Stimme aus dem Hintergrund. Wahrscheinlich sitzt er wieder auf ihrem Bauch, die Augen zu feinen Schlitzen zusammengezogen, den erregt zuckenden Schwanz hoch gestellt, und drückt im Milchtritt seine Pfötchen auf die süßen Speckröllchen unter ihrer weißen Bluse knapp überm Gürtel. »Ja, ich höre ihn!«, schnurre ich zurück, »ich komme gleich!«, stoße die Decke mit den Füßen von mir, setze mich auf die Bettkante, ziehe meinen Schlafanzug aus, die Klamotten vom Tage wieder an, verlasse die Wohnung, laufe zum Auto, schwing mich hinein, drehe den Zündschlüssel um, lege Cecilia Bartoli ein und fahre los. Carla wohnt zehn Kilometer von mir entfernt. Mit jedem Kilometer steigt mein Verlangen.

Elvis wird wieder dabei sein. Elvis ist immer dabei. Ohne ihn geht es nicht. Carlas Wohnung ist klein. Elvis hat kein eigenes Zimmer. Schon beim ersten Mal, ich erinnere mich genau, war er dabei. Als ich neben Carla auf dem großen gelben Sofa liegen, ihre Lippen öffnen, ihren Mund küssen, ihren Hals beschnuppern, an ihren wahnsinnig feingliedrigen Fingern ein wenig knabbern, an ihren Brustspitzen ein bisschen beißen und endlich meine Hand zwischen ihre geöffneten Schenkel und dann unter ihre unverschämt tief sitzenden Jeans schieben durfte, leckte er sich, am Fußende sitzend, genüsslich das eine Pfötchen nach dem anderen, unterbrochen von einem schüchternen Schnuppern an ihrem endlich frei daliegenden, katzennäschenpinken String.

Elvis hört mit dem Lecken und Schlecken tatsächlich erst auf, wenn Carla und ich, aufs Wunderbarste erschöpft vom Liebesspiel – sie die Zigarette, ich das Weinglas zwischen den Fingern – wieder ansatzweise zu sprechen beginnen. Die Schnauze zu einem tigerartigen Gähnen jäh aufgerissen, die Krallen an den Pfoten der vorgestreckten Vorderbeine im Dickicht des Teppichs gewetzt, jetzt auf allen vieren, den Kopf ein wenig geduckt und auf eine Linie mit dem Rücken gebracht, tappt Elvis, leise, leise, als wären sie nicht da, zentimetergenau an der Weinflasche und der noch brennenden Kerze vorbei zur Balkontüre hin. Wie er sich demonstrativ auf die Hinterbeine stellt, sich an der Scheibe entlang hochstreckt, sich kurz zu uns umdreht, sich noch länger macht und mit den scharfen Krallen seiner Vorderpfoten am Glas kratzt! »Ich lasse die beiden jetzt alleine!«, scheint er sich zu sagen. Oder: »Ich muss jetzt hier raus!« Carla lässt ihn heraus. Das hätte ihnen auch früher einfallen können, dachte ich mir, während Carla in die Küche ging und die Tüte mit Pistazien zum Knabbern danach aus dem Brotkorb holt. Oder war es Katzenfutter, das sie in den leeren Napf unter dem Esstisch wenige Minuten nach dem Liebesfest, fürsorglich, wie sie ist, zu kippen sich vornahm?

Beim ersten Mal hatte mich die Anwesenheit eines zweiten männlichen Teilnehmers noch etwas irritiert. Heute gehört er dazu. Wir sind nun einmal zu dritt. Wollen wir mal zu zweit sein, Carla und ich, haben wir nur eine Chance. Ich muss in meinem schwarzen Kaschmirpullover kommen. Möglichst nicht frisch gewaschen. Schon beginnt Elvis zu schnurren und legt sich, ginge es nach ihm, für immer auf meinen Bauch. Die einzige Chance, ihn zeitweilig auf Distanz zu bringen und zu diesem Zweck – Carla hat ein weiches Herz – nicht gleich nach draußen auf den Bürgersteig zu werfen, besteht darin, früh genug das flauschige Kleidungsstück auszuziehen, es in sicherer Entfernung zum Sofa auf dem Teppich zu platzieren. Elvis würde unter Umständen, bevor es mit der Liebe losgeht, vom gelben Sofa springen und es sich auf meinem Kaschmir gemütlich machen. Meinem Selbstbewusstsein als Mann ist dieser Trick, wenn er gelingt, wenn Elvis mitmacht, durchaus förderlich. Nährt er doch meine Hoffnung, dass es Carla in ihrer reizenden kleinen Wohnung im Ausnahmefall auch mal mit mir alleine mag.

Inzwischen habe ich die zehn Kilometer geschafft, Cecilia Bartoli hat acht herrliche Schmachtfetzen gesungen, ich parke direkt vor Carlas Haus, drücke auf den untersten Klingelknopf. Elvis und Carla lassen mich wie immer gemeinsam hinein. Der Fernseher läuft. Die zwei nehmen wieder auf dem Sofa Platz. Ich daneben. Elvis drückt im Milchtritt seine Pfötchen auf ihre süßen Speckröllchen unter der weißen Bluse knapp überm Gürtel der unverschämt tief sitzenden Jeans. Kuschelt sich auf ihrem Bauch zurecht. Warum hat sie heute keinen BH an? Warum hat sie sich so spät noch die Wimpern getuscht? Und die Lippen rot angemalt? Tut sie doch sonst nicht. Haben wir doch nicht nötig. Ich trage meinen schwarzen Kaschmirpullover.

Gleich wird Elvis zu mir kommen. Und auf meinem Bauch liegen und schnurren, ehe ich aufstehe und das schwarze Kleidungsstück strategisch durchtrieben hinten auf dem Teppich ausbreite. Heute will ich Elvis nicht auf dem Sofa dabeihaben. Aber der Film läuft noch. Ich muss warten, bis er zu Ende ist. Es klingelt. Elvis und Carla stehen auf, huschen zur Wohnungstür. Ich höre Carla mit einem Mann im Flur sprechen. Ihre Stimmen klingen sanft und doch aufgeregt. Ich will wissen, wer er ist. Gehe auf Zehenspitzen zur angelehnten Tür des Sofazimmers und schaue heimlich durch den Spalt. Ein schwarzhaariger Typ, groß, schlank, ein Mann ohne Bauch, ein Mann vom Typ Italiener, steht da im dunklen Flur. Ich eile zurück zum Sofa. Stoße die Flasche Wein auf dem Tischchen um, Elvis, Carla und der Fremde kommen herein. Noch stehe ich. Carla macht uns miteinander bekannt. Sie eilt in die Küche, ein Paket Salz zu holen. Ich setze mich hin. Drücke Elvis neben mich aufs Sofa. Der Mann fläzt sich, als säße er hier nicht zum ersten Mal, in den Sessel uns gegenüber. Ich kraule Elvis unterm Hals. Doch seltsam. Er hebt seinen Kopf nicht an. Dehnt nicht seinen Hals, damit ich besser drankomme. Schließt nicht genüsslich seine Augen wie sonst. Mit einem Miau, wie ich es von ihm noch nie gehört habe, springt er von mir weg, im nächsten Satz dem Typ Italiener direkt auf den Schoß. Auch er trägt einen Kaschmirpullover. Hellblau.

Jone Heer

Etwa kariert

Heute nehme ich weder den Weg zum Altenheim noch den zum Weinberg. Mir ist nach etwas anderem. Ich besuche die Psychologin. Neulich, da habe ich sie gesehen mit ihren wallenden Kleidern, hektisch, wie immer zu schnell unterwegs, fahrig, das Rad fiel ihr um vor dem Bioladen, weil sie sich nie genügend Zeit nimmt, es auf dem Kopfsteinpflaster stabil hinzustellen. Aus ihrem Korb, der hinten auf dem Rad befestigt ist, fiel eine Überdosis Katzenfutter, bestes Ragout in goldenen Töpfchen, alle Sorten, nur die Krabben fehlten. Das Katzenfutter hat mich auf die Idee gebracht, bei ihr Hilfe für mein lahmendes Bein zu suchen. Vielleicht ist die Hinkerei ja rein psychosomatisch. Ein Besuch bei ihr lässt sich machen, sie hat ihren Arbeitsplatz mitten in der Stadt.

Von meiner Bleibe auf dem Friedhof gehe ich Richtung Stadtmitte, es ist Mittwoch. Markttag. Der Platz rund um einen achteckigen Brunnen ist voller Menschen, die heute lieber hier draußen einkaufen als in den Läden, es mischen sich die Gerüche von Lavendel, Rettich, Oliven, Schafskäse und frischem Brot. Sie lassen sich durch diese Gerüche leiten, heute brauchen sie keine Einkaufszettel oder Münzen, um sie in die Einkaufswagen zu zwängen, sie gehen ihrer Nase nach, ich erkenne das, ich bin ein Kater.

Mich zieht es jeden Mittwochmorgen zum Stand mit dem Tee. Der Mann hinter seinem Holztisch hat sich, wenn auch widerborstig, an mich gewöhnt, er hält sogar nach mir Ausschau, wenn ich nicht rechtzeitig komme, heimlich, ich soll es nicht bemerken. Genau fünf Mittwochvormittage hat es gedauert, bis er kapierte, was ich brauchte. Zunächst habe ich im jämmerlichsten Ton, der mir gegeben ist, gemaunzt, das hat er nicht verstanden. Dann bin ich um seine Beine herumgestrichen, das konnte er nicht leiden, dann wurde ich penetranter und stierte unentwegt auf die Packung mit dem Baldriantee, peitschte dazu mit meinem etwa schwarzweiß karierten Schwanz, brachte ihm die Galle einer Maus und einen Frosch, den ich tot auf dem Weg zum Friedhof gefunden hatte, obwohl ich Frösche zwischen meinen Zähnen nicht leiden kann, grün und glatt, wie sie sind. Erst ein Satz auf die Theke und das Herunterzerren der Baldrianteetüte ließen ihm ein Licht aufgehen. Seither, seit diesem Mittwoch im vergangenen Dezember, bekomme ich den Baldrian aus seiner Hand gereicht, und dafür liefere ich pünktlich jeden Mittwoch eine Mäusegalle ab, die ihn entzückt, er kann es aber nicht zeigen und lässt sie darum scheinbar links liegen. Also gehe ich auch heute auf dem Marktplatz bei ihm vorbei und hole meinen Baldriantee, der mich in einen wunderbar leichten Zustand versetzt, so dass ich etwas vertaumelt die Wege und Straßen entlanggehe und mein lahmendes Bein nicht mehr so auffällt. Mein lahmendes Bein ist ein Schönheitsfehler. Ich bin ein stolzer, großer, gerade gebauter schwarzer Kater mit weißem Latz, weißem gezacktem Stirnband, weißen Kniestrümpfen hinten, und mein Schwanz ist – wie ich schon sagte – etwa schwarz-weiß kariert.

Die Tür von Haus Nr. 7 am Ende der Fußgängerzone steht offen. Ich marschiere in den Flur und lahme die Treppe hoch ins dritte Stockwerk, keiner von den sonstigen Bewohnern soll mich sehen und möglicherweise aus dem Haus rauswerfen, ich habe so meine Erfahrungen. Ich setze mich vor die Tür der Psychologin und putze mein Fell, ich will glänzen, wenn sie mich sieht. Die Kirchenglocken schlagen acht Uhr, und ich höre sie die Treppe hinaufhasten, sie stolpert über den langen Mantel, sagt: »Verdammt noch mal!« und bleibt kurz danach wie angepflockt stehen, sie hat mich gesehen. Ich gebe mich beiläufig, sehe kurz hinauf in ihr Gesicht, das von einem roten, von zwei Haarkämmen gezügelten Lockenkopf halb verdeckt ist, fahre fort mit der Fellpflege, und sie bewegt sich immer noch nicht. Endlich findet sie ihre Sprache und sagt einfältig: »Wer bist du denn?« Als könnte ich sprechen. Falls sie genauso viel Kenntnis über ihre anderen Besucher hat, wundert es mich nicht, wenn die Woche für Woche, Monat für Monat, manche gar Jahr für Jahr die Treppen zu ihr hinaufsteigen müssen. Weil ich meine haargenauen Wahrnehmungen mit den anschließenden Reflexionen nicht aussprechen kann, sehe ich die Therapeutin mit meinem Hundeblick an, den ich als Kater für äußerst entwürdigend halte, aber dennoch gelegentlich einsetze, weil er auf jeden Fall wirkt. Auch jetzt. Sie schließt die Tür auf und bittet mich mit zärtlicher Stimme in den Wohnungsflur. Sie lässt mir den Vortritt. Ich gehe in einen Raum voller Teppiche, Bilder und Bücher, mit einem Sofa und drei Sesseln, alles ist behaglich, die Sitzgelegenheiten ausladend und bequem, dafür habe ich einen Blick. Von dem Sessel mit der hohen Rückenlehne, dem dunkelroten Stoff und den grauen Tupfen drauf, der an der rechten Armlehne geflickt ist und das ganze Zimmer im Blick hat, geht die stärkste Energie aus. Ich stolziere – soweit das eben möglich ist mit dem lädierten Bein – geradewegs auf ihn zu, springe drauf und runde mich zu meiner gelungensten Kringelform zusammen. Ich hoffe, die Therapeutin ist im Lesen von Körpersprache bewandert. Mit meiner eingekringelten Form zeige ich ihr, dass ich von verschlossener Natur und in mich gekehrt bin.

Sie macht ihren Computer an, drückt die Taste, um den Anrufbeantworter abzuhören, isst dabei einen Schokoladenkeks, hat noch den dunkelgrauen Mantel an, der, zumindest fürs Treppensteigen, zu lang ist, und öffnet die Post. »Sie haben drei neue Nachrichten. Mittwoch, 22. Juli, 6 Uhr 43: Liebe Frau Marlien, ich kann heute nicht kommen, ich habe Migräne und möchte am liebsten sterben. Bitte rufen Sie mich wegen eines neuen Termins an, es tut mir leid, und danke dafür, dass Sie wie immer verstehen, wie es mir geht. Bis bald, ich höre von Ihnen, das war Frau Kiefer.« »Höchste Fügung«, sagt Frau Marlien und beißt von ihrem Keks ab, »verschafft mir Zeit für ein Frühstück.« »Zweite Nachricht, Mittwoch, 22. Juli, 7 Uhr 13. Hallo, Rebecca, hier ist Peter. Ich habe den Zettel mit unserem Termin schon wieder verlegt und weiß ihn nicht auswendig, bitte ruf mich zurück. Danke dir und Grüße.« »Manno«, sagt Rebecca Marlien, »der mit seinem ADS, ich krieg das nicht in den Griff.« Dritte Nachricht, Mittwoch, 22. Juli, 7 Uhr 51. »Hallo, Frau Marlien, ich bin's, ich verspäte mich etwas, vielleicht zehn Minuten, ich bin noch beim Arzt. Bis nachher, tschüss.«

»Allerhöchste Fügung«, sagt Rebecca Marlien, zieht ihren Mantel endlich aus und hängt ihn mit ruhiger Bewegung in die Garderobe. Kurz darauf höre ich die Cappuccinomaschine jaulen, der Geruch von Kaffee verbreitet sich sofort. Für mich sind diese Maschinen eine Tortur, man hört sie jetzt überall, sie kreischen bis auf die Straßen hinaus und desorientieren mich jedes Mal, weil es mir dann nur noch darauf ankommt, dem Lärm zu entfliehen und ich die falsche Richtung nehme.

Rebecca Marlien widmet sich einem größeren Frühstück – wahrscheinlich aufgrund der höheren Fügungen –, kramt Butter, Marmelade und ein Ei aus dem Kühlschrank, legt die Zeitung aus dem Korb auf den Küchentisch, das rieche ich alles. Zum ersten Mal, seitdem ich sie in der Stadt bemerkt habe, verbreitet sie Ruhe um sich herum. Wahrscheinlich wegen dieser Ruhe dämmere ich allmählich weg. Es muss mit diesen Energieströmen zu tun haben, die um den Sessel herum sind. Ich fange an zu träumen, Bilder, die ich nicht kenne und die mir doch vertraut sind, reihen sich zu einem Ereignisband zusammen, verdichten sich, bekommen Sinn, ich verschwinde erst aus diesem Sessel, dann aus dem Zimmer und dann aus dieser Welt.

Ich verwandle mich langsam in ein Geschöpf fast ohne Körperbehaarung, alles in mir streckt sich, meine vier Beine fangen an zu wachsen, die Krallen werden zu halbmondartigen Rundungen und verkürzen sich. Das Rückgrat richtet sich auf, und mein Kopf wird durch einen dicken, festen Hals von meinem Rumpf getrennt. Auch mein Herz sitzt nicht mehr auf dem richtigen Fleck, und die Schnurrhaare sind plötzlich weg. Ich habe zwei Beine mit den entsprechenden Füßen dran, ich habe zwei Arme mit den dazugehörigen zwei Händen, auch die fünf Finger an jeder Hand sind da, insgesamt also zehn Finger. Ich bin ein Mensch. Ich besaß außerordentlich großes Geschick in diesen zehn Fingern und verwandte es darauf, meinen Mitmenschen Kleider zu schneidern, dazu brauchte es Geduld und Muße. Mein Name, daran erinnere ich mich jetzt, ist Claudio Konradi. Mit meinem linken Bein stimmt irgendetwas nicht, es schmerzt, ich möchte es nach oben strecken, aber der Schlaf, in dem ich mich jetzt befinde, ist tief, nahezu komatös, ich kann mich nicht bewegen. Ich sehe die Hälfte des alten, umgebauten Bahnhofs, in dem ich lebte, meinen Briefkasten, die grün gestrichene Haustür und den Messingknauf, die Klingel mit dem Namensschild, das immer noch ein wenig schief angebracht ist, keiner außer mir würde das je bemerken.

Ich ging jeden Tag, sogar am Wochenende, früh morgens in meine Schneiderwerkstatt, so auch an diesem Dezembermorgen, es war noch dunkel, und durch den Nebel war die Luft feucht. Ich öffnete die Haustür, trat hinaus auf den Hof, sah, dass der Briefträger keine Post für mich oder die Nachbarn hatte, denn er ging gerade auf der Straße vorbei, ohne den Hof zu betreten, hörte, wie der Glascontainer etwa fünfzig Meter entfernt mit lautem Geklirr geleert wurde, und nach einem felsenharten Stoß, der meinen Körper und auch meine kostbaren Hände in Abertausende von Stücken zu reißen schien, verlor ich das Bewusstsein. Als es zurückkam, sah ich mich auf dem gekiesten Hof liegen, ich sah aus, als wäre ich tot, mein Gesicht war in einem desolaten Zustand, blutüberströmt, und eines meiner Beine lag verkehrt herum auf dem Boden, es sah komisch aus, der rechte Schuh stand nach oben, der linke nach unten, wie aufgespitzt. Mein Nachbar stand, den Namen seiner Frau schreiend, immer wieder und immer wieder, Andrea, Andrea, Andrea, neben mir, sein Foxterrier vollführte einen aufgeregten Tanz um sich selbst, und das Auto, das mich in einer Sekunde in diese absurde Position gebracht hatte, an die ich mich bis heute nicht mehr erinnern kann, obwohl sie mein gesamtes Leben auf den Kopf beziehungsweise auf vier Beine gestellt hatte, stand da mit laufendem Motor. Meine Sinne waren überscharf, ich bemerkte die schlecht geflickten Stellen auf dem Mantelärmel meines Nachbarn, das Flickenleder war zu fest für den weichen Stoff und der Stich nicht gleichmäßig, so ein Murks hätte meine Werkstatt niemals verlassen. Die Frau kam, riss die Hände vor den Mund, rannte zurück ins Haus, wählte eine Nummer am Telefon, ich hörte, wie sie diese Nummer vor sich hinsagte, 112, und dann verlor ich wieder das Bewusstsein. Als ich zu mir kam, war das Tohuwabohu im Hof noch ärger, aus dem Nachbarhaus waren drei Leute gekommen, andere näherten sich zögernd. Da stand ein Krankenwagen im Hof, wenigstens hatten sie die Sirene und das Blaulicht ausgeschaltet, bei meiner hyperaktiven Sinneswahrnehmung hätten mir sich drehende blaue Lichter gerade noch gefehlt. Zwei Männer und eine Frau stiegen aus dem Krankenwagen, an der orangeroten Kleidung mit den Reflexionsstreifen an Jacke und Hose erkannte ich sie als Rettungssanitäter, auf der Jacke eines der Männer las ich: »Notarzt«, der Aufdruck war mit einem Klettverschluss angebracht. Der Notarzt öffnete mit Daumen und Zeigefinger eines meiner Augen, sagte: »Herz-Kreislauf-Stillstand, wir müssen reanimieren.« Er holte einen Apparat aus dem Rettungswagen, während mir der Sanitäter immer wieder auf dem Brustkorb herum drückte, es waren kräftige Stöße, und dann führte er mir einen Schlauch durch den Mund ein und blies mit einem Blasebalg Luft in meine Lungen. Auf diese Weise bekamen sie aber das Herz nicht mehr in Gang. Der Arzt brachte Anschlüsse an mir an, rieb zwei Platten aneinander, setzte sie auf meinen Brustkorb, rief: »Alle weg, halten Sie den Hund fest«, und dann fuhr ein Stromstoß durch mich hindurch, meine Muskeln kontrahierten sich, alles streckte sich, der ganze Körper, die Gliedmaßen, ich funktionierte wie ein Hampelmann mit versteiften Gelenken. Auf dem Monitor oberhalb des Kastens las ich: »Wiederbelebung empfohlen«. Der Notarzt rieb wieder die Platten aneinander, wieder dieser Stoß. Das ging viermal so. Zwischendurch legten sie mir Infusionen an den Arm, ich vermute, sie schossen Adrenalin in meinen Körper. Einer der Rettungssanitäter hielt immer wieder seinen Finger an meine Hauptschlagader, sie spürten keinen Puls mehr. Obwohl ich grauenerregend aussah, die Augen halb geöffnet und rot unterlaufen, das Gesicht wie aus Gips und voller Schweiß, der sicherlich eiskalt war, fühlte ich mich wohl. Es ging mir gut, und ich wollte unter keinen Umständen aus diesem Zustand gerissen werden, vielleicht blieben auch deshalb ihre Bemühungen, mich wieder zum Leben zu erwecken, erfolglos. Sie achteten zu meinem Kummer überhaupt nicht auf meine verdrehten Beine, es wäre mir viel wichtiger gewesen, das linke wieder in seiner richtigen Position zu haben, so verdreht sah es nämlich unschön aus, und ich glaubte, mich lächerlich zu machen, falls mich andere Leute so sähen.

Sie gaben auf. Ich war tot. Ich sah noch, wie sie mich auf die Krankentransportliege hievten, mein Bein hing herab wie ein vom Gewitter geschundener Ast am Stamm eines Baumes, zwei Knochen, faserig zersplittert, standen aufrecht. In diesem Moment verlor ich, wahrscheinlich aus lauter Schrecken vor diesem Anblick, wieder das Bewusstsein, und als sich meine Sinne nun schon zum dritten Mal durch den zähen Nebel der Ohnmacht gekämpft hatten und ich meiner gewahr wurde, fand ich mich in einem anderen körperlichen Zustand. Ich war erheblich kleiner geworden, hatte vier kurze Beine und keine Arme und schon gar keine Finger mehr, dafür aber einen Fellmantel erhalten, vom Glanz der Meeresoberfläche im Licht der gerade untergegangenen Sonne, und diese weißen Stiefel an den Hinterbeinen, das Stirnband, einen etwa schwarz-weiß karierten Schwanz und Barthaare von einer Zartheit, die sich außerordentlich gut anfühlte. Ich stand auf dem Friedhof, direkt neben der Kapelle, und sah mein Spiegelbild in deren Eingangstür. Nie mehr würde ich mir ein Kleidungsstück anfertigen müssen, glänzend, seidig und elegant, dieser Anzug saß perfekt, das war das Erste, was mir auffiel.

Nachdem ich herausgefunden hatte, wo ich war, wollte ich mich sofort auf den Weg zu meiner Werkstatt machen, nach dem Rechten sehen, meine Kunden, die vor verschlossener Türe standen, über die neue Situation in Kenntnis setzen. Die gesamten Folgen der vorangegangenen Ereignisse waren mir dabei nicht gegenwärtig, aber das wusste ich nicht, das Erinnerungsvermögen hatte Schaden erlitten infolge des Sauerstoffmangels. Ich versuchte den ersten Schritt, was erstaunlich leicht und wie von selbst ging mit den vier Beinen, doch gleichzeitig bemerkte ich, dass mein linkes Hinterbein beim Auftreten schwächelte, es gab nach, konnte sich jedoch wieder stabilisieren, so dass mir das Fortkommen irgendwie gelang. Dennoch wurde mir während des Gehens in die Stadt bewusst, dass ich lahmte. Das war der zweitschwerste Schlag an diesem Dezembertag. Es bekümmerte mich über die Maßen, trotz des wundervollen Anzugs und der seidenweichen Schnurrhaare. Was würden die anderen von mir denken, die neue Verwandtschaft, all die Katzen in der Stadt, die Grauen, die Einsamen, die Gemächlichen, die Weiße mit den schwarzen Flecken und Tiger Caroline, der Katzenstadtboss?

Ich lahmte mehr oder weniger Richtung Innenstadt, stellte mich zu den Leuten an der Fußgängerampel, wartete, bis es grün wurde, und überquerte mit ihnen die Straße. Ein Mädchen mit einem viel zu großen Schulranzen auf dem Rücken bemerkte mich als Einzige, sah mich an und ging Seite an Seite mit mir, flüsterte mir irgendetwas zu, was ich jedoch aufgrund des Straßenlärms nicht verstand, begleitete mich über die Brücke und bog dann rechts ab zu dem platanenbewachsenen Platz, sie wäre gerne mit mir weitergegangen, sie drehte sich noch ein paarmal nach mir um. Ich ging weiter über den Marktplatz, bog rechts ab in die Hofgasse und sah, dass niemand vor meiner Werkstatt stand, was mich enttäuschte und gleichzeitig erleichterte, denn jetzt konnte ich schnurstracks zum Arzt gehen, um mir das Bein ansehen zu lassen und die notwendige medizinische Versorgung zu holen. Die Tür zur Praxis war einen Spaltbreit geöffnet, und ich ging hinein, wurde jedoch von einer alten Dame, die an der Theke stand, zurechtgewiesen, dies hier sei kein Ort für Katzen, und auch die Arzthelferin stimmte ein, sie klatschte sogar in die Hände. Ich wollte sagen: »Das hier ist ein Missverständnis, ich bin schon lange bei Herrn Dr. Lindner in Behandlung«, und da bemerkte ich, dass ich nicht sprechen konnte. Aus meinem Mund kamen klägliche Laute, ich glaube, ich hörte mich eher nach einer krächzenden Krähe an. Alles Bemühen half nichts. Ich konnte kein einziges Wort herausbringen. Das war solch ein Schlag, dass ich mich gerade noch hinausschleppen konnte, mich vor die Praxistür setzte und heulen wollte, aber auch das gelang mir nicht mehr. Keine Arme, keine Hände, keine Finger. Keine Sprache und kein Weinen mehr. Ich raffte mich wieder auf und entschloss mich dazu, in das Café am anderen Ende der Stadt zu gehen, in mein Stammcafé sozusagen. Obwohl mir allmählich dämmerte, dass ich mir keinen Cappuccino bestellen konnte, würde mir doch zumindest die Atmosphäre guttun, mich auf andere Gedanken bringen, auf Ideen, wie ich mich einrichten könnte in meinem neuen Leben als Kater mit einem lahmenden linken Hinterbein. Ich wartete neben der Eingangstür des Cafés und huschte dann mit einem Mann hinein. Der Mann war sehr gut gekleidet, das fiel mir auf, die Hosen saßen tadellos, hatten schnurgerade Nähte, das Jackett war einreihig mit schmalem Revers, Schuhe und Gürtel in genau demselben hellen Braun, ich würde wetten, dass auch das Uhrenarmband in der gleichen Farbe war, ich konnte es leider nicht sehen. Der Mann bemerkte mich, wich einen Schritt zurück, sagte: »Wie schön du bist, was hast du denn an deinem Bein?«, sagte zum Cafébesitzer, Herrn Josick: »Hier kommt eine Katze mit mir, ist das in Ordnung?«, und der antwortete: »Ja klar, rein damit, diese Katze kenne ich noch nicht, wo kommt die denn her?« – »Von draußen«, sagte der gut gekleidete Mann blöde, und Herr Josick antwortete: »Geben wir ihr doch einen Namen, dann gehört sie ab jetzt hier dazu. Ist das ein Kater oder kein Kater?« Der Mann bückte sich, hob meinen Schwanz und sah mich von hinten unten an, so etwas Geschmackloses, das passte nicht zu seiner nahtgeraden Erscheinung. »Eindeutig Kater«, sagte er. »Gut. Okay«, sagte Herr Josick, »Zorro. Er heißt Zorro. Er hat so ein Zackenband auf der Stirn, und er ist hauptsächlich schwarz, das passt.« Herr Josick stellte mir eine Schale Milch hin, die ich gleich leer schlürfte, dann hörte ich erstmals als Kater die Espressomaschine kreischen, meine Beine rissen mich augenblicklich in die Luft, ich drehte mich um, hatte Glück, die Tür stand offen, und ich nahm panisch Reißaus.

Ruhe. Ich brauche Ruhe, dachte ich, und dann kam mir die Idee mit dem Altenheim. Ich machte mich also wieder auf die Socken und ging denselben Weg zurück, den ich gerade gekommen war. Allmählich wurde ich pfotenlahm, aber bis zum Altenheim schaffte ich es noch. Ich kam durch den Drehtürschlitz, ging meiner Nase nach und landete am Ende eines Ganges im Erdgeschoss, trat ein in ein Zimmer, in dem ein Mann auf seinem Bett saß in einem grauen Bademantel mit roter Bordüre, er muss einst wohlhabend gewesen sein, der Bademantel war nicht von der Stange, sondern von Hand gefertigt, der Faden, mit dem die Bordüre aufgenäht war, allerdings einen Tick zu hell. Der Mann sprach mit seinem Wellensittich, einem grünen Vogel in einem wirklich goldenen Käfig, mich überkamen bisher unbekannte und eigenartige Regungen, es zog mich zu dem Vogel. »Komm rein«, sagte der Mann, »aber schnell unters Bett, damit dich keiner sieht, und lass den Seppi in Ruhe, der hat dir nichts getan, also tu du ihm auch nichts, ab, unters Bett, zack, schnell!« Es war gut, dass ich sofort gehorchte, denn schon kam eine Nonne hereingeklackert mit energischem Schritt und sagte zu dem Mann, es sei schon 12 Uhr 15, ob er sich nicht endlich anziehen wolle, das Mittagessen stünde an seinem Platz, wäre sicherlich schon kalt. »Heute nicht«, sagte der Mann, »morgen wieder«, die Nonne verließ kopfschüttelnd das Zimmer, der Mann stand auf, ging zum Kühlschrank, nahm zwei Landjäger heraus und ein Glas Senf, setzte sich wieder auf sein Bett und murmelte vor sich hin: »Lasst mich in Ruh mit eurem Essen, schmeckt mir nicht.« Er warf mir kleine Brocken Landjäger unters Bett, sie schmeckten hervorragend. »Das wird deinem Bein guttun«, sagte er. Das Essen machte mich müde, ich nickte ein und muss sehr lange geschlafen haben, denn als ich aufwachte, war es schon dunkel, ein Tuch hing über dem Vogelkäfig, und der Mann war ausgegangen. Weil mir der Boden zu hart war, sprang ich auf das Bett, streckte mich, versuchte mich in der ersten Fellpflege und nahm mir hierzu mein geschundenes linkes Hinterbein vor, wurde aber gleich wieder müde, war vorerst zufrieden und schlief ein. Als ich aufwachte, lag der Mann verkehrt herum im Bett, ich hatte sein Kopfkissen als meinen Schlafplatz gewählt, jetzt lagen seine Füße neben meinem Kopf, ich hörte ihn leise schnarchen und konnte erkennen, dass er noch immer seinen Bademantel trug, die roten Samtbordüren zeichneten eine unterbrochene Linie auf seinen Körper. Die Kirchenglocken schlugen sieben Uhr, und ich wurde wach, streckte mich, was guttat und meine Lebensgeister wieder weckte. Ein Auto kam näher mit Sirenengeheul, es wurde immer lauter, unerträglich, bis der Wagen nur ein paar Meter von mir entfernt stehen blieb, ich roch die Auspuffgase, mein Körper spannte sich an, ich sprang aus dem Bett, meine Nase führte mich in Richtung frischer, feuchter Morgenluft, ich fand die Balkontür und rannte mehr auf drei als auf vier Beinen davon in den Morgen, der Sonne und Wärme verhieß.

Der Wagen des Tierarztes stand schon vor dessen Praxis. Ich nahm allen Mut zusammen und hoffte, er würde den Schaden an meinem Bein sehen und mir auch ohne die übliche Entlohnung behilflich sein. Eine Mäusegalle hatte ich bei mir, die Maus selbst hatte ich ohne Hunger gegessen, die Kalbspastete, die ich in der vergangenen Nacht in großen Mengen verspeist hatte, lag mir noch immer beruhigend im Magen. Ich näherte mich der Eingangstür, wollte auf den ersten Menschen mit einer kranken Henne oder Ratte warten, um mit ihm reingehen zu können, als der Geruch um mich herum immer schärfer und beißender wurde. Mein Instinkt sagte mir, dass es hier nach Angst, nach großer Angst und Unheil roch. Ich drehte mich um, ließ die Galle fallen und lief eilends davon.

Ich musste mir eine Bleibe suchen, einen Ort fernab von Cappuccinomaschinen, Arzthelferinnen, kopfschüttelnden Nonnen, Sirenengeheul und Vogelkäfigen. Ich spielte mit dem Gedanken, auf die Burg zu ziehen, diese Ruine, die über der Stadt auf einem Berg thront, der aussieht wie ein plattgedrückter Kegel. Ich nahm die Abkürzung, direkt durch die Weinreben steil bergan, kam an eine Mauer, wollte hinaufspringen, fiel rückwärts und konnte gerade noch durch eine Vorwärtsdrehung verhindern, dass ich auf meinem Rücken landete, eine unverzeihliche Schande für einen Kater. Ein Schmerz im lädierten Bein hatte mich erwischt, nun saß ich da und verlor alle Kraft. Augenblicklich wurde ich von einem nie gekannten Selbstwertverlust gepackt, meine Stimmung raste in den Keller, mein Katerkörper tat weh, überall, so dass alle stolze Spannung aus ihm herausfuhr und ich eher wie ein kleiner Mehlsack dahockte und stumpf vor mich hin sah. Heulen konnte ich immer noch nicht.

Ich weiß nicht, wie lange ich so dagesessen bin. Irgendwann machte ich mich wieder auf die Pfoten Richtung Friedhof. Ich fand nach ausgiebigem Umherstreifen einen Unterschlupf in einer Heckenhöhle, tretelte mir eine Kuhle zurecht, so dass ich nach draußen sehen konnte, selbst aber im Verborgenen blieb. Hier würde ich vorerst wohnen.

In den darauffolgenden Wochen, in denen mein Anzug dichter und sozusagen winterfest wurde, besuchte ich jeden Tag das Altenheim. Der Herr mit dem Wellensittich teilte stets seine Leckereien aus dem Kühlschrank mit mir. Ich ließ Seppi in Ruhe, wenngleich es mir auf die Nerven ging, dass er mich unentwegt beäugte und sein Körper in Scheinstarre verharrte, sobald ich auftauchte. Auch den Weinberg, an dessen Fuß das Altenheim lag, bestieg ich täglich, ich erhoffte mir durch diese Streifzüge eine Besserung meines Beines. Doch trotz des streng durchgehaltenen Trainings hörte weder das Lahmen noch der Schmerz auf. Da kam mir die Idee, die Psychologin zu besuchen. Ein Aufmöbeln meines Selbstwertgefühls würde möglicherweise die Schmerzen verschwinden und das Bein gesunden lassen, es gibt ja eigenartige Zusammenhänge, so viel wusste ich.

Die Klingel ist zu schrill für die Ruhe, die dieser Ort ausstrahlt. Das scheint auch Rebecca Marlien so zu empfinden, denn als es läutet, höre ich wieder ihr »Manno. Geht's noch«. Ich komme zurück aus meinem Bildertraum, muss mich einige Sekunden lang wieder finden in der Welt und versuche zu verstehen, wer oder was ich bin, dann höre ich

Schritte die Treppe hinaufhasten, eine Männerstimme, die sagt: »Hallo, hier bin ich, ich habe mich doch weniger verspätet, als ich angenommen habe. Es ging schneller beim Arzt.« »Tag, Herr Konradi, schön, dass Sie da sind.« Sie kommen in den Raum, in dem ich mich auf dem Sessel schlafend stelle, ich linse aus meinem rechten Auge, will wissen, mit wem ich es jetzt zu tun habe, und sehe, dass Herr Konradi einen Anzug trägt. Er sieht aus, als hätte ich ihn geschneidert, kerzengerade Nähte, die Hosenbeine bedecken die Sohlen zur Hälfte, die Schlaufen für den Gürtel sind in exakt gleichen Abständen. Früher hatte ich nur Menschen gesehen, die schlecht gekleidet waren, ich frage mich, warum sich das geändert hat, seitdem ich ein Kater bin, und würde das gerne Rebecca Marlien fragen, aber ich kann ja nicht sprechen. »Einen wunderschönen Anzug haben Sie heute wieder an, woher nur bekommen Sie diese schönen Anzüge und Mäntel und Jacketts?« »Die habe ich selbst geschneidert, als ich noch meine Werkstatt hatte, vor meinem Unfall.« Mit einem Mal bin ich hellwach. Wahrscheinlich stellt mein Körper um auf Notfallreaktion, er wird mit Adrenalin überflutet. Hier stimmt was nicht.

Mir wird schwindlig, ich muss zusehen, dass ich nicht hyperventiliere, muss mich bewegen, also rolle ich mich auf, vergesse, mich zu strecken, falle auf mein Hinterteil, sehe, dass Herr Konradi meine Anwesenheit bemerkt und mich verblüfft anstarrt. Er bewegt sich rückwärts auf den grünen Sessel mit den roten Bourbonenlilien zu, bei dem sich auf der Armlehne ein kleines Loch anbahnt, der Stoff ist dünn dort, und man sieht schon einzelne Fäden, ich würde es gerne flicken. Herrn Konradis linkes Bein bewegt sich nicht ganz flüssig, er kann den Fuß nicht gerade auf den Boden setzen. Er hält beide Arme in angewinkelter Stellung fast auf Brusthöhe in Erwartung der Sessellehnen hinter sich und lässt sich langsam auf das Polster sinken, sein Rücken bleibt dabei kerzengerade. Rebecca Marlien sagt: »Ach so, ja, wir haben heute Besuch von einem Kater, also ich gehe davon aus, dass es ein Kater ist, sein Kopf ähnelt in der Form dem Kopf von meinem Kater, Katzen haben zartere Köpfe. Sie sehen ja, mein Platz ist besetzt, darum setze ich mich heute auf die Couch.« Herr Konradi blickt mich noch immer an wie hypnotisiert.

»Ich habe noch ein paar Fragen zur diagnostischen Abklärung«, sagt Frau Marlien. »Aha«, sagt Herr Konradi und blickt stur in meine Richtung. Frau Marlien steht das durch, ich glaube, sie ist ziemlich flexibel und in Geduld geübt und hält es auch für irgendwie richtig, wenn sie keine Antwort bekommt. Sie sieht auch zu mir her, und ihr Blick wird dabei weich. So vergehen einige aufmerksame Augenblicke. Jetzt versucht es Rebecca Marlien doch noch mal. »Herr Konradi, es sieht so aus, als würden Sie unter einer posttraumatischen Belastungsstörung leiden. Die Ursache dafür ist der Autounfall, an den Sie offenbar keinerlei Erinnerung mehr haben. All das, was Sie mir bis jetzt über Ihre Befindlichkeit gesagt haben, deutet auf diese Diagnose hin, das Bedürfnis nach Rückzug, unangenehme Gefühle, wenn Sie scheppernde Geräusche hören mit dem Impuls, dann wegrennen zu wollen, Sie gehen lange Umwege, um Autoverkehr zu vermeiden, Sie empfinden kaum noch Freude an irgendetwas, Sie sind sehr schreckhaft und häufig atemlos, schon bei geringster Anstrengung. Eines passt allerdings nicht und gibt mir noch Rätsel auf: Sie träumen immer wieder von einem Kater, der Zorro heißt, der zu Ihnen kommt und Sie tröstet.« Kater. Das Wort »Kater« war gefallen, und wir alle drei im Raum sehen uns an, einer den anderen, Rebecca Marlien mich, Herr Konradi sie, ich Herrn Konradi und immer so im Kreis herum. Irgendetwas spielt sich ab in unseren Köpfen, vielleicht gibt es einen Zusammenhang. »Allerallerallerhöchste Fügung«, sagt Rebecca Marlien zu sich selbst, ich lese es ab von ihren Lippen, hören kann man es nicht. Es vergehen wieder ein paar Minuten, keiner sagt etwas. Draußen schreit jemand nach seinem Hund, wie auf einen Schlag werden wir aus unserer Trance gerissen. Herr Konradi sagt: »Der Arzt meint, dass mein Bein möglicherweise nicht mehr ganz in Ordnung kommt, vor allem die Narbe der durchtrennten Sehne am Knöchel wird mich immer wieder beim Auftreten schmerzen. Das bekümmert mich sehr, aber vielleicht steckt doch was Hypochondrisches dahinter, und ich möchte –« Rebecca Marlien unterbricht: »Das mit Ihrem Bein tut mir leid, aber darum soll sich der Arzt kümmern, das ist ein körperliches Problem, da steckt nichts Hypochondrisches dahinter. Um die psychologischen Folgen, die das für Sie hat, können wir uns kümmern.«

Herr Konradi sinkt in sich zusammen. Er sitzt da wie ich unter der Mauer auf dem Weinberg, mehr wie ein geschlagener Hund mit dem Impuls, sich aufzugeben, als ein gut gekleideter Mann. Ich behalte ihn im Auge, ich weiß, wie er sich fühlt. Die Aussicht auf ein Leben mit einem lahmenden Bein macht mutlos, und man verliert alle Würde. Wer einen ansieht, nimmt nur das lahmende Bein wahr und denkt darüber nach, warum es lahmt. So wie ich alle schiefen Nähte sehe, jeden Knopf, dessen Füßchen zwischen dem Stoff und den Knopflöchern nicht die richtige Länge hat, jede durchgeschabte oder fast durchgeschabte Stelle auf einem Kleidungsstück. Man weckt Hilfereflexe, vor allem bei Frauen, wahrscheinlich auch bei Katzenfrauen, man wird nicht mehr als gutaussehender Mann mit gut gefüllter Brieftasche gesehen oder als Glanzkater mit reichem geistigem Innenleben, der mehr zu bieten hat als ein blödes lahmendes Bein. »Die Stuhllehne ist demnächst hin«, sagt Herr Konradi. »Mhmm«, sagt Rebecca Marlien leise, »muss ich machen lassen.« Sie nimmt noch mal Anlauf, rückt ein Stück vor, die Arme auf die Beine aufgestützt und den Kopf in beiden Händen. Sie schaut konzentriert zu ihm hinüber, direkt in seine Augen. »Ich möchte noch mal auf den Unfall zurückkommen, Herr Konradi. Dieser Unfall ist ja die Ursache für die Schwierigkeiten, die Sie jetzt mit sich haben, und um eine Besserung Ihres seelischen Befindens zu erreichen, müssen Sie sich dieser Begebenheit stellen, Sie sollten versuchen, sich daran zu erinnern, sonst kann keine Heilung erfolgen.« Herr Konradi hebt die Schultern hilflos und senkt sie genauso hilflos. »Wie soll ich das anfangen, geben Sie mir einen Rat, einen Tipp, Sie sind die Expertin.« Ich schlage versehentlich zweimal mit dem Schwanz hin und her, einmal nach rechts, einmal nach links, und ziehe damit Rebecca Marliens Aufmerksamkeit auf mich. Auch Herr Konradi sieht wieder zu mir herüber. Unsere Augen begegnen sich und lassen einander nicht mehr los, es ist plötzlich wie ein gegenseitiges Sich-Festhalten, nur stärker. »Sie waren klinisch tot?«, fragt Rebecca Marlien, und ihre Stimme zerklirrt diesen Energiestrom, ich kann es nicht anders ausdrücken, es war ein Energiestrom zwischen Herrn Konradi und mir, und ihre Stimme zerrt uns auseinander. »Ja. Soviel ich weiß, ja.« Nullkurve beim EKG, keine Pupillenreaktionen mehr, und, warten Sie, keine aufgeregten Menschen mehr um mich herum, ja, so war es, nicht mal mein Nachbar schrie mehr, ich sah aus wie in einen violetten Mantel gehüllt, und ich fühlte mich unendlich leicht, so wie ein Blatt im Wind, das nach oben getragen wird und endlich frei ist von dem Ast, an dem es sonst immer festgehalten wird. Dann sagte der Rettungssanitäter mit dem Ohrring, er versuche es noch mal, wieder dieser Schock mit dem Defibrillator, und plötzlich war alles Bewusstsein ausgelöscht, ich sah mich auch nicht mehr von oben. Als Nächstes stand ich auf dem Friedhof neben der Kapelle, und eine Frau mit einer Gießkanne ging an mir vorbei.«

Irgendwie beginnt sich jetzt mein Fell zu sträuben. Ich werde immer leichter und verliere nach und nach die Kontrolle über mich, erst über meine Körperfunktionen, dann über meine Gedanken, meinen Willen. Ich versuche noch, die Augen an den schwarzen Nähten auf Rebecca Marliens Schuhen festzuheften, um Halt zu gewinnen, aber auch die Nähte verrutschen mir mehr und mehr und dann höre ich mich laut und deutlich sagen: »Frau Marlien, ich bin der Kater Zorro, von dem Herr Konradi immer wieder träumt, und jetzt kommt die Weltsensationsfügung, halten Sie durch.« Rebecca Marlien wird blass. Draußen scheppert ein Müllwagen vorbei. Ich verlasse meinen schwarz schimmernden Overall, werde noch leichter, entferne mich in Richtung Decke, sehe meinen Katzenkörper auf dem Sessel liegen, verweile noch ein wenig in der oberen Zimmermitte und finde mich dann wieder in Claudio Konradi.

»Der Kater sieht so seltsam entspannt aus«, sagt Rebecca Marlien, steht auf, geht auf den Sessel zu, schaut, sieht noch genauer hin, streicht über den Rücken des Katers, nimmt seine Vorderbeine in die Hand, legt sie langsam und behutsam zurück, beugt sich hinunter und sagt: »Er ist tot. Der Kater ist tot.«

Der Friedhof liegt in aller Stille. Eine Frau steht gedankenverloren vor einem Grabstein, einem aus Granit geschlagenen Kreuz. Von ferne nähert sich ein Martinshorn. Die Frau bückt sich, liest eine Feder auf, die sich zwischen einem roten Stiefmütterchen und dem Efeu verfangen hat. Sie dreht sich um, ruft: »Mariechen, wo bist du?«, und folgt der Stimme: »Hier, Mama, hier bin ich.« Das Kind steht zwischen zwei Hecken, die sich nach oben hin gebogen und ineinander verfranst haben und so eine Höhle bilden, umgeben von struppigen, dicht beieinander wachsenden Zypressen. Rechts unter der Hecke sieht man eine Kuhle, nicht sehr tief. Dort steht das Kind, hält etwas in der Hand und fragt: »Was ist das, Mama?« »Zeig mal«, antwortet sie und nimmt eine Tüte Baldriantee aus den Händen des Kindes, dreht sie ein paarmal um, hört dem Knistern der Tüte zu, zuckt mit den Schultern, schaut Mariechen an, lässt ihre Augen in der Höhle umherwandern, gibt die Tüte in Mariechens aufgehaltene Hände, und das Kind legt sie zurück in die Kuhle.

Wenn man genau hinsehen würde, könnte man hinter dem Zypressenwirbel zwei etwa rot-weiß karierte Öhrchen erkennen, die zweifellos zu einer Katze gehören.

Werner Fuld

Das Gespenst von Catville
nach einer Vorlage von Oscar Wilde

Personen:

LUCIE und HARRY – ein junges amerikanisches Ehepaar

PIA und MIA – zwei Katzen

SIR RODERICH – Hauskater

VERWALTER

VERWALTER Nun, Sir Otis, gehört die Villa Catville Ihnen. Hier ist der Schlüssel. Und glauben Sie mir: Dass es hier spuken soll, ist reiner Aberglaube. Wirklich reiner Aberglaube.

HARRY Als Ingenieur und Amerikaner bin ich nicht abergläubisch.

VERWALTER Umso besser, Sir. Gar nicht erst ignorieren, sagt meine Frau auch immer.

HARRY Apropos: Holen Sie bitte morgen meine Frau von der Bahn ab.

VERWALTER Wie verabredet. Also dann: Eine gute erste Nacht wünsche ich Ihnen in Ihrem neuen Heim. Den Katzen wird so ein altes Haus sicher gefallen. Bis morgen dann!

HARRY Bis morgen!

Schritte auf Kies, Wagentür, abfahrendes Auto.

HARRY Na, dann wollen wir mal.

MIA Es wird auch Zeit, dass wir aus diesen Reisekörben rauskommen.

PIA Ich habe Hunger.

Türschloss, knarrende, quietschende Haustür.

HARRY Die Tür muss geölt werden, und die Katzen werden immer schwerer. Ich werde Lucie morgen sagen müssen, dass sie ihnen nicht so viel zu fressen geben soll.

(Öffnet eine knarrende Küchentür.)

SIR RODERICH Ich glaube, ich sehe nicht recht. Da lief eben ein Mann mit zwei Katzenkörben durch mein Haus, und was er sagte, klang so, als ob er hierbleiben will. Nicht mit mir, meine Herrschaften, nicht mit Sir Roderich, dem rechtmäßigen Herrn von Catville.

Küche, Dosenöffnen, Tellerklappern.

HARRY So, meine Lieben, das genügt für heute. Sonst werdet ihr uns zu fett.

PIA Der soll sich selbst mal ansehen!

HARRY Das bequeme Leben hat jetzt sowieso ein Ende.

MIA Hört, hört!

HARRY Ihr werdet euch an das Leben im Grünen gewöhnen müssen, auch wenn es euch als Hauskatzen schwerfallen wird. In Zukunft werdet ihr Mäuse fangen.

PIA Der spinnt wohl.

MIA Das soll er uns mal vormachen, dieser Schreibtischheld.

SIR RODERICH Bei meinen Vorfahren, das ist nicht nur ein Mensch, das sind zwei Katzen. Und sie wollen nicht nur hier wohnen, sondern sie wollen auch meine Mäuse jagen. Zwei gewöhnliche American Shorthair, wenn ich recht sehe, wollen mir, einem in der ganzen Grafschaft geachteten Kartäuserkater, das Revier streitig machen!

HARRY Gott sei Dank kommt Lucie morgen.

Schubladeöffnen und -schließen.

Man findet hier nicht mal einen Flaschenöffner. Na gut, ich geh ins Bett. Schön brav, ihr beiden, ihr bleibt heute Nacht hier unten.

MIA Denkste.

PIA Er hat die Katzentüren nicht gesehen.

Küchentüröffnen.

SIR RODERICH Vorsicht, er kommt.

Türschließen, Treppensteigen.

MIA Wir sehen uns mal die Zimmer an, irgendwo muss es doch ein bequemes Sofa geben.

PIA Ich wäre mit einem Schaukelstuhl zufrieden.

SIR RODERICH Da hört sich doch alles auf. Die tun, als wären sie hier zu Hause. Aber das wird sich ändern. Mein Programm zur Vertreibung lästiger Mieter hat bisher immer funktioniert. Denen werden vor Schreck die Schwanzhaare ausfallen! Roderich, auf in den Kampf!

Nächster Tag.

HARRY Ich freue mich, dass du da bist, Lucie. Hattest du eine gute Fahrt?

LUCIE Ja, Harry, danke. Ist alles in Ordnung? Was machen die Katzen?

HARRY Die sind irgendwo oben. Die neue Umgebung ist natürlich sehr aufregend für sie.

LUCIE Sie werden sich rasch eingewöhnen.

HARRY Und wir auch. Ist der Kamin nicht herrlich?

LUCIE Ja, aber hier ist ein Fleck. Ist dir gestern Abend der Whisky aus der Hand gefallen?

HARRY *(lacht)* Nein, das ist ein historischer Fleck. Der Verwalter hat ihn mir ausführlich erklärt: es ist das Blut von Lady Eleonore, die an dieser Stelle von ihrem Mann, Sir Simon, im Jahre 1575 ermordet wurde. Er überlebte sie noch um fünfzehn Jahre, dann starb auch er unter mysteriösen Umständen.

LUCIE Was du nicht sagst.

HARRY Die Leute sagen es. Deswegen heißt es auch im Dorf, dass es hier spukt. Jedenfalls ist dieser Fleck in die britischen Geschichtsbücher eingegangen und kann nicht entfernt werden.

LUCIE Das ist Unsinn, Harry. Pinkertons patentiertes Fleckenmittel wird schon damit fertig werden. Gib mal die Flasche vom Fensterbrett, ich habe gerade ein Papiertaschentuch. Danke. *(Sie reibt heftig.)* Siehst du, weg ist der Fleck. So ehrwürdig kann er nicht gewesen sein.

Gewaltiges Donnern.

LUCIE Oh! Eben schien doch noch die Sonne!

HARRY Das britische Klima, mein Schatz. Komm, du musst dir das Schlafzimmer ansehen.

Schritte, Treppensteigen.

SIR RODERICH Diese Banausen, diese entsetzlichen, gemeinen, ordinären amerikanischen Banausen! Wenn ich es nicht mit eigenen Augen gesehen hätte, würde ich es nicht glauben. Der Fleck ist weg. Mir sträuben sich jetzt noch alle Schnurrhaare einzeln. Es hilft nichts, Roderich, diese Leute werden dich erst noch kennenlernen. Wie kriege ich nur den Fleck wieder hin?

MIA Was meinst du, gefällt es uns?

PIA Ich weiß noch nicht so recht, irgendwo scheint ein Haken zu sein.

MIA Du hast es also auch gemerkt. Das Haus riecht nach einem Kater.

PIA Ja. Wir haben zwar keinen gesehen, aber ich bin sicher, dass es ihn gibt und dass er uns beobachtet.

MIA Ich habe auch so ein merkwürdiges Gefühl.

Knarrende Tür.

MIA + PIA Oh!

LUCIE Was machen denn die Katzen im Schlafzimmer? Raus mit euch!

HARRY Sei doch nicht so streng mit ihnen! Wahrscheinlich waren sie die ganze Nacht unterwegs und sind jetzt müde.

LUCIE Man muss konsequent sein, vom ersten Tag an. Müde sein können sie auch draußen.

PIA Dumme Gans!

SIR RODERICH Das ist gut! Streitet euch nur!

MIA Komm mit! Wessen Schlafzimmer das schließlich sein wird, können wir später noch klären. Jetzt suchen wir den Kater.

HARRY Möchtest du dich nicht ein wenig hinlegen, Lucie?

LUCIE Nein, ich bin überhaupt nicht müde.

HARRY Das sollst du auch gar nicht, Liebste. *(Er küsst sie.)*

LUCIE Nein, nicht jetzt, du weißt doch, wie viel wir noch zu tun haben.

HARRY Das Haus läuft uns doch nicht weg!

LUCIE Eben. Von allein tut sich nichts!

SIR RODERICH Nur weiter so! Streitet euch!

LUCIE Sei vernünftig, Harry. Wir haben später noch genug Zeit.

SIR RODERICH Ein »später« wird es gar nicht geben.

HARRY Liebe am Morgen vertreibt Kummer und Sorgen.

LUCIE O ja, ich liebe dich, aber jetzt sehe ich erst mal nach der Küche.

SIR RODERICH Du wirst dich wundern, du Rühr-mich-nicht-an.

HARRY Na gut, ich komme mit nach unten. Ich wollte mir sowieso die Garage ansehen.

Türknarren, Treppe.

SIR RODERICH Ich gehe auch mit. Den Anblick will ich mir nicht entgehen lassen. Hm – die Luft scheint rein zu sein. Sollten diese verwöhnten Haustiere mich wirklich schon gerochen haben? Ich werde noch vorsichtiger sein müssen.

LUCIE *(entnervter Schrei aus der Küche)* Iiiiii!

SIR RODERICH *(lacht böse)* Das ging ja schnell.

HARRY Was ist denn?

LUCIE Komm sofort her, Harry! Vor dem Kühlschrank liegt eine tote Ratte!

HARRY Was!?

LUCIE Frag nicht so dämlich, sondern tu was! Ich bin zu Tode erschrocken, das kannst du mir glauben. Eine Ratte in der Küche. Wie kommt die hierher?

HARRY Reg dich nicht so auf. Vielleicht ist sie vor dem Kühlschrank verhungert.

LUCIE Spar dir deine Witze! Du weißt ganz genau, dass es die Katzen waren. Diese Untiere! Eben noch haben sie friedlich auf dem Bett gelegen und geschnurrt, als ob überhaupt nichts wäre.

HARRY Ja. Sonderbar.

LUCIE Was heißt hier sonderbar? Hinterhältig ist das!

HARRY Sonderbar. Vorhin war noch keine Ratte da, und die Katzen waren oben. Sie können es eigentlich nicht gewesen sein.

LUCIE Nimm du sie nur in Schutz. Wer sonst könnte so was tun? Mich so zu erschrecken! Ein Gespenst vielleicht?

Sir Roderich lacht böse in sich hinein.

HARRY Vielleicht, ja, das Gespenst.

LUCIE Mach dich nicht lustig über mich!

HARRY Gut, wir werden Mausefallen aufstellen.

SIR RODERICH Ein Gespenst in einer Mausefalle, diese Amerikaner sind noch alberner, als ich dachte. Bald werde ich das Haus wieder für mich allein haben.

Vogelgezwitscher im Hintergrund.

MIA Diese Vögel machen mich reichlich nervös.

PIA Ja, in Detroit war es viel ruhiger. Putzt du mir bitte den Rücken?

MIA Gleich, ich mache erst noch meine Krallen. Angeblich ziehen die Menschen aufs Land, um ihre Ruhe zu haben. Verstehst du das?

PIA Menschen kann man nicht verstehen. Man muss versuchen, sie zu ertragen.

Ein Hahn kräht.

MIA Was war das?

PIA Ich weiß nicht. Eine Hupe vielleicht. Hast du mitgekriegt, was heute Morgen im Haus los war?

MIA Die Ratte vor dem Kühlschrank.

PIA Ich war's nicht.

MIA Ich auch nicht.

PIA Also –

MIA + PIA – war es dieser Kater.

Autogeräusch, Türenschlagen, Haustürknarren.

MIA Unser Mensch war in der Stadt. Hoffentlich hat er uns etwas Vernünftiges zu essen mitgebracht.

PIA Wir sollten aufpassen, dass der Kater uns nichts wegnimmt. Lass uns lieber reingehen.

Küchengeräusche. Besteckklappern.

HARRY Hallo, Liebling!

LUCIE Hmmm …

HARRY Bist du noch böse wegen der Ratte heute Morgen?

LUCIE Hmmm…

HARRY He, was ist denn mit dir? So schlimm war es doch gar nicht.

LUCIE Ich werde dir sagen, was schlimm ist. Komm mit, ich werde es dir zeigen.

Schritte.

Sir Roderich lacht böse.

LUCIE Hier. Der Fleck ist wieder da. Genau an der Stelle, wo ich ihn gestern Abend weggemacht habe.

HARRY Vielleicht war Pinkertons patentiertes Putzmittel schon etwas alt.

LUCIE Eine bessere Erklärung hast du nicht? Kein Gespenst diesmal?

HARRY Sei nicht kindisch. Mach ihn eben noch mal weg. Ich stelle die Mausefallen auf. Wo sind die Katzen?

LUCIE Sie sind hinter dir in die Küche gekommen…
Und ich werde zum zweiten Mal diesen Fleck entfernen. Dann gibt es eben etwas später Abendessen.

HARRY Was gibt es denn?

LUCIE Hühnchen in Weißweinsoße!

SIR RODERICH Das muss ich mir ansehen! Hühnchen! Delikat!

LUCIE *(reibt und scheuert)* Dieser Fleck muss weg! – Na bitte!

Glasklirren, Lucie schreit auf. Iiiiiii!

SIR RODERICH Verflucht, die Vase. Nichts wie raus hier.

LUCIE Es geht zu weit, es geht wirklich zu weit. Diese Katzen…

HARRY …die Katzen sind draußen.

LUCIE Und diese Vase? Meinst du, sie ist allein vom Schrank gefallen?

HARRY Bist du nicht drangestoßen?

LUCIE Ich kann nicht gleichzeitig auf dem Boden knien und eine Vase vom Schrank werfen.

HARRY Schon gut, sie war sowieso nicht schön.

LUCIE Allmählich kommt mir das merkwürdig vor. Ich hole rasch den Besen.

Schritte.

LUCIE Iiiiiii!

HARRY Was ist denn jetzt schon wieder?

LUCIE Vor der Tür liegt das Huhn!

HARRY Welches Huhn?

LUCIE Unser Abendessen! Es lag auf dem Küchentisch, und jetzt liegt es hier vor der Tür.

HARRY Vielleicht ist es wieder lebendig geworden.

LUCIE Harry! Du machst mich noch wahnsinnig. Genügt es denn nicht, dass es hier spukt? Musst du auch noch Witze machen, anstatt mir zu helfen? Mein Gott, Männer! Wenn man sie einmal braucht, merkt man, dass man einen Gartenzwerg geheiratet hat!

MIA Wir müssen etwas unternehmen. Und zwar rasch.

PIA Ja, sonst fällt alles auf uns zurück. Und was sollen wir unternehmen?

MIA Wir müssen endlich diesen Kater finden. Unsere Menschen können ja von mir aus glauben, dass es hier spukt, aber wir sind nicht so dumm.

PIA Und wenn wir ihn gefunden haben, was dann?

MIA Erinnerst du dich, was wir mit Sally Newfields Kater gemacht haben, der bei uns zu Besuch war?

PIA Natürlich erinnere ich mich daran. Das war wirklich nicht sehr fein.

MIA Es muss auch nicht sehr fein sein, wir sind auf dem Land. Außerdem handeln wir in Notwehr.

PIA Also gut, lass uns auf die Suche gehen.

SIR RODERICH Geht nur, ihr Etagentiger. Mich werdet ihr nicht kriegen. Obwohl es den alten Sir Roderich schon interessieren würde, was diese Teenies mit Sally Newfields Kater gemacht haben. Ach was, Roderich, gegrübelt wird nicht. Es gibt viel zu tun, fangen wir an; es wird schon bald wieder hell.

LUCIE Hu! Was war … Harry! Was … Wach auf!

HARRY Lucie, was zum Teufel machst du?

LUCIE Ach – nichts, Liebling. Ich dachte nur, es würde dich interessieren, wer gerade die Treppe heruntergefallen ist.

HARRY Ich sehe nach. Ach je. Die alte Ritterrüstung, die hier oben auf dem Absatz stand, sie ist heruntergefallen.

LUCIE Wenn's weiter nichts ist.

HARRY Schlaf weiter, Liebling. Wie viel Uhr ist es?

LUCIE Ich weiß nicht. Wahrscheinlich wird es gerade hell.

Harry zieht den Vorhang beiseite. Ja. Oh, Lucie!

LUCIE Ja?

HARRY Ich – ich will dich nicht beunruhigen, doch da drüben auf dem Dach, da lief eben ein Löwe.

LUCIE Du träumst.

HARRY Oder ein Wolf. Aber eher ein Löwe.

LUCIE Leg dich wieder hin. Ich werde morgen ein ernstes Wörtchen mit dem Verwalter reden. So geht es wirklich nicht weiter.

HARRY Es könnte auch ein Tiger gewesen sein. Allerdings gibt es in Südengland keine Tiger – glaube ich.

LUCIE Nein, nur Wölfe. Gute Nacht.

HARRY Lucie!

LUCIE Ja, Liebling?

HARRY Komm doch mal her und sieh dir das an. Der Fleck ist schon wieder da.

LUCIE Mich wundert hier gar nichts mehr. Soll der Fleck doch da bleiben. Oder stört er dich?

HARRY Nein, ich dachte, du …

LUCIE Ach was. Schließlich ist es ein historischer Fleck.

SIR RODERICH Soll ich mir diese Mühe umsonst gemacht haben?

Autogeräusch.

LUCIE Da kommt der Verwalter. Lass mich mit ihm reden.

Schritte.

VERWALTER Guten Morgen, Madam! Guten Morgen, Sir! Haben Sie sich schon eingelebt? Hatten Sie eine gute Nacht?

LUCIE Das kann ich nicht behaupten. Ich würde mal so sagen: Wir haben ein kleines Problem.

SIR RODERICH Was heißt hier »klein«?

VERWALTER Oje. Ich hab's befürchtet.

HARRY So schlimm ist es nun auch wieder nicht.

SIR RODERICH Wart's nur ab!

LUCIE Harry, du bist jetzt ruhig. Hier geschehen merkwürdige Dinge. Flecke kommen und gehen, eine Ratte fällt direkt vor meinem Kühlschrank tot um, ein ausgenommenes Huhn wandert vom Küchentisch vor die Zimmertür, eine Ritterrüstung stolpert die Treppe herunter, und auf dem Dach sitzt ein Löwe, der auch ein Wolf sein könnte.

VERWALTER Ich hab's befürchtet.

HARRY Was meine Frau meint, ist – ich bitte Sie, verstehen Sie uns nicht falsch, aber wir fragen uns natürlich –

VERWALTER Jaja, ich weiß.

LUCIE Sie wissen das also alles schon. Kommen Sie, trinken wir einen Tee, da redet es sich besser.

VERWALTER Danke, Madam. Ja, es ist bei jedem Mieter das gleiche Programm.

SIR RODERICH Hm. Ich scheine mich zu wiederholen.

HARRY Für uns war es neu.

VERWALTER Jetzt fehlt nur noch das, was wir im Dorf »das lebende Laken« nennen, und vor allem »das nächtliche Grauen«.

SIR RODERICH Meine Glanznummer in früheren Zeiten. Als ich noch gelenkiger war.

LUCIE Das hört sich beides nicht gut an.

VERWALTER Nein, Madam, es ist schrecklich. Lady Forsythia Catville wurde eines Tages leblos in ihrem Schlafzimmer aufgefunden. Sie konnte nur noch flüstern: »Das Laken lebt«, dann schied sie dahin.

HARRY Und? Lebte es wirklich?

VERWALTER Es gibt Zeugen, die gesehen haben wollen, wie es sich im Kreise drehend durch den Raum bewegte.

SIR RODERICH Es gab Zeugen, um genau zu sein.

LUCIE Das kenne ich auch. Unsere Katzen spielen manchmal damit, wenn man nicht aufpasst.

HARRY Und wie äußert sich »das nächtliche Grauen«?

SIR RODERICH Wart's ab, du neugieriger Mensch.

VERWALTER Es äußert sich gar nicht. Es ist einfach da. Plötzlich sitzt einem der Alb im Nacken, zischt und faucht, mit glühenden Augen wie der Leibhaftige, und dann ist es wieder fort.

SIR RODERICH Ja, vom Dielenschrank herab ging das besonders gut.

HARRY Und die Mieter sind dann auch fort?

VERWALTER Wie man's nimmt. Einige zogen wieder aus, andere wurden herausgetragen.

LUCIE Und was gab es sonst noch?

HARRY Also, Lucie, ich muss sagen, mir reicht es.

LUCIE Ich denke, du glaubst nicht an Gespenster.

HARRY Ich weiche den Tatsachen.

SIR RODERICH Sehr vernünftig!

LUCIE Ich möchte den Tatsachen ins Auge sehen, oder besser gesagt: dem Verursacher.

VERWALTER Sie wissen, Madam, im Jahre 1575 hat Sir Simon in diesem Hause seine Frau umgebracht. Die ruhelose Seele wandert seither –

LUCIE Ach was, kein Gespenst klaut sich ein Huhn vom Küchentisch. Jedes kultivierte Gespenst würde damit warten, bis es in Weißweinsoße angerichtet ist!

SIR RODERICH Diese jungen Frauen glauben an gar nichts mehr. Ich fürchte um Britanniens Zukunft.

HARRY Was willst du damit sagen?

LUCIE Nichts. Gar nichts. Es gefällt mir hier sehr gut, glaube ich.

SIR RODERICH Jetzt redet sie wirres Zeug. So schnell geht das.

HARRY Aber, Lucie, du hast doch die ganze Zeit geschimpft und bist erschrocken und hast – oder nicht?

LUCIE Das ist vorbei. Jetzt kenne ich ja die ganze Geschichte.

HARRY Ja eben. Das Schlimmste kommt erst noch.

LUCIE Aber nein, es gibt eine ganz einfache Lösung.

HARRY Das verstehe ich nicht.

LUCIE Liebling, überleg doch mal. Wir brauchen in Zukunft nur einen dritten Futterteller.

SIR RODERICH Oh! Sieh an! Sie will mich korrumpieren!

VERWALTER Sir, wenn ich Ihnen helfen kann, ich meine, wenn es Madam nicht ganz gut geht…

HARRY O nein, danke, es ist nichts Ernstes, glaube ich, nur ein dritter Teller. Auch wenn ich das selbst noch nicht ganz verstehe.

VERWALTER Ich gehe jetzt lieber. Auf Wiedersehen.

PIA Pst. Siehst du ihn?

MIA Ja, sei leise. Wir haben ihn.

HARRY Ehrlich gesagt, Lucie, ich verstehe überhaupt nichts von dem, was du gesagt hast.

LUCIE Unsere Katzen werden sich freuen.

HARRY Lucie, erkläre mir doch bitte mal, was du meinst!

SIR RODERICH Das wüsste ich allerdings auch gerne.

PIA Du links, ich rechts.

MIA In Ordnung, eins, zwei, drei, los!

Es klirrt das Geschirr, Tasse fällt, Stuhl kippt.

HARRY Hast du das gesehen?

LUCIE Gibst du mir ein Tuch, bitte?

HARRY Ob du das gesehen hast, habe ich dich gefragt.

LUCIE Ich bin doch nicht blind. Das war schließlich kein Gespenst.

HARRY Bist du da so sicher?

LUCIE Ganz sicher, mein Liebling. Es waren – unsere drei Katzen.

PIA Achtung, er sitzt hinter der Truhe!

MIA Nicht so laut. Was machen wir jetzt?

PIA Er kann nur nach rechts zur Treppe. Links ist die Tür zu. Also los!

SIR RODERICH Auuuuu!

PIA Was soll das denn?

SIR RODERICH Auuuuu!

MIA Er sitzt in der Falle!

SIR RODERICH Ihr amerikanischen Weiber, verdammt

noch mal! Euch habe ich das zu verdanken. Auuuuu! Diese verfluchte Mausefalle. Ooooh, mein Schwanz!

PIA Er sitzt wirklich in der Falle.

SIR RODERICH Was denkt ihr denn. Helft mir gefälligst!

MIA Beruhige dich erst mal!

SIR RODERICH Es tut weh!

PIA Wir sollten mal miteinander reden.

SIR RODERICH Nachher, Schwestern, nachher!

MIA Dann rennst du wieder weg.

PIA Jetzt haben wir dich.

SIR RODERICH Bildet euch bloß nichts drauf ein. Ohne diese verfluchte Mausefalle hättet ihr mich nie gekriegt. Mich, Sir Roderich von Catville, mit einer Mausefalle zu überlisten! Welche Schmach für Englands Adel!

PIA Wir sagen es nicht weiter.

MIA Wir kennen hier nämlich keinen, dem wir es erzählen könnten.

PIA Es bleibt unter uns. Wenn du uns hilfst, helfen wir dir.

SIR RODERICH Das ist glatte Erpressung.

MIA Das ist ein faires Geschäft.

SIR RODERICH Zuerst helft ihr mir, die Falle loszuwerden.

PIA Also gut. Und du rennst nicht weg.

SIR RODERICH Nein, bestimmt nicht.
Auuuuu, danke.

MIA Du wohnst schon lange hier, nicht wahr?

SIR RODERICH Schon immer. Ich wurde hier geboren. Das Haus gehörte schon meinen Ahnen.

PIA Wir würden auch gerne hier wohnen. Das Haus ist groß genug.

SIR RODERICH Ich lebe sehr gerne allein.

MIA Wir könnten uns einigen.

SIR RODERICH Ach? Und was ist mit euren Menschen?

PIA Die sind ganz harmlos. Stadtmenschen. Sie mögen Katzen.

MIA Ich sehe da keine Probleme.

PIA Und wenn es welche geben sollte, können wir vernünftig darüber reden. Wir sind schließlich keine Menschen.

MIA Einverstanden?

SIR RODERICH Na gut. Probieren können wir es.

HARRY *(gähnt)* Komm, Lucie, lass uns zu Bett gehen. Es ist spät.

LUCIE Ja, die beiden Tage waren sehr aufregend.

HARRY Und du glaubst wirklich, Liebste, das Problem mit dem Gespenst löst sich von ganz alleine?

LUCIE Ja, mein Schatz. Ich glaube nur, dass wir ein neues Problem haben.

HARRY Und welches?

LUCIE Wo sollen wir schlafen, wenn auf unserem Bett *drei* Katzen liegen?

Finis

Alex Capus

Der König von Olten

1

Zuweilen sagen mir die Leute, worüber ich eine Geschichte schreiben soll. Darüber freue ich mich, und manchmal versuche ich es auch, aber meistens schreibe ich dann doch etwas anderes. Herr Zeltner zum Beispiel, dem ich häufig auf meinem allmorgendlichen Gang zum Postamt begegne, empfahl mir kürzlich, doch etwas über den schwarz-weißen Kater der Familie Köpfli zu schreiben, der in sämtlichen Häusern der Altstadt ein und aus geht, als wäre er der König von Olten. Ich versprach, mir die Sache zu überlegen, denn Herr Zeltner ist der gütigste Stadtpolizist, den Olten je gehabt hat. Generationen von Kindern haben bei ihm Verkehrsunterricht gehabt, und alle haben ihn geliebt, und niemand musste ihn fürchten. Seit er pensioniert ist, fliegt er zweimal jährlich nach New York, weil seine Tochter da mit einem Kadermann der UBS verheiratet ist. Dann spielt er mit den Enkeln und macht sich im Haus nützlich, und manchmal besucht er aus beruflicher Neugier die Kollegen von der New Yorker Polizei, zeigt seinen alten Oltner Polizeiausweis und lässt sich auf der Wache herumführen. Einmal durfte er sogar in einem amerikanischen Polizeiwagen fahren. In letzter Zeit aber gefällt ihm Amerika nicht mehr. Die Kontrollen, das Misstrauen, die Bürokratie. Letztmals musste er am Airport stundenlange Durchsuchungen und Verhöre über sich ergehen lassen, weil er eine metallene

Fischerspule im Handgepäck hatte. Drei, fünf, sieben Sicherheitsmänner hintereinander musste er mühsam von der Harmlosigkeit des Gegenstands überzeugen, der original in Zellophan verpackt in seinem Koffer lag, und immer kam noch ein Sicherheitsmann zum Vorschein, der die Fischerspule misstrauisch beäugte, während die Abflugzeit bedrohlich näher rückte. In höchster Not griff Herr Zeltner schließlich in die Brieftasche und wies sich mitten im Kennedy Airport als pensionierter Oltner Stadtpolizist aus – und dann war plötzlich alles in Ordnung: Die Fischerspule war keine Bombe mehr und Herr Zeltner kein Terrorist, und der Flug verlief ruhig, und Herr Zeltner traf wohlbehalten wieder in Olten ein.

Was nun die schwarz-weiße Altstadtkatze, den König von Olten betrifft, so wäre die ein ergiebiges Thema, da hat Herr Zeltner recht.

2

Der König von Olten also ist ein schwarz-weißer Kater, der die Altstadt beherrscht und aus mir unbekannten Gründen »Toulouse« heißt. Seit ich auf Anregung von Herrn Zeltner über ihn zu berichten begonnen habe, erfahre ich täglich Neues über Toulouse, und mehr noch über Stadtpolizisten, nette wie böse. Die Leute halten mich auf der Straße an, oder sie winken mich in der Kneipe zu sich. Dabei soll ich interessanterweise die Geschichten über den Kater immer alle unbedingt aufschreiben, die Polizeiaffären hingegen besser für mich behalten. Daran halte ich mich natürlich.

Ein Geheimnis aber, das nur der Wirt der Walliser Kanne kennt, weil ein pensionierter Polizist bei ihm Kochtipps einholt, muss ich jetzt aber doch berichten. Einem Kollegen jenes Polizisten widerfuhr es nämlich gelegentlich, dass er die Strafzettel, die er ausgestellt hatte, aus der eigenen Tasche bezahlte. Als er beispielsweise einem widerrechtlich vor der Stadtkirche abgestellten Auto einen Strafzettel unter den Scheibenwischer klemmte, sah er im selben Augenblick, wie eine Frau mit drei kleinen Kindern aus dem Vögele-Schuhladen kam und auf den Wagen zuhielt. Das Auto war alt und klapprig, die Kinder trugen abgetragene Kleider, und die Frau war schon lange nicht mehr beim Coiffeur gewesen. Der Stadtpolizist sah, dass die Frau das Strafgeld nicht würde bezahlen können und dass sie das Auto nur kurz abgestellt hatte, um für die Kinder im Ausverkauf möglichst preiswerte Schuhe zu kaufen. Da schnappte er sich den Strafzettel und machte sich davon, bevor die Frau ihn bemerkte. Weil er den Strafzettel aber korrekterweise nicht verschwinden lassen konnte, ging er zur Post und zahlte den Betrag eigenhändig ein. Ich weiß, das ist jetzt indiskret, aber es ist die reine Wahrheit, und manchmal muss die einfach an den Tag kommen. Jetzt will ich aber von Toulouse, dem König von Olten, berichten.

3

Wie ich schon zweimal zu erzählen versuchte, ist der König von Olten ein schwarz-weißer Kater namens Toulouse, der dank außergewöhnlicher Fähigkeiten die Altstadt beherrscht. So kann er beispielsweise Türen öffnen. Er springt aus dem Stand hoch zur Klinke, klammert sich fest und stößt sich gleichzeitig mit einer Hinterpfote vom Türrahmen ab. Das ist wirklich wahr, jeder Bewohner der Oltner Altstadt kann das bestätigen. Auf diese Weise besucht Toulouse nach Belieben Privatwohnungen und Restaurants, am liebsten den Rathskeller und die Waadtländerhalle. Gelegentlich lässt er sich einschließen und löst, wenn er wieder ins Freie möchte, zu nachtschlafender Stunde die Alarmanlage aus. Wenn man ihm draußen begegnet, huscht er nicht nach Katzenart die Wände entlang, sondern bleibt mitten auf der Gasse stehen und schaut einem herausfordernd hinterher, als ob er mindestens ein Leopard wäre. Das ist manchmal richtig unheimlich. Und wenn gar ein Auto kommt – die Oltner Altstadt ist eigentlich eine verkehrsfreie Fußgängerzone, aber doch immer zugeparkt mit Motorfahrzeugen, da irgendwie jeder, der das möchte, unabhängig von seiner tatsächlichen Wohnadresse eine Anwohnerkarte zu bekommen scheint. Manche Leute erklären das damit, dass der zuständige Polizeikommandant ein derart offenes Ohr für die Altstadtgastronomie habe, weil er selber deren bester Stammkunde sei. Wobei man dazusagen muss, dass der Polizeikommandant unmöglich allein für die großzügige Verteilung von Anwohnerkarten verantwortlich sein kann, wo er doch seit bald einem Jahr krankgeschrieben ist, da er und seine sozialdemokratische Chefin sich in den Haaren liegen. Ich schweife schon wieder ab, diesmal wollte ich wirklich keine Polizeigeschichten breitschlagen.

Was ich sagen wollte, ist dies: Wenn Toulouse ein Wagen entgegenkommt, spreizt er sprungbereit die Vorderbeine und faucht, bis der erschreckte Automobilist vor dieser Machtdemonstration kapituliert und demütig den Rückwärtsgang einlegt.

4

Wenn man Toulouse treffen will, findet man ihn oft im Oberen Graben ausgangs der Altstadt, bei der Papeterie Köpfli. Das ist jene Zone, in der jeder vernünftige Mensch den Kragen hochschlägt, den Hut tief ins Gesicht zieht und schaut, dass er weiterkommt, bevor eine zwielichtige Gestalt ihn anspricht. Denn hier ist der Ort, an dem einem immer diese gelackten Telecom-Bubis ein neues Handy andrehen wollen. Hier errichten die Jungfreisinnigen ihre Straßensperren und lassen einen erst durch, wenn man einen halben Liter ihres abscheulichen Glühweins gesoffen hat. Hier stehen auch jene hübschen und ein wenig ungekämmten Greenpeace-

Mädchen, die einen mit Verachtung strafen, wenn man gerade mal nicht eine halbe Stunde über Walfische sprechen und kein Geld für den Regenwald geben will. Immerhin freue ich mich jedes Mal, dass es diese ungekämmten Mädchen noch gibt. Eine Weile hatte ich befürchtet, sie seien ausgestorben, weil alle wie Britney Spears aussehen wollen. Ich mag die ungekämmten Mädchen, da sie oft überraschende Dinge tun. Ich kannte einmal eine, als ich selbst noch ein ungekämmter Bub war, die an einem Montag um halb zehn Uhr abends nicht weit vom Oberen Graben, in der Marktgasse, aus schwer einsehbaren Gründen vor meinen Augen ein Auto in Brand steckte; nicht, dass ich das gut gefunden hätte, aber überraschend war es schon. Dieses Mädchen ist längst sauber gekämmt und Mutter zweier halbwüchsiger Mädchen, die nun ihrerseits überraschende Dinge tun, über die sich die Mutter furchtbar aufregt. Wenn ich dann vorsichtig zu bedenken gebe, dass beispielsweise ein Nasenring doch weniger schlimm sei als ein brennendes Auto, sagt sie, das könne man nun wirklich nicht vergleichen. Womit sie natürlich recht hat.

Das alles geschieht im Oberen Graben, der Todeszone der Oltner Altstadt. Niemand hält sich hier freiwillig auf außer Toulouse. Dem können weder die Jungfreisinnigen noch die Telecom-Bubis noch die ungekämmten Mädchen etwas anhaben.

5

Ich will nicht übertreiben: Natürlich ist Kater Toulouse nicht König von Olten, sondern einfach eine Altstadtkatze. Er kann zwar Türklinken öffnen und Passanten erschrecken, aber zu befehlen hat er nichts. Olten ist eine Demokratie und hat keinen König, höchstens ein paar ungekrönte und solche, die sich dafür halten. Da gibt es beispielsweise die Schwarzgeldbesitzer unter den Gewerbetreibenden, die im Café Ring Hof halten und mit den sagenhaften Gewinnen prahlen, die sie mit ganz, ganz schlauen Geldanlagen erzielt haben. Als Könige taugen sie aber nicht so recht, da sie mit schöner Regelmäßigkeit ihr ganzes Schwarzgeld an Betrüger verlieren, worauf sie für eine Weile recht kleinlaut werden und zu allem Elend nicht mal Klage erheben können, weil's halt eben Schwarzgeld war.

Dann gibt's da die zwar ungekrönten, aber immerhin gewählten Häupter im Stadthaus. Manche von ihnen würden insgeheim wohl ebenfalls gern ein Krönchen oder Diademchen aufsetzen, doch dafür ist ihr Politalltag nicht souverän genug. Die Gelben müssen sich bei den Roten beliebt machen und die Roten bei den Gelben, wenn sie wiedergewählt werden wollen; die Schwarzen haben's auch unbequem, denn sie sitzen nur mit einer Gesäßhälfte auf dem Stuhl, mit der anderen aber auf der Bank; die Grünen sind immer ein bisschen amtsmüde, obwohl sie kaum Ämter haben, oder vielleicht gerade deswegen; und die ungehobelten Kerle von der SVP kommen als Könige sowieso nicht in Frage.

Wenn ich einen Oltner krönen müsste, so wär's vielleicht der Mann, den ganz Olten als den »Stripper« kennt. Er trägt ein Holzbein, einen mächtigen Schnurrbart und hat »Born to be wild« auf die zweitvordersten Glieder seiner zehn Finger tätowiert. Früher begegnete man dem Stripper auf Schritt und Tritt, zu jeder Tages- und Nachtzeit, in allen Gassen und auf sämtlichen Plätzen, aber in letzter Zeit nicht mehr. Wenn ich es mir überlege, habe ich ihn gewiss zwei Jahre nicht mehr gesehen. Vielleicht versuche ich mal in Erfahrung zu bringen, was aus ihm geworden ist.

Gisa Pauly

Ledig, mit vierbeinigem Anhang …
oder
Die Katzenhasserin

Ich werde beobachtet. Schon seit geraumer Zeit! Genau genommen hatte ich bereits beim Aufwachen das Gefühl: Ich bin nicht allein. Und dann sehe ich sie, die beiden Augen. Bewegungslos starren sie mich an. Kein Blinzeln, kein verlegenes Ausweichen und keine Angst. Nur dieses Starren, das die Scheibe nicht zu durchdringen scheint.

Ein Spanner ist das nicht, so viel steht fest! Nein, das ist jemand, der mit dem Sommerregen genauso wenig einverstanden ist wie ich und ein trockenes Plätzchen sucht. Die Katze flitzt zwischen meinen Beinen hindurch, kaum dass ich die Terrassentür geöffnet habe, und erkennt, ohne sich lange umzusehen, welches meiner nagelneuen Designermöbelstücke das komfortabelste ist. Ehe ich auch nur den Gedanken gefasst habe, dass Katzen sich am leichtesten vertreiben lassen, wenn man sie mit Wasser überschüttet, ist sie schon auf meine helle Couch gesprungen und sieht mich an, als wollte sie eine Bestellung aufgeben. Die Sache mit dem Wasser hat sich damit erledigt.

»Was willst du hier? Hau ab!«

Aber sie rührt sich nicht, fängt nur wieder an zu starren. Will sie mich etwa einschüchtern? Genauso hatte es Oskar gemacht. Starren, bis ich klein beigab. Oder bis Vinzenz sagte: »Lass ihn doch in der Sofaecke sitzen. Der

Platz hat ihm schon gehört, da kannten wir uns noch nicht.«

Oskar hatte mich, wenn ich ihm die Sofaecke streitig machen wollte, angesehen, als sei ich ein Eindringling. Und irgendwann hatte auch Vinzenz diesen Blick aufgesetzt. Vorwurfsvoll, missbilligend. Seitdem konnte ich keine Katzen leiden. Und Männer, die Katzen liebten, erst recht nicht.

»Hau ab!«, versuche ich es noch einmal und mache einen Schritt auf die Katze zu, der drohend sein soll. Erstaunlicherweise beeindrucke ich sie tatsächlich. Oskar hatte im Angesicht meiner leicht durchschaubaren Strenge meist nur gegähnt, diese Katze flüchtet immerhin von der nagelneuen hellen Couch auf den ebenso nagelneuen und noch helleren Sessel. Dort lässt sie sich seelenruhig nieder und beginnt zu schnurren, als wäre sie sehr zufrieden mit sich.

Dass ich es nicht bin, kümmert sie wenig, sie nimmt es nicht einmal zur Kenntnis. Ebenso wenig wie den Handstaubsauger, mit dem ich ihre schwarzen Haare von der Couch sauge. Oskar hatte wenigstens vor Staubsaugern Angst. Sonst vor gar nichts! Aber wenn ich mit dem Staubsauger kam, stand er schon hysterisch maunzend an der Tür, bevor ich ihn angestellt hatte. Es war dann letztlich auch der Staubsauger, der für die ersten Risse in meiner Beziehung mit Vinzenz gesorgt hatte. Da war er nämlich früher nach Hause gekommen als erwartet und fand mich neben einem laufenden Staubsauger vor, während ich am Laptop eine wichtige Präsentation vorbereitete. Oskar war ins Schlafzimmer unters Bett geflüchtet und wimmerte Vinzenz entgegen, als wäre er von mir misshandelt worden.

»Ich muss in Ruhe arbeiten«, verteidigte ich mich. »Oskar läuft mir dauernd über die Tastatur!«

Eigentlich kannte Vinzenz dieses Problem. Sobald Oskar merkte, dass etwas anderes wichtiger war als seine Bedürfnisse, lenkte er die Aufmerksamkeit auf sich. Gern sprang er auch auf den Waschtisch und stellte sich vor den Spiegel, wenn ich mir die Wimpern tuschte, oder lief über den gedeckten Tisch, wenn wir Gäste erwarteten und deshalb keine Zeit für ihn hatten.

Nachdem Vinzenz den Staubsauger abgestellt und sein armes, verängstigtes Katerchen unter dem Bett hervorgeholt hatte, wurde ich behandelt wie ein Tierquäler, der auf frischer Tat ertappt worden war. Zwei ganze Tage ging das so! Oskar ignorierte mich, rührte nicht einmal sein Fressen an, zumindest nicht, wenn ich es ihm in den Napf gelöffelt hatte, und Vinzenz machte mir Vorhaltungen, dass ich schuld am Hungertod seines Katers sei. Oskar habe durch meine Lieblosigkeit einen psychischen Knacks bekommen.

Nach dem folgenden Sonntag wurden die Diskussionen aggressiver. Oskar war anscheinend der Meinung, mir sei es zuzuschreiben, dass er allein bleiben musste, obwohl er am Sonntagmorgen eigentlich lange mit Herrchen im Bett schmusen durfte. Jedenfalls, nachdem ich aufgestanden war. Früher hatte Oskar sogar die Nacht an Vinzenz' Fußende zubringen dürfen, aber das hatte ich unterbunden, kaum dass ich bei ihm eingezogen war. Natürlich wusste Oskar, wem er es zu verdanken hatte, dass er nun nachts in einem Katzenkörbchen schlafen musste, und an jenem Sonntagmorgen glaubte er wohl auch zu wissen, wer schuld daran war, dass früh aufgestanden wurde. Vermutlich hatte er den ganzen Tag über eine geeignete Vergeltungsmaßnahme nachgedacht. Als wir am Abend zurückkehrten, stellte sich bald heraus, wofür er sich entschieden hatte. Oskar hatte sich auf meinen Laptop gesetzt und daraufgepinkelt. Trotz und Triumph lagen in seinem Blick, als ich erkennen ließ, dass ich meine Mails checken wollte, und Überdruss erschien darin, als mein Schrei durch die Wohnung gellte. Oskar verließ ohne jedes Schuldgefühl den Raum und tat so, als wäre ich ihm lästig. Das hatte ich nun davon, dass er sich an einem Sonntag gelangweilt hatte!

Vinzenz fiel mir in den Arm, weil er um das Leben seines Katers fürchtete. Übrigens völlig zu Recht! Meine Drohung, das vierbeinige Miststück am Schwanz irgendwo aufzuhängen, muss sehr ehrlich geklungen haben. Und sie war es auch. Vinzenz' Empörung über diese Drohung übertraf sein Mitgefühl für meine unerfreuliche Situation jedenfalls bei Weitem, und so erklärte ich unsere Beziehung für beendet, unmittelbar nachdem ich einen neuen Laptop bestellt und einen Fachmann engagiert hatte, der versuchen sollte, die Festplatte meines kaputt gepinkelten Laptops zu retten. Seitdem war für mich klar: Katzen sind das Letzte und Männer, die Katzen besitzen, das Allerletzte.

Zornig starre ich die Katze an, die es sich auf meinem Sessel gemütlich gemacht hat. Was soll ich tun? Sie auf den Arm nehmen und aus der Wohnung tragen? Nein, ich weiß, wie schwierig und vor allem schmerzhaft dieser Versuch sein kann, wenn eine Katze nicht fortgetragen werden will. Ich hatte es einmal bei Oskar versucht, als er auf einem Computerausdruck lag, den ich unbedingt brauchte. Kurz darauf landete ich in der Notaufnahme des Städtischen Krankenhauses, wo mir ein Riss im linken Mittelfinger genäht und eine Tetanus-Impfung verpasst werden musste. Der Arzt empfahl mir sogar dringend, diese Impfung regelmäßig zu wiederholen, solange ich mit diesem Untier zusammenlebte.

Okay, ein Untier hatte er Oskar nicht genannt. Als Vinzenz Anstalten machte, einen Anwalt anzurufen und den Arzt zu verklagen, gab ich zu, dass der ganz wertneutral von einem Kater gesprochen hatte. Aber dass die angebliche Verfehlung dieses Arztes schwerer wiegen sollte als die des Katers, durch die ich einen Abgabetermin versäumt und mir viel Ärger mit einem Auftraggeber eingehandelt hatte, gab mir schwer zu denken. Nun, den Termin für die Auffrischungsimpfung ließ ich verstreichen, das Zusammenleben mit Oskar hatte sich schon vorher erledigt. Ich musste einsehen, dass man im Herzen eines Katzenliebhabers nie an erster Stelle stehen wird. Und welche Frau will schon auf Dauer zweite Wahl sein?

Ich beschließe also, die unbekannte Katze lieber nicht anzurühren! Besser, ich versuche es mit dem Mittel, mit dem Oskar immer wieder zu übertölpeln war! Dass es auch hier klappen wird, ahne ich schon, als ich die Kühlschranktür öffne. Die Katze erhebt sich und kommt neugierig näher, noch ehe ich den Käse hervorgeholt habe.

Wie dumm Katzen sind! Vinzenz behauptete zwar, sein Oskar sei ein überaus gewitzter Kater, aber jemanden intelligent zu nennen, der sich mit einem Stück Käse zu etwas verlocken lässt, das er gar nicht will, und das sogar jeden Tag aufs Neue, ist nicht einmal mit Betriebsblindheit zu erklären.

Und wieder ist es ganz leicht. Tür auf, Käse auf die Terrasse, Tür zu! Auch Oskar jagte stets hinter dem Stück Käse her und glotzte anschließend verständnislos durch die Scheibe, wenn er vor verschlossener Tür hockte. Hier ist es genauso. Kaum ist der Happen verschlungen, sitzt die Katze wieder vor meiner Terrassentür und verlegt sich aufs Starren. Aber diesmal falle ich nicht darauf herein. Ich schenke ihr ein hämisches Lächeln, während ich frühstücke, schneide genüsslich ein Stück Käse ab und wende ihr mit voller Absicht das Gesicht zu, als ich es mir in den Mund schiebe. Dann packe ich meine Sachen zusammen, weil ich einen wichtigen Termin mit dem Hersteller einer Fußcreme habe, der sie mit Hilfe meiner PR-Maßnahmen an den Mann bringen will. Oder … ich hoffe es zumindest. Leider will er sich auch die Ideen zweier anderer PR-Agenturen vorlegen lassen, um sich dann für die beste zu entscheiden.

»Mach dich vom Acker, Muschi!«, rufe ich zurück, bevor ich die Wohnung verlasse. »Bei mir ist nichts mehr zu holen.«

Es wäre mir lieber gewesen, sie hätte meine Worte verstanden und sich getrollt. Dass sie noch immer vor der Terrassentür hockt und durch die Scheibe starrt, macht sogar einer Katzengegnerin wie mir zu schaffen. Aber ich verdränge mein Mitgefühl erfolgreich, genauso wie die kurz aufflackernde Erkenntnis, dass diese Katze wirklich süß aussieht mit ihrem rabenschwarzen Fell, in dem es kein einziges weißes Haar gibt, und den bernsteinfarbenen Augen.

Auch in Roger Marholts schwarzen Haaren gibt es kein einziges weißes. Seine Augen allerdings sind braun. Ein toller Typ! Ich ahne es schon, als ich mich in seinem Vorzimmer anmelde und den Blick seiner Sekretärin auffange: misstrauisch, eifersüchtig, mordlustig. So hat mich auch Oskar bei meinem ersten Besuch angesehen. Vinzenz war ebenfalls ein toller Typ, und Oskar schien zu ahnen, dass Konkurrenz aufgetaucht war. So wie diese Sekretärin! Als sie mich anmeldet, näselt sie meinen Namen so geringschätzig, als wäre jetzt schon klar, dass ich den Auftrag nicht bekommen würde. Aber ich weiß, kaum dass ich Roger Marholt die Hand geschüttelt habe, dass die Sekretärin nicht schaffen wird, was Oskar gelungen war. Auch dann nicht, wenn sie mich kratzen, und nicht einmal dann, wenn sie auf meinen Laptop pinkeln würde. Dass dergleichen nicht zu erwarten ist, finde ich dennoch beruhigend.

Marholt ist ein richtiger Traummann. Attraktiv, überaus charmant, mit gepflegten Händen, was mir sehr wichtig ist. Der kaum verheilte Riss auf seinem Handrücken stört nur wenig. Genauso wenig wie die langen schwarzen Haare auf dem Ärmel seines hellen Jacketts, wenn mir nicht ein schrecklicher Gedanke gekommen wäre. Die Sekretärin ist blond, und dass sie mit ihren Fingernägeln auf ihren Chef losgegangen ist, halte ich für unwahrscheinlich. Auch an eine schwarzhaarige Ehefrau, die sich zunächst schnurrend in seinen Arm geschmiegt und ihn dann zum Abschied mit einer Fleischwunde gezeichnet hat, mag ich nicht glauben. Nein, ich weiß mit einem Schlage, dass ich schon wieder an einen Katzenbesitzer geraten bin. Aber aus dieser niederschmetternden Erkenntnis, die mich eigentlich in die Flucht schlagen sollte, wird in meinem Kopf sehr schnell eine gewitzte Idee. Wenn ich es klug anstelle, kann ich mir vielleicht mit meiner Erfahrung, die ich bislang eine trübe genannt habe, einen Vorsprung verschaffen. Denn mit einem potenziellen Auftraggeber eine Leidenschaft zu teilen, ist einer Geschäftsanbahnung unbedingt förderlich. Und Roger Marholt weiß ja nichts von Vinzenz und Oskar …

Es ist leicht, auf Katzen zu sprechen zu kommen, und nur geringfügig schwerer, sie mit der Fußcreme in Verbindung zu bringen, mit der Roger Marholt ein gutes Geschäft machen will. »Katzenbesitzer sind eine Zielgruppe!«, behaupte ich, ohne rot zu werden. »Der Liebling schläft am Fußende des Bettes, sein Herrchen träumt, streckt die Beine aus, tritt versehentlich seine Katze … und schon hat er eine Fleischwunde in der Ferse, die eine gute Fußcreme braucht.«

Roger Marholt blickt mich an, als säße Heidi Klum vor ihm. »Sie kennen sich mit Katzen aus?«

Ich nicke ernsthaft und lasse keine der Erfahrungen aus, die ich mit Oskar gemacht habe. Erstaunlich, aber im Angesicht eines lukrativen Auftrags und eines attraktiven Mannes lässt sich sogar positiv darstellen, dass Katzen dazu neigen, etwas Unverdauliches stets direkt neben dem Esstisch auszuwürgen, besonders gern, wenn Gäste zum Essen da sind, und dass sie eine tote Maus immer dort ablegen, wo man garantiert drauftritt.

Roger Marholt strahlt mich an. »Genau! Sie verstehen was von Katzen!«

Was ich ihm nun erzähle, hat zwar längst nichts mehr mit seiner Fußcreme zu tun, aber ich merke, dass wir uns auf wunderbare Weise annähern. Ob das beruflich oder privat von Vorteil sein wird, muss sich erst noch herausstellen. Mir wäre durchaus beides recht. Den Gedanken an Vinzenz und Oskar schiebe ich energisch von der Schwelle meiner berechtigten Bedenken. Es soll auch Männer geben, denen ihre Freundinnen wichtiger sind als ihre Stubentiger, und Katzen, die anschmiegsam und freundlich sind.

»Ich wette, Sie haben selber eine Katze!«

Dass mir die richtige Antwort auf diese Frage Pluspunkte einbringen würde, ist von seinen schönen Augen abzulesen. Ich kann nur hoffen, dass in meinen nicht geschrieben steht, was mir durch den Kopf jagt. Ein gelogenes Ja würde für die Anbahnung unserer Geschäftsbeziehung vermutlich reichen. Aber was, wenn sich darüber hinaus eine Beziehung von rein privater Natur entwickelt? Dann wäre ich im Nu entlarvt.

Ich starre in seine Augen, frage mich, was mir wichtiger ist, meine Arbeit als PR-Agentin oder mein Privatleben ... In diesem Augenblick fällt mir die kleine schwarze Katze ein, die ich eine gute Stunde vorher so schlecht behandelt habe. Kaum ist mir ihr Bild durch den Kopf geschossen, wie sie da enttäuscht vor meiner Terrassentür hockt, fühle ich schon, dass sich mein Kopf auf und ab bewegt. »Ja«, höre ich mich sagen. »Sie ist rabenschwarz. Ohne ein einziges weißes Haar.«

Schon im nächsten Augenblick glaube ich fest daran, dass Roger Marholt die Konkurrenz gar nicht mehr vorlassen wird. »Meine auch!«, strahlt er. »Wie heißt Ihre Katze?«

»M ... Muschi.«

Er grinst. »Nicht besonders originell!«

»Stimmt!« Wir sehen uns mit diesem Lachen an, das auch Eltern von neugeborenen und pubertierenden Kindern, Hunde- und Gartenteichbesitzer oder eben Katzenliebhaber verbindet. Ich erfahre, dass Marholts Katze Desdemona heißt, aber Dessi genannt wird, was ich auch nur mäßig originell finde. Aber da er mich anlächelt, wie mich schon lange kein Mann mehr angelächelt hat, hätte ich ihm auch zu Pussi, Miezi oder Madonna gratuliert. Und eine Stunde später verabschiede ich mich von ihm nicht wie eine unterbeschäftigte PR-Beraterin, die dringend einen Auftrag braucht, auch nicht wie eine Frau, die sich Hals über Kopf verliebt hat, sondern wie eine Seelenverwandte. Und ich bin sicher, dass ich damit allen Mitbewerbern etwas Entscheidendes voraus habe. Den Mitbewerberinnen um sein Herz erst recht. Die Sekretärin eingeschlossen!

Zwei Stunden später atme ich erleichtert auf, als ich die Katze vor der Terrassentür vorfinde. Mit freundlichen Worten bitte ich sie herein und nötige sie, auf meinem hellen Designer-Sessel Platz zu nehmen. Dort reiche ich ihr Käsehäppchen und verspreche ihr, mich am nächsten Tag um die Anschaffung von Trocken- und Dosenfutter zu kümmern.

»Aber mach dir keine Hoffnungen«, sage ich Muschi klipp und klar ins gelangweilte Gesicht. »Nur bis ich diesen Auftrag habe! Eine Aufenthaltsverlängerung gibt es höchstens dann, wenn Roger Marholt die Absicht erkennen lässt, mich zu besuchen.«

Muschi scheint einverstanden zu sein. Sie rollt sich zusammen und beginnt zu schnurren, als wäre sie ganz sicher, dass dieser Besuch nicht lange auf sich warten lassen wird.

Tatsächlich ruft Roger Marholt schon am selben Abend an, gerade als Muschi und ich uns über ein Töpfchen Krabbensalat hermachen. Muschi sieht mich dabei so freundlich und anerkennend an, dass sie mir sogar für einige Augenblicke sympathisch ist. Oskar hatte ja selbst dann keinen dankbaren Blick für mich, nachdem er mir meinen Schinken vom Teller geklaut hatte.

Mein Herz beginnt zu rasen, als ich Marholts Stimme erkenne. Warum ruft er mich an? Weil er mich mit der PR-Maßnahme für seine Fußcreme betrauen will, ohne sich auch nur einen meiner Konkurrenten anzusehen? Oder etwa, um mir mitzuteilen, dass ich großen Eindruck auf ihn gemacht habe? So sehr, dass er nicht in den Schlaf kommt, bevor er weiß, ob ich seine Gefühle erwidere?

Dann aber fällt mir auf, dass seine Stimme ohne jegliche freudige Erwartung ist und er seiner Begrüßung einen tiefen Seufzer nachschickt. »Haben Sie das auch schon mal erlebt, dass Ihre Katze nicht nach Hause kommt?«

Ich denke nach: Ja, einmal war Oskar von einem seiner abendlichen Streifzüge erst am Morgen zurückgekehrt. Und ich hatte die ganze Nacht kein Auge zugetan, so sehr hatte ich mich darauf gefreut, am nächsten Tag seine Fressnäpfe und das Katzenklo zu entsorgen. »Bestimmt kommt sie morgen zurück«, tröste ich Roger Marholt, denn auch Oskar war zum Frühstück wieder erschienen, als wäre nichts gewesen.

Zum Glück lässt er sich besänftigen, lässt sich sogar bald auf ein anderes Thema lenken, das mir mehr am Herzen liegt als seine Katze. So sprechen wir eine Weile über Beziehungsprobleme im Allgemeinen, die Bindungsunfähigkeit moderner Menschen im Besonderen und ihr oft nur schwach ausgeprägtes Bestreben nach Arterhaltung. Aber dann hört er in einer winzigen Gesprächspause Muschi schnurren, und wir reden wieder über Katzen, noch ehe ich herausgefunden habe, ob Roger Marholt in die Kategorie Familienmensch oder unverbesserlicher Single gehört.

»Ich beneide Sie«, seufzt er. »Mit einer schnurrenden Katze auf dem Schoß fällt die Last des Tages schnell von einem ab.«

Ich spare mir die Erwiderung, dass man sich manche Last gar nicht erst aufbürdet, wenn man einen weiten Bogen um

Katzen macht, und gebe ihm selbstverständlich recht. Ich kann mir sogar vorstellen, dass mit ihm ein richtiger Flirt zu beginnen wäre, wenn nur endlich seine blöde Katze wieder auftaucht und auf seinem Schoß schnurrt.

Nach unserem leider wenig aufschlussreichen Gespräch hole ich mir einen Prosecco aus dem Kühlschrank, um mit dessen Hilfe über die Strategie nachzudenken, wie zukünftig nicht nur Rogers Fußcreme, sondern auch sein Privatleben zu vermarkten ist. Währenddessen hat Muschi unbemerkt eine Wohnungsbesichtigung vorgenommen und mein Bett gefunden. Sie blinzelt mir vom Fußende aus entgegen, als solle ich das Licht löschen, damit sie ungestört schlafen kann.

Auch diesmal wage ich es nicht, sie anzufassen, sondern schimpfe so lange auf sie herab, bis sie sich ungnädig streckt und zu erkennen gibt, dass meine Gesellschaft ungemütlich wird. Ich ziehe ihr die Bettdecke unter dem Fell weg, scheuche sie zur Terrassentür, und sie begreift endlich, dass die Besuchszeit vorbei ist. »Komm wieder, wenn ich Herrenbesuch habe.«

Gleich am nächsten Morgen bereite ich mich darauf vor, besorge Katzenfutter, einen Napf und ein Katzenklo mit Streu. Danach habe ich mir auch die Frage beantwortet, ob ich zu viel von meinem Interesse an Roger Marholt verrate, wenn ich bei ihm anrufe und mich nach dem Verbleib seiner Katze erkundige.

Aber er freut sich sogar, als er meine Stimme hört! »Sie ist wieder da!«, jubelt er. »Kurz nachdem ich schlafen gegangen war, stand sie plötzlich vor meinem Bett.«

Ich bin verwirrt. »Wie ist sie in die Wohnung gekommen?«

»Ich habe natürlich eine Katzenklappe. Sie etwa nicht?«

Vinzenz war auch der Meinung gewesen, dass Oskar die Möglichkeit haben müsse, zu kommen und zu gehen, wie es ihm passte, und hatte eine Katzenklappe einbauen lassen. Zum Glück konnte diese Investition leicht wieder rückgängig gemacht werden. Und zwar gleich am nächsten Tag, nachdem Vinzenz beim Aufstehen beinahe auf die zur Hälfte verspeiste Ratte getreten war, die Oskar ihm des Nachts unbemerkt vors Bett gelegt hatte. Natürlich, weil er sein Herrchen so schrecklich lieb hatte, wie Vinzenz mir versicherte, als ich mich so gar nicht über das rührende Geschenk seines Katers freuen wollte.

Roger Marholt ist dermaßen glücklich über Dessis Rückkehr, dass er meinen geplanten PR-Maßnahmen den Vorzug gibt, obwohl die anderen beiden Agenturen viel bessere Ideen präsentiert haben. Da weiß ich, dass ich mir Hoffnungen auf ihn machen darf. Ich werde also nicht umhinkommen, demnächst mit Desdemona Bekanntschaft zu machen. Warum nur muss ich mich immer in Männer verlieben, die mit einer Katze zusammenleben?

Nun habe ich ihn zum ersten Mal zu mir eingeladen. Das bedeutet, ich muss aus meiner Behauptung, Besitzerin einer Katze zu sein, so etwas wie eine Tatsache machen. Seitdem Roger meine Einladung angenommen hat, habe ich Muschi jedes Mal die Tür geöffnet, wenn sie daran kratzte, habe sie gefüttert und sogar ein- oder zweimal gestreichelt. Zwar habe ich sie noch keine Nacht in meiner Wohnung geduldet, sondern setze sie immer vor dem Abendessen vor die Tür, aber am nächsten Morgen hockt sie wieder davor und starrt mich so lange an, bis ich sie einlasse. Die Frage, wo sie den Abend und die Nacht verbringt, stelle ich mir einfach nicht. Was geht mich diese Katze an? Es ist Sommer, die Nächte sind warm, sie wird schon klarkommen. Ich erlaube ihr, mir tagsüber bei der Arbeit zuzugucken, und teile sogar meine Hefeschnecke mit ihr, damit Roger Marholt mir im Bedarfsfall glaubt, dass sie bei mir lebt. Aber mehr ist nicht drin. Und wenn er sich als Mann mit Bindungsängsten erweist, werde ich Muschi samt Fressnapf und Katzenklo vor die Tür setzen und nie wieder einlassen. So einfach ist das. Wenn seine Zuneigung allerdings davon abhängig sein sollte, dass ich eine Katze besitze ... darüber denke ich nach, wenn es so weit ist.

Während ich für Roger koche, sperre ich Muschi ins Badezimmer ein, damit sie mir nicht entwischt, wenn ich auf die Terrasse gehe, um in meinen Kräutertöpfen Basilikum und Estragon zu ernten. Dass der Katze das nicht gefällt, ist mir egal. In der Küche kann ich sie während des Kochens nicht gebrauchen, sonst macht sie sich am Ende noch über das Lammkarree her, aber in den Garten will ich sie trotz des schönen Sommerwetters nicht entlassen, weil sie Roger Marholt brav Pfötchen geben soll, wenn er erscheint. Er muss mich als perfekte Katzenbesitzerin erleben, die auch seiner Dessi ein aufmerksames Frauchen sein wird. Dass ich der verwöhnten Katzendame als Erstes den Platz in Rogers Bett streitig machen werde, darf er nicht einmal ahnen.

Es ist acht, das Essen ist fertig, der Tisch gedeckt, der Rotwein dekantiert. Roger wohnt nur zwei Straßen weiter, trotzdem ist er nicht pünktlich. Ich werde unruhig und lasse Muschi aus dem Badezimmer, weil mich ihr Kratzen an der Tür noch nervöser macht. Sie schnuppert interessiert an den Küchenmöbeln entlang, setzt gerade zum Sprung in den Brotkorb an ... da klingelt das Telefon.

»Ich kann leider nicht pünktlich sein«, höre ich Rogers kraftlose Stimme. »Dessi ist noch nicht zu Hause.«

Ich weigere mich, diese Aussage zu verstehen. »Was hat das eine mit dem anderen zu tun?«

»Sonst wartet sie schon auf mich, wenn ich aus dem Büro komme. Ich habe keine ruhige Minute, wenn ich nicht weiß, wo sie ist.«

»Sie wird auf Ihrem Sofa sitzen, wenn Sie zurückkommen«, behaupte ich, obwohl ich die Hoffnung gehegt habe, dass Roger seine Katze das ganze lange Wochenende vergessen wird.

»Ich glaube, sie wird krank. Fast jeden Abend lehnt sie ihr Fressen ab. Sie hat einfach keinen Appetit. Ich kann doch nicht eine Einladung zum Essen annehmen, während meine Katze ...« Er bringt es nicht über sich, das schreckliche Schicksal in Worte zu kleiden, das seiner Dessi blüht, wenn er in diesen Minuten das Haus verlässt und sich um nichts anderes als um sein Vergnügen kümmert. »Sie verstehen das sicherlich. Sie haben ja auch eine Katze.«

Ich verstehe kein Wort. Und Verständnis habe ich ebenfalls nicht. Aber Roger kann natürlich nicht ahnen, dass ich gar keine Katze habe, sondern sich nur eine bei mir aufhält, die ich gezwungen habe, diesen Abend hier zu verbringen.

Deshalb versuche ich, ruhig und mitfühlend zu reagieren, obwohl mich bereits die Frage bedrängt, ob aus Roger Marholt und mir jemals ein harmonisches Paar werden kann. Ich bin schon einmal von einem Kater besiegt worden. Sieht es nicht ganz so aus, als würde auch Desdemona über kurz oder lang triumphieren, wenn es ihr gelingt, schon unser erstes Rendezvous durch bloßes Nichterscheinen zu torpedieren?

Nein, noch will ich mich nicht geschlagen geben. Mit sanfter Stimme erinnere ich ihn an die Katzenklappe, durch die Dessi ins Haus und vermutlich auch in Rogers Bett gelangen kann, verweise auf die angeborene gute Konstitution einer Katze und äußere die Vermutung, dass die Appetitlosigkeit seiner Desdemona harmlose Ursachen haben kann. »Sie fängt Mäuse! Oder sie frisst sich in der Nachbarschaft durch!« Schließlich versuche ich ihn sogar mit dem Lammkarree, das auf ihn wartet, zu locken und mache, als das alles nichts hilft, das Angebot, mein Essen zu ihm zu tragen, damit wir gemeinsam auf Dessis Rückkehr warten können.

Dieser Vorschlag findet Gnade vor den Ohren meines attraktiven Katzenbesitzers. Ich werfe Muschi aus dem Brotkorb, verhindere, dass sie sich in die Panna cotta rettet, und scheuche sie dann ins Freie. Eine halbe Stunde später stehe ich mit einem großen Picknick-Korb einem überglücklichen Roger gegenüber. Er hält eine kleine schwarze Katze im Arm, die kein einziges weißes Haar hat und mich aus bernsteinfarbenen Augen aufmerksam betrachtet.

»Sie ist wieder da«, strahlt er. »Seit zehn Minuten!«

Ich bin mindestens so überwältigt wie er, wenn auch aus anderen Gründen. »Das ist Dessi?«

Natürlich könnte ich einfach mit Roger Schluss machen, ehe es richtig angefangen hat, könnte nach der PR-Kampagne für seine Fußcreme nie wieder was von mir hören lassen. Aber da Desdemona das Einzige ist, was mir an ihm missfällt, möchte ich diese Möglichkeit nicht ernsthaft erwägen. Nein, in den folgenden Tagen bin ich freundlich zu seiner Katze, teile mit ihr meine Hefeschnecke und streichle sie sogar. Zumindest, wenn Roger in Sichtweite ist.

Lästig ist allerdings nach wie vor seine Frage nach Muschi. Roger will einfach nicht glauben, dass sie mir weggelaufen ist, und kann nicht verstehen, dass ich nicht alles daransetze, sie wiederzufinden. Aber so, wie er nicht erfahren soll, dass ich keine Katzen mag, darf er auch nicht wissen, was Dessi und mich verbindet.

Nur manchmal, wenn ich mit ihr allein bin, nehme ich sie auf den Schoß, drücke mein Gesicht in ihr weiches Fell und flüstere ihr »Muschi« ins Ohr.

Armin Ayren

Die Katze auf dem Schreibtisch

Der Schreibtisch des Schriftstellers kann gar nicht groß genug sein. Meiner ist drei Meter breit und eineinhalb tief, aber auch wenn die Tischfläche doppelt so groß wäre, wäre sie zu klein und immer voll von Papierkram, der sich stets ganz von selbst einfindet und chaotisch anhäuft, bis ich mich ab und zu in einem Anfall von Aufräumwut entschließe, das meiste wegzuschmeißen oder in Ordnern und Hängemappen zu begraben. Außer den Papieren muss ja auch noch Platz sein für die vielen technischen Geräte, ohne die es heutzutage nicht mehr geht: Computer, Monitor, Tastatur, Drucker, Scanner, externes Diskettenlaufwerk, Telefon, Anrufbeantworter, Fax, Kopierer, Briefwaage, Lautsprecher, Locher und so weiter. Aber all diese Technik verliert ihre Bedeutung, wenn meine Katze mich besuchen kommt.

Meine Katze ist ein Kater und heißt Onkel Kasimir. Nein, nicht einfach Kasimir. Ich war 1945 elf Jahre alt und besuchte die erste Klasse eines Gymnasiums in Friedrichshafen am Bodensee. Das lag in der französischen Besatzungszone, und deshalb war Französisch die erste Fremdsprache, die wir lernten, Englisch kam erst drei Jahre später dran. Unser Französischbuch hieß Marchand, Louis Marchand war der Name des Verfassers. Wer nach diesem unglaublich stupiden Buch Französisch gelernt hat, wird es nie mehr vergessen – Ludwig Harig hat ihm ein ironisches

Denkmal gesetzt in seinem »›Familienroman‹, Sprechstunden für die deutsch-französische Verständigung und die Mitglieder des gemeinsamen Marktes« (1971 bei Hanser, München). Das Buch beherrschten die beiden Familien Dupont und Durand und ein Elsässer-Bub namens Fritz Hickel, der immer Fragen stellte: Qu'est-ce que c'est?, was ist das?, und die anderen antworteten: C'est un livre, das ist ein Buch, oder C'est une casquette, das ist eine Mütze. Die anderen, das waren die ungemein zahlreichen Mitglieder dieser beiden Familien. Sie sind in Harigs Buch alle abgebildet auf Seite 34, in der obersten Reihe die Großeltern, und als uralter Großonkel unter ihnen ganz links oben in der Ecke »l'oncle Casimir«, der ganz unübersehbar etwas von einem Kater hat.

Ein Nachbar von mir nennt seinen Dackel »Dr. Vandenberg«, weil er einmal eine Plakette mit einem Kettchen dran gefunden hat, und auf ihr war dieser Name eingraviert. Die schön polierte Messing-Plakette war dem Nachbarn zu schade zum Wegschmeißen, er legte sie seinem Dackel um den Hals, und drum heißt der jetzt so. Mein Kater ist kein Doktor, er ist Onkel Kasimir und hört auf diesen Namen nur, wenn er gerade will und wenn ich auch den »Onkel« nicht vergesse.

Onkel Kasimir besucht mich oft in meinem Arbeitszimmer, vor allem im Sommer, denn im Winter liegt er am liebsten den ganzen Tag und meist auch die ganze Nacht auf der Ofenbank. Es beginnt damit, dass er vom Fußboden aus dem Stand auf den Schreibtisch springt. Das hat etwas Geheimnisvolles, und es ist mir bis heute nicht gelungen, dieses Geheimnis zu lüften. Denn er kann Papier nicht ausstehen. Nie würde er auf eine Stelle des Tischs springen, wo Papiere liegen. Vielmehr landet er zielsicher auf dem (meist einzigen) papierfreien Fleck. Aber wie weiß er, wo so ein Fleck gerade ist? Der ist mal da, mal dort, und Onkel Kasimir kann ja nicht von unten auf den Tisch schauen. Absolut rätselhaft, wie er das macht. Als ich einmal den Tierarzt fragte, ob er eine Erklärung dafür habe, sah er mich komisch an. Wahrscheinlich dachte er: Diese Schriftsteller, was die so alles erfinden …

Ich verkniff es mir, ihm von anderen Fähigkeiten meines Katers zu erzählen. Zum Beispiel, dass er sofort Reißaus nimmt, wenn ich sage: Heute gehen wir zum Tierarzt, der muss dir eine Spritze gegen Katzenschnupfen geben. Ja, wenn ich den Transportkorb schon geholt hätte, den er so fürchtet. Aber der ist noch auf dem Dachboden. Es kann doch nicht sein, dass Onkel Kasimir das Wort Tierarzt versteht. Dann müsste er ja auch alles andere verstehen, etwa wenn ich ihm sage, er solle aufhören, meinen Radiergummi und meine Bleistifte herumzurollen oder mit meinen Haselnüssen zu spielen, die immer neben mir liegen, seit ich entdeckt habe, dass Haselnuss-Zerbeißen Ideen zutage fördert.

Oder von der bemerkenswerten Geschicklichkeit Onkel Kasimirs, geschlossene Türen zu öffnen. Wenn er zum Beispiel im Wohnzimmer ist und in die Küche will, wo in einem Nebenraum sein Schüsselchen steht. Er springt dann aus dem Stand nach oben zum Türgriff, umklammert ihn mit den Pfoten und zieht ihn mit seinem Gewicht nach unten, so dass die Tür sich öffnet. Ich hätte nichts dagegen, wenn mein Kater sich, ein bisschen weiter seitlich, auf den Schreibtisch setzen oder legen und gemütlich schnurren würde. Ruhiges Schnurren, stelle ich mir vor, wäre dem Denken zuträglich, etwa so wie das Rattern der Räder beim Zugfahren oder ein leichter Sommerwind, der, wie in diesem Augenblick, in den Bäumen vorm Fenster rauscht. Aber Onkel Kasimir will, dass ich mich mit ihm beschäftige. Kraule ich ihn nicht sofort am Hals oder streiche ihm zwischen den Ohren übern Kopf oder tupfe ihm vorsichtig mit der Fingerkuppe aufs Schnäuzchen, suche ich sein Fell nicht sorgfältig nach Zecken ab, dann läuft er quer über die Tastatur und schreibt Dada-Texte, oder er fegt mit einer ganz unmissverständlichen schlenkernden Bewegung seiner linken Pfote ein paar Blätter hinunter auf den Boden. Einmal war das eine Geschichte über den Unterschied zwischen Hundemenschen und Katzenmenschen. Hundemenschen, hatte ich geschrieben, wollen dominieren, wollen ihrem Tier Befehle geben können und erwarten Gehorsam. Katzenmenschen wissen, dass man der Katze nichts befehlen kann. Man muss sie gewähren lassen, man muss akzeptieren, dass sie ihrem eigenen Kopf folgt und nicht dem ihres Menschen. Sie ist es, die sich ihren Menschen erzieht, nicht umgekehrt.

Ich sammelte meine Blätter wieder ein und wollte gerade mit meinem Kater schimpfen, da las ich, was ich geschrieben hatte, und ließ es. Wer nicht begreift, dass die Katze immer recht hat, dass sie zehnmal wichtiger ist als jeder gerade im Entstehen begriffene Text, dass man, wenn sie es will, sich mit ihr zu beschäftigen hat und nicht mit Geschichten, auch nicht mit solchen über Katzen, also mit Sekundärliteratur, während das Primäre über die Tastatur turnt, der darf keine Katze haben wollen.

Manchmal allerdings hilft Onkel Kasimir mir beim Schreiben. Er sitzt dann ruhig auf seinem freien Fleck, schaut auf den Bildschirm und liest mit. Gefällt ihm, was ich tippe, dann kann er lange so sitzen und aufmerksam das Entstehen immer neuer Wörter und Sätze verfolgen. Wenn er aber schon bald auf den Fenstersims hinüberwandert und mir so bedeutet, dass der immer gleiche Garten da draußen interessanter ist, dann weiß ich, dass mein Geschreibsel nichts taugt. Und da ich im Sommer meist das Fenster offen stehen habe, springt er dann gern vom Fenstersims auf die Terrasse und kommt frühestens in einer Stunde wieder, nachgucken, wie weit ich bin und ob mir inzwischen etwas Besseres eingefallen ist. Gefällt es ihm immer noch nicht, dann zieht er wieder ab, und manchmal wendet er dabei noch einmal den Kopf zu mir und schaut mich an. Die Katzen in den Katzenbüchern meiner Frau Eva Berberich sprechen immer. Kasimir könnte wohl auch, wenn er wollte, aber er hat das nicht nötig. Sein verächtlicher Gesichtsausdruck – etwa so, als hätte ich ihm statt Büchsenfleisch Salat ins Schüsselchen gefüllt – spricht Bände. Lass das doch, du hast heute keinen guten Tag.

Gelegentlich spiele ich mit dem Computer Schach. Da guckt er gern zu. Wenn die Dame quer über das ganze Feld wandert, ist er ganz gebannt, und einmal, ungelogen, kam sogar ein deutlich klagendes Miau, als ich rochieren wollte und nicht durfte, weil eines der Felder zwischen König und Turm bedroht war.

Natürlich haben auch andere Schriftsteller Katzen. Die Literatur ist voll davon. Nur zu voll darf sie nicht werden, sonst machen die Autoren sich in Klageliedern Luft wie Theodor Storm, der seiner Köchin (»Köchinnen sind grausam«) untersagte, von sechs Maienkätzchen, die seine Katze geworfen hatte, fünf zu ertränken, ach was, ertränken, »ermorden wollte dies verruchte Weib« sie. Nach einem Jahr waren die Kätzchen Katzen, und »mein ganzes Haus, vom Keller bis zum Giebel, ein jeder Winkel ist ein Wochenbettchen« – denn offenbar war unter den sechs Kätzchen kein Kater. Die alte Katze hat, wie jedes ihrer Kinder, ebenfalls wieder sieben Junge zur Welt gebracht, und wo? »In der Köchin – jungfräulichem Bette!« Die Köchin rast, und der Dichter weiß auch nicht weiter: »Was fang ich an mit sechsundfünfzig Katzen!«

Wahrscheinlich hat es zu Storms Zeiten noch keine Tierärzte gegeben, die Kater kastrierten und Katzen sterilisierten, vielleicht für Katzen zuständige Tierärzte überhaupt noch nicht. Aber Autoren, die über Katzen schrieben, schon. Viele sogar, von Storm bis zu E.T.A. Hoffmann und seinem

Kater Murr und dem anderen, dem Dr. Heinrich Hoffmann, der in seinem *Struwwelpeter* in der gar traurigen Geschichte mit dem Feuerzeug Minz und Maunz auftreten lässt, zwei sehr vernünftige und pädagogisch begabte Katzen, die keine Papiere vom Tisch fegen. Vielmehr erheben sie ihre Tatzen: »Sie drohen mit den Pfoten: Der Vater hat's verboten! Miau! Mio! Miau! Mio! Laß stehn! Sonst brennst du lichterloh!«

Womit, ganz nebenbei, ein für allemal klargestellt ist, dass Tiere in den besseren Werken der Weltliteratur sprechen dürfen – meiner Frau hat nämlich einmal ein Verlag das Manuskript zu ihrem ersten Katzenbuch abgelehnt mit der Begründung, Tiere könnten nicht sprechen, das sei albern.

Vorsicht ist also geboten: Es wimmelt von ganz nüchternen Realisten, die so was nicht lesen mögen. Den Struwwelpeter nicht, den Kater Murr nicht, die Katzenbücher meiner Frau auch nicht.

Zu gern würde ich Autorenkollegen mit Katzen fragen, ob ihnen ihre Katzen auch beim Schreiben helfen, indem sie wohlwollend mitlesen oder missbilligend davonpfoten. Aber ich trau mich nicht. Sicher gibt es auch unter ihnen Realisten, die mich anschauen würden wie mein Tierarzt oder mich am liebsten gleich zum Menschenarzt schickten. Und darum behalte ich auch Onkel Kasimirs unerhörtesten Streich für mich, denn den glaubt mir sowieso niemand. Gestern nämlich schrieb ich gerade, Mäuse fangen könnten nur Katzen, Kater seien meist zu faul oder zu dumm dazu, da sprang Onkel Kasimir, wie schon oft, missbilligend von meinem Schreibtisch auf den Sims und von dort hinaus in den Garten, und ich dachte schon, eigentlich habe er recht, und fragte mich, ob ich nicht lieber zum Baden an den Schluchsee fahren solle, statt hier etwas über die negativen Eigenschaften von Katern zu tippen. Da kam er wieder herein und legte mir etwas auf den Tisch.

Und wenn Fritz Hickel dagewesen wäre und gefragt hätte: »Qu'est-ce que c'est?«, hätte l'oncle Casimir antworten müssen: »C'est une souris.« Das ist eine Maus.

Elfriede Hammerl

Katerpflichten, Junior-Version

Aufwachen. Gähnen. Der Frau kurz ins Auge schauen, in sich zusammenfallen und Wiedereinschlafen simulieren. Wenn die Frau liegen bleibt (statt zu begreifen, dass sie als Erste aufstehen müsste), sich erheben und ihren Kopf inspizieren. Ihre Haare kämmen – mit sachter Kralle – und sauber lecken. Beziehungsweise sauber zu lecken versuchen, weil sich die Frau widersetzen wird. In diesem Fall den Versuch abbrechen, der Wille gilt als Werk.

Morgengymnastik. Katzenbuckel (was sonst?), Stretching. Anschließend Galopp, katzenbuckelig, diagonal durchs Zimmer, mit Blick auf die Frau. Nachsicht üben, wenn sie bloß tölpelhaft hinterherspringt, sie kann es nicht besser.

Die Treppen hinunter, an die Futterschüssel. Verzweifelt in die leere Schüssel spähen, hungrig im Kreis rennen, mit dünner Stimme jammern, bis die Schüssel gefüllt ist. Nahrung aufnehmen, zuerst gierig, dann sorgfältig kauend; falls die Frau zuschaut, demonstrativ mit den Bröckchen kämpfend, damit ihr klar wird: Fressen ist Arbeit.

Immer einen Rest in der Schüssel zurücklassen, niemand soll glauben, es war so gut, dass man nicht aufhören konnte. Stattdessen die grundsätzliche Botschaft implementieren: Qualität ist steigerbar.

Katzenklo aufsuchen. Laut scharren, Steinchen durch die Luft wirbeln, nach ihnen schnappen, sie aus dem Klo spucken, sich hinter den zusammengescharrten Streuhaufen ducken. Spannung erzeugen: Macht er oder macht er nicht? Die Frau mit gezückter Schaufel warten lassen, wenn möglich nach vollbrachter Verrichtung reichlich Streu aus dem Klo befördern, bevor sie eingreifen kann. Lob für ordnungsmäße Verrichtung entgegennehmen.

Erneut wild galoppieren, auf Sofas springen, Polster über den Sofarand boxen, Textur der Sofabezüge kreativ bearbeiten. Kugeln aus Alufolie jagen, Papiertaschentücher erlegen, nach Vorhängen hechten und, falls erfassbar, daran schaukeln. Misstönende Einwände der Frau generös überhören.

An den Jeansbeinen der Frau hinaufklettern (Reaktion auf wehleidigen Protest ihrerseits: siehe oben), auf ihrem Schoß landen, sich auf den Rücken fallen lassen, nach ihren Fingern langen und darauf herumkauen. Frenetisch schnurren. Danach Aufstieg auf den Esstisch in die Wege leiten.

Nach beharrlichem, aber vergeblichem Kämpfen mit der Frau das Vorhaben Esstisch verschieben und stille Ecke zum Ruhen aufsuchen. Schlafen und wachsen.

Kalorienzufuhr, die nächste. An der Katzenmilch nippen. Das Katzengras mit der Pfote bürsten, davon kosten, entsetzt zurückprallen. Zur Hängepflanze im Wintergarten wechseln, ihr energisch alle erreichbaren Blätter ausrupfen. Sie gänzlich kahl zu kriegen, wird eine Riesenaufgabe sein, trotzdem keine Mutlosigkeit aufkommen lassen.

Die Frau am Computer besuchen. An ihr hinaufklettern, ihren Arm überfallen und hineinbeißen, ihre Schulter erklimmen und die Nase in ihre Haare stecken. Von der Schulter abrutschen (dabei mit den Krallen bremsen) und auf die TATst sdkmahd+#+ÄL – äh, auf die Computertastatur springen.

Sich von der Frau bergen und auf dem Fußboden absetzen lassen. Sofort in Fellpflege verfallen und so tun, als wäre nichts gewesen. Der Frau damit die Chance geben, auf der Stelle zu vergessen, was war.

Der Frau auf den Schoß klettern. Sich darauf niederlassen, Vorderpfoten einklappen und rasselnd, ganzkörperbebend schnurren.

Der Frau durchs Haus folgen. Zuschauen, wie sie die Kleidung wechselt. Versuchen, sie zu einer weniger langweiligen Tätigkeit zu animieren, z. B. zu gemeinsamer Safari auf unbekanntes Niederwild unter Kommoden. Resignieren und die Frau zur Tür begleiten. Ihr durch wehmütiges Nachschauen das Verlassen des Hauses vermiesen.

Dösen. Ein bisschen wachsen.

Die Ohren spitzen, wenn die Frau die Eingangstür aufsperrt. Die Treppe hinuntersausen, hinter der Tür zum Vorraum Erwartungshaltung einnehmen. Die Frau rufen lassen. Dabei unverwandt in Richtung Vorraum starren. Mit sich selber wetten, wie lange sie brauchen wird, bis sie entdeckt, dass ihre Ruferei überflüssig ist.

Speisen. Per Kralle Bröckchen aus der Schüssel fischen, neben die Schüssel fallen lassen und anschließend vom Boden fressen, als wäre die Schüssel zu klein für einen anspruchsvollen Kater. Diesmal alles auffuttern, die Frau soll sich fragen, ob sie nicht zu lange weg war, wenn der Hunger bereits derartige Ausmaße angenommen hat.

Sich auf dem Schreibtisch nützlich machen. Papiere besiegen, Stifte totbeißen, Büroklammern hinunterfegen und über den Fußboden treiben.

Sobald Besuch kommt, schüchtern sein. Hinter Türen in Deckung gehen, großäugig um Ecken spähen. Sich vom Besuch ergreifen lassen, schlappen Sack markieren. Der Frau mitleiderregende Blicke zuwerfen. Schließlich Stockholm-Syndrom entwickeln und mit dem Ergreifer kooperieren. Da Besucher wild auf sportliche Wettkämpfe sind, Besucherhand mit vier Pfoten gleichzeitig umklammern, hineinbeißen und anschließend wüst strampelnd treten. Besucherkommentare, drollige Mausezähnchen betreffend, als zoologische Unbedarftheit abtun.

Der Frau beim Fernsehen helfen. Ihre Schulter erklimmen und sich wie ein Schal um ihren Hals legen. Das halbe Gewicht auf der Sofalehne abstützen, so dass die Frau ans Sofa gepresst wie ein Ölgötze sitzen bleiben muss. Andernfalls Katerabsturz, den die Frau sicher nicht verschulden möchte.

Nach Midnight-Snack Aufbruch ins Schlafzimmer. Solange die Frau, im Bett liegend, in aufgeklappte Bücher starrt, dynamisch und aktiv sein. Rennen, lauern, springen, Haargummis erbeuten, Papiertaschentücher aus Packungen zupfen, sich in Ritzen zwängen, über die Bettdecke fegen, ohne Rücksicht auf Stoff und Krallen.

Bei Einbruch von Finsternis das Bett aufsuchen. Sich wie ein Heiligenschein um das Haupt der Frau drapieren. Schnurren. Schnurren. Schnurren. Schlafen. Träumen. Wachsen.

Thomas Raab

Das letzte Abendmahl

Waldemar Owinsky ist Koch. Und Waldemar Owinsky ist entflammt. Nicht im Sinne einer zu weiten Körpervorlage während des Flambierens, sondern im Sinne eines lodernden Herzens. »Was hat das eine mit dem anderen zu tun?«, könnte man nun fragen – muss man aber nicht. Denn so sicher, wie ein fröhlich am Lüster schaukelnder Wellensittich nicht zweimal das Stromkabel durchbeißt, wird sich irgendjemand mit der Neuigkeit zu Wort melden, die Liebe ginge durch den Magen. Sinnsprüche pflanzen sich eben hemmungslos fort, Generation um Generation, auch wenn die Menschheit in manchen Fällen mit ein wenig Verhütung besser dran gewesen wäre – das gilt übrigens nicht nur für Sinnsprüche. Das gilt, wenn es nach der stattlichen Sammlung Verflossener geht, auch für Vera Klump. Wen Vera Klump hinter sich liegen hat, natürlich ohne die weitere erquickende Aussicht auf den Flügelschlag ihres, die rechte wohlgeformte Gesäßhälfte zierenden Schmetterlingstattoos, der lässt kein gutes Haar an ihr, sinnt nach Rache, ist zu allem bereit. Wen Vera Klump vor sich liegen hat, mit Blick in ihre smaragdgrünen Augen, der lässt Haare, der nimmt alles in Kauf, der durchwatet freiwillig den Acheron, um in den Hades zu gelangen.

Damit sind wir schon mitten drin in dieser schaurigen Geschichte, denn, wie gesagt, Waldmar Owinsky ist entflammt, und schuld daran ist Vera Klump.

Und genau diese Konstellation wird den Beweis antreten, dass die Liebe in puncto Verköstigung vielleicht beim kleinen, von der Omama kohlehydratgemästeten Waldi durch den Magen geht, nicht aber beim ausgewachsenen, geschlechtsreifen Waldemar. Ein Essen zu zweit kann nämlich für jene Schmetterlinge, die sich nicht auf der Haut, sondern im Bauch befinden, zum geschliffenen Filetiermesser werden. So eines hat Waldemar Owinsky nun in der rechten Hand, um in seiner Innenstadt-Dachgeschosswohnung aufgeregt dem Objekt der Begierde das erste gemeinsame Abendessen zuzubereiten. Innenstadt-Dachgeschosswohnung klingt ja bereits ohne Besichtigung wohlhabend, Waldemar Owinsky aber ist tatsächlich gestopft. Und das im doppelten Sinn. Er zählt zwar nicht zu jenen Köchen, deren Gesichter regelmäßig von Suppenfonds, Gewürzmischungen, Topfserien, Kartoffelpressen oder Flachbildschirmen ins Leben grinsen, trotzdem fährt er einen Porsche Cayenne. Gut, soll es ein Klischee sein, aber eines weiß er, der Waldemar: Nur dank diesem Gefährt ist sein Beifahrersitz nicht mehr leer.

Auch Vera Klump wärmt ihn wirklich mit Vorliebe, den beigen Lederbezug, und wenn sie ehrlich sein soll, in Anbetracht der grandiosen bevorstehenden Aussicht aus der obersten Etage, auch auf eine mögliche Zugehörigkeit zur feinen Gesellschaft dieser Stadt, nimmt sie die Aussicht auf das Wärmen eines wirklich reichlich vorhandenen Körpers gerne in Kauf. Gepflegt ist er ja, der Owinsky, und was bitte muss ein Mann anderes sein als reich und gepflegt, wurde ihr bereits von Frau Mama stets eingetrichtert, gefolgt von: »Bist du also nicht zimperlich, wenn eines Tages die Altersvorsorge stimmt. Da darfst du dich von einem bisserl Bauchspeck ja nicht abschrecken lassen. Schöner wird nämlich keiner!«

Und reichlich Bauchspeck hat er zu bieten, der Waldemar.

Unter anderem in Würfel geschnitten, denn derart angeröstet und untergemischt ist er eines seiner kleinen Geheimnisse bei der Zubereitung dieses Gerichts. Da bekommt das gut ausgehangene Fleisch seine ganz spezielle Note. Auf der Zunge zergehen soll es der noblen Dame, weich und saftig.

Fertig vorbereitet stehen die Zutaten fein säuberlich geordnet auf der Arbeitsplatte. Hier wird aber nicht nur fein säuberlich gekocht, sondern auch gewohnt. Wenn Waldemar Owinsky nämlich eine Macke hat, dann ist das sein Bedürfnis nach Sauberkeit. Unmittelbarer Sauberkeit, wohlgemerkt. Undenkbar, dass da etwas einfach irgendwo liegenbliebe. Ordnung ist für ihn das halbe Leben, das gilt in seinem Restaurant, in seiner Küche, in seiner Wohnung und in seinem Herzen. Ein Härchen an der Hose, und zielstrebig kommt es zum Einsatz, das klebrige Reinigungsband des Fusselrollers. Und gut ist es, dass da noch einiges an aus- und abreißbarer Länge vorhanden ist, denn verabschiedet haben sich die beiden Turteltäubchen beim gestrigen Telefonat mit den Worten:

»Vera, ich will einfach wissen, was dir wichtig ist, das liegt mir am Herzen!«

»Das ist so lieb von dir, Waldilein. Das will ich dir morgen Abend aber persönlich zeigen!«, war die so eindeutig in den Hörer gehauchte Antwort.

Seit gestern läuft sie auf Hochtouren, die männliche Phantasie, und es ist eine schmutzige Phantasie. Denn was bitte kann das schon sein, das eine Frau, die erstmals in die Wohnung eines Mannes eingeladen wird, ihrem Verehrer persönlich wird zeigen wollen? Heftig pulsiert es also in seinen Lenden, das sprühende Leben. So lässt er den ansonsten beim Kochen verkosteten Wein aus, damit dann später die Manneskraft nicht auslässt, und widmet sich den Vorbereitungen. Man muss die Dinge nehmen, wie sie kommen. Wenn also im Laufe des von ihm so detailliert geplanten

Abends auch noch ein kleines waagrechtes Intermezzo eingeschoben werden kann, umso besser, dann hinterlässt sie noch mehr Eindruck, die Nachspeise. Der Tisch ist fertig gedeckt, das frische schwarze Hemd übergestreift, die Kerzen sind angezündet, so wie auch das Kaminfeuer, das Licht gedimmt, der Vivaldi am Laufen.

All die Verflossenen waren gestern, weiß Vera auf der Rückbank des herannahenden Taxis. Idioten, wie sie ihr beispielsweise bei der Weihnachtsfeier dieser lächerlichen, unvollzähligen Amateurkickertruppe begegnet waren und in deren Reihen sie sich heimlich vom einen zum anderen durchgearbeitet hatte, ohne dabei auf den erhofften vielversprechenden Millionenstürmer zu stoßen. Zehn Vollpfosten waren das:

Albert, Johann, Eduard,
Gustav, Erwin, Jochen,
Goran, Phillip, Simon, Kurt's
Herzen sind gebrochen.

Albert ist finanziell ruiniert, so wie Eduard, denn der hatte sich, nur um von Vera endgültig abserviert zu werden, vorher noch schnell scheiden lassen. Johann ist ein seelisches Wrack, auch weil er nun wieder denselben Hauptwohnsitz angeben muss wie seine Mama. Der völlig verunsicherte Goran bricht zurzeit aus Gründen der Selbstbestätigung vice versa ein Frauenherz nach dem anderen. Ja, und Kurt pflegt seine quer über die Pulsadern verlaufenden Narben.

Jetzt also ist Waldemar an der Reihe. Pfeifend steht er am Herd, beschwingt wird gekocht, ein unwiderstehlicher Duft vermengt sich mit dem Geruch glühender Holzscheite, dann glühen auch die männlichen Hormone – es hat geläutet.

»Ich bin's!«, haucht es durch die Sprechanlage bis hinein in den Hypothalamus des Waldemar Owinsky, feucht sind seine Hände, rasiert sein Kinn, gekämmt sein Brusthaar.

»Haar« ist auch jenes Wort, das Waldemar Owinsky für den Rest seines Lebens nicht mehr loslassen wird, weder aus seinem Gedächtnis noch aus seiner Wohnung.

Denn wie sie da gelockt und geföhnt im Türrahmen steht, bekommt er viel früher als erwartet genau das zu sehen, was ihm Vera Klump persönlich zeigen will. Obwohl dieses »Genau« nur bezogen auf die doppelsinnige, umgangssprachliche Bedeutung des vom Männchen Erhofften und stattdessen Präsentierten zutrifft.

Nach einem zarten Begrüßungskuss öffnet sie nämlich ihren Mantel, um das darunter versteckte haarige Etwas freizulegen.

»Wie gefällt sie dir?«, haucht sie ihm entgegen. »Sie wird hoffentlich auch dir viel Freude bereiten!«

Waldemar Owinsky kann sich nur schwer zurückhalten. Derartiges hätte er Fräulein Klump niemals zugetraut.

»Darf ich vorstellen: Cleopatra, sie stammt aus ganz edler Zucht. So wichtig ist sie für mich, aber, aber ...«

Mit Müh und Not presst Vera eine salzige Träne aus ihren Augen, so etwas soll in Gegenwart feinfühliger Männer ja Wunder wirken, und setzt fort: »... und jetzt, jetzt ist sie weg. Seit drei Tagen verschwunden. Ach, Cleopa-pa-pa ...!« Ein Prusten hallt durchs Stiegenhaus, und beinah wäre es ihr hinuntergefallen, das mit goldenem Bilderrahmen versehene Foto einer traurig dreinblickenden blütenweißen Perserkatze mit smaragdgrünen Augen und goldenem Halsband. Feinfühlig ist er ja, der Waldemar, aber über seinen gewiss breiten Schatten springen kann er nun auch wieder nicht. Nur schwer lässt sich das bereits munter am Gaumenzapferl baumelnde Lachen unterdrücken.

»Komm doch bitte herein, das Foto stellen wir einfach auf den Esstisch, dann, dann ...«, ein kurzes Räuspern entkommt seinem Gemüt, »dann ist er wenigstens irgendwie dabei!«

»Sie! Sie ist eine Katze, kein Kater! Gleich zwei Weibchen hättest du dann!« Wie unwiderstehlich sie dreinschauen kann, wenn sie nur will, die Vera.

Es folgt eine Begrüßungsumarmung; ein zarter Kuss legt sich auf seine weiche rechte Backe; ein kurzer Griff zum Fusselroller beseitigt die Überreste der einzig von Vera Klump in diesem Augenblick getragenen Körperhülle, dem flauschigen, weitmaschigen Strickkleid; eine in den Raum gestreckte Hand bittet sie ins Wohnzimmer und leitet den nächsten hysterischen Ausbruch ein: »Ich glaub, ich brauch ein Riechfläschchen, das ist ja der helle Wahnsinn! Ja, Waldemar, so ein Paradies! Ist das ein offener Kamin! Und du hast sogar Feuer gemacht, ach wie süß! Sind das alles Originale? Ist das größte Bild da an der Wand wirklich ein Fernseher? Ist das der Dom, den man da vom Schlafzimmerfenster aus sieht? Ist diese Turnhalle hier der Schrankraum? Und das, oh Gott, ist das das Bad? Ich, ich ...«

Auch ohne dass sich in diesen luftigen Höhen irgendetwas anderes hätte spiegeln können als maximal ein Linienflug im Notlandeanflug, glänzen die üppig geschminkten weiblichen Augen wie Christbaumkugeln. Auch Vera Klump befindet sich gedanklich längst im Landeanflug in ihr zukünftiges Leben.

»In die Küche schau bitte nicht, das ist mein Heiligtum. Erst nach dem Essen, wenn ich saubergemacht habe, okay? Dann gibt es die Offenbarung!«, schickt Waldmar eine kleine Bitte hinterher, während er das Katzenbildchen zwischen die großköpfigen weißen Rosen stellt. Wie ein Altar sieht sie nun aus, die Festtafel.

Das Tischgespräch während der Vorspeise verläuft wie erwartet. Waldemar erzählt von den wunderbaren weißen Trüffeln, die er zurzeit in seinem Restaurant anbietet.

Vera Klump erklärt – während sie stolz ihre Brust herausstreckt und so dem Gastgeber durch das gespannte Strickmuster des Kleides einen ersten Rundumeinblick auf ihre beachtliche Oberweite gewährt, so etwas soll in Gegenwart eines Mannes ja Wunder wirken –, sie liebe weiße Trüffeln, Schokolade hätte es ihr in allen Farben angetan.

Waldemar Owinsky erzählt von der herausragenden Qualität des servierten Thunfischcarpaccios. Vera Klump erklärt, wie gern ihre Cleopatra Fisch in allen Varianten verschlungen hatte: »...als sie noch nicht verschwunden wa-wa-wa...!« Mit salzigen Tränen wird das Carpaccio nachmariniert, jetzt fließen sie also endlich auf Knopfdruck. So soll es sein.

Herrlich klingen die Gläser, das Gespräch verebbt, es folgen die Hauptspeise und ein Triumphzug auf allen Linien. Was kein Wunder ist, denn Waldemar Owinsky ist ein vielseitiger Meister seines Faches. Und weil sich seine Blutlinie bis ins Oberösterreichische zurückverfolgen lässt, bedeutet diese Vielseitigkeit auch das Beherrschen der entsprechenden regionalen Kochkunst. Da wird nicht lang herumgefackelt mit Nobel-Cuisine und überteuerten Diätcamp-Portionen auf schneetellergroßem Porzellan. Am Esstisch des Waldmar gibt es jetzt, getreu dem Leitsatz seines Erfolgsrestaurants, ordentlich was zu futtern. Gierig schlingt Vera Klump hinein, vergessen sind die guten Sitten, euphorisch verlangt sie Nachschlag, vergessen ist die gute Figur, und in Übermaß spült sie nach, vergessen ist der Vorsatz, zu Hause zu schlafen. Verliebt, verlobt, verheiratet – gestritten, geschieden, gesponsert für den Rest ihrer Tage, besser geht es nicht. Waldemar Owinsky ist perfekt, er kann kochen, er hat Stil, er wird alles tun, um eine Göttin – wie sie zweifelsohne eine zu sein gedenkt – bei sich zu halten, und er hat Geld.

Ja, und eine Nachspeise hat er auch noch: »Die nehmen wir auf der Dachterrasse ein. Das dauert aber noch ein wenig!«, erklärt er der Eingekochten, während diese sich glückerfüllt die letzten Reste der Soße von den Lippen tupft.

»Da-Da-Dachterrasse!«, entfährt es ihr verzückt. Dann steigt Waldemar Owinsky mit den Worten: »Ich geh schnell alles vorbereiten!«, die Treppen empor.

Da hat er gerade die letzte Stufe des Aufstiegs in luftige Höhen absolviert, erhebt sich auch Vera Klump zwecks Besichtigung des Heiligtums ihres Zukünftigen. Neugierig betritt sie die Küche. Sorgfältig geordnet stehen die mit den Speisen gefüllten Töpfe und Pfannen auf der Arbeitsplatte, sonst ist alles geputzt und erstrahlt in makellosem Glanz.

Auch das aufgeschlagen neben dem Herd liegende Kochbuch. Kein Fettspritzer, kein Crème-fraîche-Patzer, kein Eselsohr, nur das goldene Lesezeichen hat Flecken. Bekannte Flecken.

Flecken, von denen Vera Klump jeden einzelnen zuordnen könnte. Und vorbei ist es mit der inneren Wärme.

Eine schaurige Kälte zieht ihr plötzlich durch die Maschen des Strickkleides herein, das Blut in den Adern gefriert, Gänsehaut legt sich über den Körper. Aus Einzelteilen wird ein erschreckendes Ganzes, auch was das Festmahl betrifft. Würgend breitet sie alles Zu-sich-Genommene auf der spiegelblanken Arbeitsplatte aus, während sie vor sich das Foto an der Wand betrachtet: »SV Owinsky« steht über einer Gemeinschaft brüderlich vereinter Herren. Diesmal sind sie vollzählig, sprich zu elft, versammelt um den in Tormannmontur gehüllten Waldemar Owinsky:

Albert, Johann, Eduard,
Gustav, Erwin, Jochen,
Goran, Phillip, Simon, Kurt,
darunter liegt erbrochen: Cleopatra – da ist sich Vera Klump absolut sicher.

Zitternd nimmt sie das goldene Lesezeichen an sich, Cleopatras Halsband, drückt es an ihre bebende Brust und liest noch einmal den Namen des Rezeptes der Hauptspeise: Katzengschroa, samt der Übersetzung: Katzengeschrei. Was gibt es da noch zu zweifeln, wozu das Kleingedruckte studieren. Wozu, wenn sich der grauenvolle Verdacht durch die Überschrift des danebenliegenden Nachspeisenrezeptes unwiderruflich bestätigt: Süß ist die Rache.

»Nein!«, brüllt Vera Klump, mit einem quietschenden, langgezogenen »i« durch die leere Wohnung – fürchten müssen sie um ihre dünne Haut, die hochwertigen Rotweingläser. Das Halsband fest umfassend, stürmt sie hinaus ins Freie. Zum Glück hinaus und nicht hinauf.

So sitzt Waldemar Owinsky zusehends entspannter mit einem feinen Digestif in der Linken und sicherheitshalber dem Filetiermesser in der Rechten in einem der Korbsesseln seiner Terrasse. Beinah vorbei ist es mit seinem Entflammtsein, denn langsam spürt er das in sich lodernde Feuer der Rachegöttin Alekto abflauen. Zufrieden lässt er den Blick über den funkelnden Horizont schweifen und lächelt. Er lächelt nicht nur, weil ihm das mit dem Servieren des »Katzengschroas« verbundene herzlose Abservieren noch eine Spur besser gelungen war als Vera Klump bei jedem einzelnen seiner Kumpels, er lächelt auch aus Liebe. Nicht aus jener treuen Liebe, die Vera Klump nun auf den Magen geschlagen hat, also der Liebe zu seinen Freunden, sondern aus jener Liebe zu seinem Fusselroller, die ihm eine noch viel größere ermöglicht.

Denn alles lässt sich lösen, selbst Katzenhaare. Es ist ein leichtes Vibrieren, das den ringförmigen Speckgürtel Waldemar Owinskys erfüllt, und es ist nicht der vorbeifliegende Verkehrshubschrauber, der diese Erschütterung in Gang setzt, sondern die Frequenz des angestimmten Schnurrens. Mit jeder sanften Bewegung des sich liebesbedürftig ins Hüftgold vergrabenden Katzenkopfes gleitet der Farbton des Hemdes zusehends immer mehr ins Dunkel-, dann ins Hell- und schließlich ins Weißgrau.

Cleopatra entledigt sich schnurrend der letzten Reste

ihres Winterpelzes, glücklich darüber, endlich ihr enges goldenes Halsband beim Teufel zu wissen, endlich den schmerzenden Liebkosungsakten der Herzlosigkeit entkommen zu sein, endlich über die Stadt blicken zu können. Jetzt beginnt der Sommer ihres Lebens.

Auch für Waldemar Owinsky, denn von nun an kann er wählen zwischen Weibchen, denen der beige Lederbezug seines Porsche Cayenne oder das weiße Fell seiner Angorakatze das Herz erwärmt. Bald wird er den Wagen nicht mehr brauchen.

Katzengschroa (Katzengeschrei)

Zutaten für 4 Personen:
100 g Kalbfleisch vom Schlögel
100 g mageres Schweinefleisch
100 g Schweins- oder Kalbsleber
100 g Schweins- oder Kalbsnieren
2 kleine Zwiebeln, Mehl, Salz, Pfeffer, Majoran, trockener Weißwein, etwas Rindsuppe, 1 EL Crème fraîche, neutrales Öl zum Anbraten, 4 dünne Scheiben Bauchspeck, gekochte Erdäpfel, Petersilie

Ob der Name auf die Ungleichheit der Zutaten (Fleisch und Innereien), die so wie das »Gschroa« von Katzen auch auf sehr ungleichen, unharmonisch klingenden Tönen beruht, oder darauf hinweisen soll, dass Katzen das Servieren von Innereien einfach zum Schreien bringt, ist unklar. Eine Zutatenangabe ist er jedenfalls nicht.

Claire Beyer

Die Rose unter den Tieren

Tatsächlich hat sich die Geschichte so und nicht anders zugetragen. Selbst Jahrzehnte danach erinnere ich mich haargenau an den Tag, als mein damals fünfjähriger Sohn zwei Kinderhände voll Katze ins Haus brachte. Schon vom Fenster hatte ich seine Langsamkeit beobachtet und als untrügliches Zeichen eines schlechten Gewissens gedeutet. Kaum in der Wohnung, streckte er mir den Kleinen dann wie ein Geschenk entgegen. Beide stanken fürchterlich nach Rauch, und ich sah erschrocken auf zwei rabenschwarze Nasen. Mit Tränen in den Augen wurde mir berichtet, eine Horde Halbstarker habe die Katzenmutter getötet und in ein riesiges Feuer geworfen.

Den kleinen Kerl – dabei hob mein Sohn theatralisch die Hände nach oben – sollte das gleiche Schicksal ereilen, doch er habe um dessen Leben gebettelt und alles aufgeboten, was sich in seinen Hosentaschen befand, um ihn zu retten. Sein Taschengeld, sein geliebtes Matchboxauto, ein Schweizermesser und Gummibärchen.

Auch wenn der silberne Mini-Jaguar, von dem er sich niemals freiwillig getrennt hätte, wirklich verschwunden war, kam gar nicht in Frage, eine Katze in der Wohnung zu haben, noch dazu eine, die gesäugt werden sollte. Findelkind hin oder her.

So trugen wir am nächsten Morgen das kleine Bündel im Karton zum Auto, um ins städtische Tierheim zu fahren.

Doch nach ziemlich genau zwei Stunden waren alle wieder zurück. Ein strahlender Junge mit miauendem Schuhkarton und ich, die mit den Schultern gezuckt hätte, wäre da nicht der Sack Katzenstreu in der einen Hand und das dunkelrote Katzenklo in der anderen gewesen. Im Tierheim hatten wir die Auskunft bekommen, der Kleine habe keine Chance, ohne Bezugsperson zu überleben. Chancenlos war auch ich, dem das Tierheimpersonal und der eigene Sohn mitsamt Katerchen vorwurfsvoll gegenüberstanden.

Fünfzehn Zentimeter von den Ohren bis zur Schwanzspitze, mehr war es nicht, und doch stellte das Fellbündel die ganze Wohnung auf den Kopf. Und er versteckte sich, was eindeutig meine Schuld war. Dachte ich doch, die Taufzeremonie, auf die mein Sohn bestanden hatte, könne in der Badewanne stattfinden. Ich wollte dem Fell unbedingt die rauchige Note nehmen. Meinem Jungen, der aus Solidarität mit in den Berg aus Schaum und lauwarmem Wasser stieg, blieb kaum Gelegenheit, den Namen »Wuschel« auszusprechen. Ihn als Absprungbasis missbrauchend, schoss der frisch Getaufte über den Wannenrand und meine Arme hinweg. So klein er war, hinterließ er tatsächlich Kratzspuren und bescherte mir die Einsicht, dass Katzen die Rosen unter den Tieren sind. Auch später, wenn er sich schnurrend und lang gestreckt in einem gebündelten Sonnenstrahl aalte, war es – bei all der dargebotenen Schönheit – klug, dieses Bild nicht zu vergessen.

Doch zunächst galt es die Liebesperlen aus dem Puppenfläschchen zu schütteln, um es mit lauwarmer Katzenmilch füllen zu können. Dann ging es darum, den Kleinen zu orten. Auf den Knien robbend, hielt ich das Fläschchen ständig unter Schränke und Sofas. Hatte ich ihn endlich hervorgelockt, folgten unzählige Versuche, den Sauger zwischen die spitzen Zähnchen zu schieben. Alles andere blieb liegen. Ich vernachlässigte mich, die Arbeit, die Zeit. Der kleine Kerl gedieh prima. Und obwohl ich es war, die ihn fütterte und lehrte, ins Katzenklo zu klettern (mit Homers »Odyssee« als Steighilfe), war es mein Sohn, mit dem er sich verbrüderte. Bei dem er schlief oder sich aufhielt, egal, wie laut ACDC aus den Boxen tobte.

Es brauchte nur wenige Tage, und schon war es unvorstellbar, wie wir je ohne den Wicht gelebt hatten. Von Kopf bis Schwanz schwarz-braun-weiß gestreift, zeigte sich bereits deutlich das **M** auf der Stirn, das allen Tigerkatzen gemein ist. Es war der erste Buchstabe, den mein Sohn zu lesen lernte, und die Legende darüber wurde unsere Gute-Nacht-Geschichte, die ich Abend für Abend erzählen musste: Der Religionsgründer Mohammed war ein großer Katzenfreund. Er mochte es, von ihnen umgeben zu sein, und gewährte ihnen alle Freiheiten. Seine Lieblingskatze, deren Namen bis heute ein großes Geheimnis ist, schlief eines Tages in seinem Arm. Sie ruhte auf dem kostbaren, mit Edelsteinen verzierten Gewand und wollte einfach nicht aufwachen, als die Glocke zum Gebet in die Moschee rief. Mohammed handelte weise. Da er die Katze nicht stören wollte und doch das Gebet unter keinen Umständen versäumen durfte, ließ er sich ein Messer bringen und trennte den Ärmel vom Gewand. Seither tragen alle Tigerkatzen, als dankbare Erinnerung an den großen Katzenfreund, das **M** auf der Stirn.

Wuschel ahnte davon nichts. Er wurde größer und stärker und fand bald Gefallen an fester Nahrung. Katzenmilch musste es in all den Jahren trotzdem geben. Ich stippte dazu meinen Finger in die weiße Flüssigkeit, und er leckte sie mit seiner rauen Zunge ab. Diese Zeremonie forderte er konsequent ein. Er schlich mir so lange um die Beine, bis ich dem Betteln nachgab. Eigentlich war es stets so, dass mal er seinen Willen durchsetzte und mal ich nachgab. Kurz: Er erreichte seine Ziele und machte nebenbei etwas mit mir, das ich in seiner ganzen Bedeutung lange nicht begriff.

Die Winterabende jedenfalls wurden wärmer, seit er auf meinem Schoß lag. Und wenn Sonnenstrahlen ins Zimmer drangen, sah ich nicht mehr auf den Staub, der darin tanzte, sondern betrachtete das Fellbündel, das in ihrem Brennpunkt lag und sich von ihnen den Bauch wärmen ließ. Mir schien, als entspanne sich jedes einzelne Haar, das ansonsten Tag und Nacht wie gebürstet lag. Und diese Gelassenheit übertrug sich auf mich.

Heillos war dagegen das ganze Durcheinander, das der kleine Kerl in unserer Wohnung anrichtete. Kaum vom Einkauf zurück, musste ich mich beeilen, die Lebensmittel in Sicherheit zu bringen. Die Krallen des Katerchens verhakten sich bereits in den Karton, in dem ich sie herbeischleppte, wenn ich die Tür öffnete. Die Kartonagen wählte ich in heimlicher Vorfreude jedes Mal bewusst für seinen großen Auftritt aus und genoss das Schauspiel, das unausweichlich folgte. Ein wildgewordener Kater, der mit seinen Vorderpfoten festgekrallt an der Einkaufsschachtel herunterhing. Gelang es mir endlich, das zappelnde Tandem auf den Boden zu stellen, begann die eigentliche Handlung des Stücks. Mit geducktem Kopf wurde der Karton umkreist und einzelne, blitzartige Angriffe gegen ihn gefahren. Irgendwann stand die Szenerie still, Wuschel wackelte mit dem Hinterteil und sprang mit einem Satz erbarmungslos mitten hinein ins feindliche Lager. Sich an den Seitenwänden abstoßend, drehte er sich in ihm wie ein Kreisel, kratzte und schlug Schrunden und Narben in die bald arg malträtierte Kiste. Den Begriff des Papiertigers sah ich seitdem in völlig anderem Licht.

Obwohl Wuschel auch sonst nach allem jagte, was sich in der Wohnung bewegte – Bänder, Wollfäden, Spaghetti –, war er nicht zu bewegen, die Wohnung zu verlassen. Es war viel mehr als Katzentrotz. Er wollte nicht vors Haus, er mochte nicht, er sperrte sich, sobald ich die Tür öffnete, um ihn nach außen zu locken. Gelang es mit sanfter Gewalt doch einmal, ängstigte ihn die Welt draußen. Vor jedem Grashalm, der sich im Wind bog, schrak er zurück. Geräusche vorbeifahrender Autos lösten eine Panik in ihm aus. Ein Blatt, das zu Boden fiel, hatte zur Folge, dass er an meinen Jeans hochkletterte, und weiter, bis zur Halsbeuge, wo er den Kopf hineindrückte. Seine Angst hatte tiefe Wurzeln gegraben und ließ nicht zu, dass er zu dem, was sich vor der Tür abspielte, Vertrauen fassen konnte. Deshalb beließ ich es dann auch bei kurzen Aufenthalten.

So blieb zum Freigang allein der Balkon. Mir blieb manchmal fast das Herz stehen, wenn er sich auf dem schmalen Geländer reckte und streckte. Ich wollte, ich hätte ihm erklären können, wie gefährlich die Kletterei sei. Aber schließlich gab es für solche Ausführungen keine eindeutige Katzensprache. Bei anderen Fragen, zum Beispiel ob er Hunger habe, gelang die Verständigung. Er streckte als Antwort den buschigen Schwanz einfach senkrecht in die Höhe. Wollte ich ihn vors Haus lotsen, peitschte der Schwanz wütend hin und her, und mussten wir zum Tierarzt, gebärdete sich das ganze Tier wie wahnsinnig. Lag er aber auf meinem Schoß, war gar Nachfrage nötig. Ein durchdringendes Schnurren erübrigte jedes Gespräch.

Wie also auf die Gefahr der Kletterei hinweisen? Ich entschloss mich zu einer Demonstration, für die sich mein Sohn und seine Freunde sofort begeisterten. Eine Wassermelone, groß wie ein Medizinball, sollte als Anschauungsobjekt dienen. Ich legte die Frucht unter ziemlicher Anstrengung auf das Balkongeländer, nahm den Kater auf den Arm und schubste das Unding betont gelassen über die Brüstung. Der Aufprall war deutlich zu hören, und die Schweinerei, die ich damit angerichtet hatte, noch deutlicher zu sehen. Nur der pädagogische Effekt ging gegen null. Zwar hatte Wuschel das Experiment mit hochgestellten, spitzen Ohren, jedoch mit geheuchelter Aufmerksamkeit verfolgt. Denn später rekelte er sich nur noch genüsslicher auf den schmalen zehn Zentimetern der Brüstung. Überhaupt kam ich mit pädagogischer Vorgehensweise nicht weit. Um ehrlich zu sein, zweifelte ich hin und wieder am Verstand des Katers. Jedes Frühjahr und jeden Herbst beispielsweise standen die Gummistiefel meines Sohnes auf ihrem Platz im Badezimmer. Bei jedem Öffnen der Tür fauchte Wuschel die bunten Schuhe an, als wären sie vom fremden Katzenplaneten. Er buckelte, schlug danach, und fiel einer um, warf er sich auf den Gestürzten. Das passierte bis zu zehnmal am Tag. Die Schäfte waren bald so zerfetzt, dass sie mir fast leidtaten. Die Gummistiefel-Produzenten hatten in uns eine wahrlich gute Kundschaft.

Nur beim Spiel mit meinem Sohn und seinen Freunden setzte Wuschel seine gesamte Intelligenz ein. Er wusste immer sofort, was von ihm erwartet wurde, und hatte grenzenloses Vertrauen in sie. Selbst wenn er, als »Tiger von Eschnapur« im Einkaufsnetz hängend, den Gefangenen geben musste. War mein Sohn zu Hause, lag der Kater eigentlich immer im freien Fach des Kleiderschranks und verfolgte dessen Aktionen. Täuschte er auch Schlaf vor, ein Ohr zuckte und kreiselte stets, und immer war er bereit, seinen vollen Einsatz zu bringen. Er war für jede Tollerei zu haben. Was vor allem an den Festtagen wie Weihnachten oder Ostern galt. Der Haken an der Decke war allein dem Kater zu verdanken. Wir mussten den Christbaum daran befestigen, nachdem Wuschel den sorgsam aufgestellten, aber ungesicherten Baum im ersten Jahr mitsamt des Familienweihnachtsschmucks zu Fall gebracht hatte. Desinteresse heuchelnd lag er auf der Couch herum, nutzte sie plötzlich aus dem Nichts heraus als Sprungbrett und hechtete mitten hinein ins grüne Geäst. Es brauchte nur noch wenige Kletterbewegungen in den Zweigen, und die Bescherung kam in jenem Jahr verfrüht. Wir blieben sprachlos, ärmer, aber klüger zurück. Und doch scheint *Vorsicht* eine nur geringe Halbwertszeit zu besitzen. Denn bereits zu Ostern gab es die nächsten Opfer: unsere sorgfältig ausgeblasenen und bemalten Ostereier. Und der Kater? Lammfromm und glücklich lag er zwischen all den bunten Schalenresten.

Blumen in Vasen machten zu allen Jahreszeiten einen Angler aus ihm. Einzeln zog er sie aus dem Wasser, wälzte sich im Blütenteppich, und zu guter Letzt – war da nicht etwas im Vasenboden? – stieß er das Gefäß um und zog pikiert von dannen, weil die Pfoten dabei nass geworden waren. Ich gewöhnte mir an, die Vase in einen Eimer zu stellen, was die Ästhetik entschieden eintrübte, das Parkett aber nachhaltig schonte. Ach ja, die Schallplatten sollte ich nicht vergessen. Eine ganze Generation hochkarätiger Interpreten kam durch ihn zu Schaden. Schließlich erzeugt eine Nadel, die quer über den Plattenteller rauscht, ziemlich nachhaltige Spuren. Irgendwann zogen wir das Radio vor, denn Wuschel war und blieb eine Wohnungskatze.

Alle waren ihm willkommen, und selbstverständlich ging er davon aus, dass auch ihn jeder mochte. Gäste mussten sich damit abfinden, vier und ein halbes Kilo Lebendgewicht auf dem Schoß zu haben. Es waren Leute darunter, die mit Katzen nichts anzufangen wussten, andere, die sie verabscheuten, und wieder andere, die sie mochten. Unser Kater machte keinen Unterschied. Vielleicht aus Höflichkeit, vielleicht aus Befangenheit – keiner warf ihn herunter. Mag sein, dass der Start ins Leben für ihn ein Schock gewesen ist, das Zutrauen, das er seitdem für Menschen entwickelt hatte, war phänomenal. Und es gehörte zu seinem größten Liebesbeweis, seinen frei liegenden Kopf in meine geöffnete Hand zu legen. Mit diesem Verhalten, erklärte ich meinem Sohn, liefere er sich mir vollständig aus und zeige mir damit sein grenzenloses Vertrauen. Ich glaube noch immer, dass dieser Zustand bei Mensch und Tier nur erspürt und nicht über Rationalität erreicht werden kann.

Vier Pfoten reines Glück, wenn er manchmal nachts zu mir aufs Kopfkissen kam. Mit seinen dicken Vorderpfoten tastete er mein Gesicht ab und sah mich mit großen, dunklen Pupillen an. Dabei schnurrte er so laut, dass ich das Ticken der Uhr nicht mehr hören konnte. Und da begriff ich: Seit er bei uns lebte, gab es einen neuen, guten und wichtigen Grund, nach Hause zu kommen. Wuschel liebte seine Menschen bedingungslos.

Der Zufall brachte dann ein Geheimnis zutage. Ich sah es als notwendig an, im Zimmer meines – inzwischen zum Teenager gereiften – Sohnes die Kinderkleidung auszusortieren, als ich in der untersten Schublade der Kommode auf einen kleinen, harten Gegenstand stieß. Ich zog ihn hervor und sah erstaunt, dass es sich um das silberne Jaguar-Matchboxauto handelte, das mein Sohn vor vielen Jahren angeblich für den Kater eingetauscht hatte. Aber in mir kam kein Ärger auf. Wuschel, der auf dem aussortierten Kleiderberg thronte, sah aus, als könnte er etwas zur Klärung beitragen, schwieg aber aus verständlichen Gründen. Ich legte mich auf den Boden, und er sprang, sämtliche Pullover umstoßend, auf meinen Bauch und stupste mich am Kinn. Und noch heute bin ich überzeugt, dass er dann in mein Lachen einstimmte. Meinen Sohn sprach ich nicht auf den Fund an, als er später schlecht gelaunt aus der Schule zurückkam und die Tür hinter sich zuzog, gerade so weit, dass Wuschel noch hindurchpasste.

Selim Özdogan

Die Prinzessin auf der Suche

Es war einmal eine Prinzessin, die als kleines Mädchen ein rechter Wildfang war. Ihren Eltern gehorchte sie nicht, und ihre Späße waren bei den Dienstboten gefürchtet. So versteckte sie Eidechsen in leeren Kochtöpfen, und die Köchin schrie das ganze Schloss zusammen, als sie den Deckel hob.

Während andere Kinder Puppenhäuser hatten, spielte die Prinzessin mit einem Märchenschloss in Miniatur. Wenn sie Sintflut spielte, ließ sie es in den Brunnen fallen, bei einem Erdbeben warf sie es aus dem Fenster, und schließlich beschloss sie, dass die Bewohner gesündigt hatten, und es gab eine Feuersbrunst, bei der das ganze Spielzimmer abbrannte.

Dabei hatte sie noch keine Vorstellung davon, was Sünde bedeutete.

Sie hatte auch keine Vorstellung davon, was Gegenwärtigkeit bedeutete, aber sie hatte einen immer wiederkehrenden Traum, in dem eine Katze, eine schwarz-weiße Katze, in ihrem Schoß lag. Die Prinzessin streichelte die Katze und war glücklich, und sobald sie aufwachte, hatte sie das Wort Gegenwärtigkeit im Kopf, und sie ahnte, dass dieses Wort irgendetwas mit dem Glück in ihrem Traum zu tun haben musste.

Sooft sie auch im echten Leben Katzen auf ihren Schoß nahm und streichelte, wollte sich das Glück aus ihrem Traum einfach nicht einstellen. Egal, ob die Katzen schwarz waren, weiß, braun, gesprenkelt, dick, dünn, alt, jung, nie fühlte sich die Prinzessin wie in diesem Traum, nie schien ihr alles so einfach und leicht, nie fühlte sie sich so unbeschwert und am rechten Platz.

Und weil sie sich darüber ärgerte, fing die Prinzessin an, alle Katzen, die sie finden konnte, zu quälen.

Sie machte alles, wozu sie Lust hatte, und obwohl ihre Eltern ratlos waren, was aus der Prinzessin mal werden sollte, erfüllten sie ihr jeden ihrer Wünsche, wie es sich geziemte und wie ihre Eltern es bei ihnen getan hatten und deren Eltern bei jenen und deren Eltern und deren Eltern immer so fort bis zum ersten Königspaar in einem Märchen.

Hätte man sie später gefragt, hätte die Prinzessin dennoch nicht gesagt, dass sie eine schöne Kindheit gehabt hatte. Da waren zu viele Dinge, die sie nicht verstand. Warum gab es all diese Regeln, und warum konnte sie sie übertreten? Wieso war sie sie und nicht jemand anders? Was war hinter den Mauern des Schlosses? Wo war das Gefühl aus dem Katzentraum? Und wenn ihr langweilig war, wo war dann die Mitte der Langeweile?

Die Mitte der Freude kannte sie. Die Freude fing an, wenn sie Eidechsen fing oder Mäuse, dann ging die Freude weiter, wenn sie sie in einen Kochtopf steckte, und wenn die Köchin schrie und in Ohnmacht fiel, war die Mitte der Freude. Danach hörte sie langsam auf.

Doch die Langeweile hatte keine Mitte. Und wenn sie ihre Eltern fragte: Wo ist die Mitte der Langeweile?, sah die Prinzessin, dass ihre Eltern sie nicht verstanden.

Wenn ihre Eltern wegfuhren, um andere Königspaare aus anderen Märchen zu besuchen, fragte sich die Prinzessin: Wäre ich traurig, wenn sie nicht wiederkämen? Und sie glaubte, dass sie nicht traurig wäre. Und wenn die Dienstboten von einem Tag auf den anderen verschwänden, wäre sie dann traurig? Nein. Wenn ihre Spielkameraden, die Tochter der Schneiderin, die Tochter des Herzogs, der Sohn des Stallmeisters und der Sohn des Leibarztes, verschwänden, wäre sie dann traurig? Nein. Wenn sie ganz allein auf der großen weiten Welt wäre, wäre sie dann traurig? Nein, sagte sich die Prinzessin, aber dann würde ich vielleicht herausbekommen, wo die Mitte der Langeweile ist.

An ihrem zwölften Geburtstag wusste die Prinzessin auf einmal, wie man das nannte, dass sie glaubte, sie würde nicht traurig werden.

Sie fühlte sich mit niemandem verbunden, als würden alle Menschen, die sie kannte, in einer Welt leben, zu der sie nicht dazugehörte.

Deswegen versucht sie auch immer so heftige Reaktionen auszulösen, hätte der Hofpsychologe gesagt, um sich zu vergewissern, dass sie existiert. Aber es gab keinen Hofpsychologen, und die Prinzessin fand auch so heraus, woran sie litt: Einsamkeit.

Und an ihrem zwölften Geburtstag hörten auch schlagartig die Katzenträume auf. Die Prinzessin tat fortan, was viele Einsame tun: sie las.

Sie las zum Beispiel die Geschichte von dem Prinzen Siddhartha, der, als er zum ersten Mal außerhalb der Schlossmauern war, Krankheit, Alter und Tod sah und dann Frau und Kind verließ, auf der Suche nach dem Ende des menschlichen Leids.

Die Prinzessin fragte sich, ob er auch einsam gewesen war und es ihm deswegen leichtgefallen war, seine Frau und sein Kind zurückzulassen. Das Ende vom Leid aller Menschen interessierte sie nicht so sehr, sie suchte nach etwas anderem.

Lange Zeit stellte sie sich vor, sie würde in der Bücherhalle ein geheimes Buch finden, versteckt hinter einem Regal oder einer verbotenen Tür. Ein dünnes Bändchen, das nur für sie bestimmt war. In dem Buch würde stehen, dass sie die Probe bestanden hatte, dass sie lange genug einsam gewesen war und dass es so sein musste. Dass sie ab heute dazugehören würde, dass sie fühlen würde, was alle fühlten, und lachen würde, wie alle lachten, dass sie aufgenommen war in die Gemeinschaft derer, die sich zusammengehörig fühlten.

Doch dieses Buch fand sie nie.

So beschloss die Prinzessin, den Palast zu verlassen, wie Siddhartha, und draußen in der Welt zu suchen. Das Ende der Einsamkeit oder wenigstens die Mitte der Langeweile.

In der nächstbesten Stadt in der erstbesten Taverne angelte sie sich einen Liebhaber, und die ersten sieben Wochen, die sie in der Herberge zusammen verbrachten, glaubte sie schon, das Ende ihrer Suche erreicht zu haben.

Doch dann war da auf einmal wieder die Langeweile, und sie wusste wieder nicht, wo die Mitte sein mochte, aber ihr war klar, dass sie nicht traurig sein würde, wenn sie ohne diesen Mann war.

Also zog sie ihres Weges, und als sie am Straßenrand entlangwanderte, kam ein Wunderheiler und nahm sie ein Stück in seiner Kutsche mit.

Der Wunderheiler nannte sich Dr. Lustig und hatte viele Mittelchen in einem großen Koffer, gegen Magenverstimmung, gegen Kopfschmerzen, gegen Haarausfall, Schuppen, Krätze, Durchfall, gegen Depressionen, Gicht, Rheuma, Asthma, Impotenz, Blähungen, Pocken, Eiterbeulen, Liebeskummer, Frühjahrsmüdigkeit, und sogar gegen Langeweile hatte er Kräuter, Pillen und Tinkturen, Poitín, Cannabis Sativa, Mama Coca, Opium, Katzenminze, aber gegen die Einsamkeit, sagte er, gegen die Einsamkeit wäre kein Kraut gewachsen. Doch die Prinzessin könne sich in eine Berghöhle zurückziehen und dort meditieren. Wenn sie genug vom Meditieren hätte, könne sie hinabsteigen zu den Menschen, und dann würde sie sich an der Gesellschaft der Menschen freuen und sich nicht mehr einsam fühlen.

Dr. Lustig schien der Prinzessin kein sonderlich vertrauenswürdiger Ratgeber zu sein und sich selbst allzu ausführlich an seinen Mitteln gegen Langweile zu bedienen, doch da ihr selber auch nichts Besseres einfiel, beschloss sie, diesem Vorschlag zu folgen.

Weißt du, wo die Mitte der Langeweile ist?, fragte sie den Doktor, du hast ja so viele Mittel dagegen.

Ja, sagte der Doktor, und die Prinzessin horchte auf. Die Mitte der Langeweile ist ein großes Loch im Herzen.

Aber wie kann die Mitte von etwas ein Loch sein, also nichts?, wollte die Prinzessin wissen, und darauf hatte Doktor Lustig nur ein Kichern als Antwort, das aber vielleicht nur von dem Lachgas kam, das er gerade inhaliert hatte.

So stieg die Prinzessin alsbald auf einen Berg und meditierte und meditierte und meditierte. Ihr wurde unglaublich langweilig dabei.

Sieben Jahre meditierte die Prinzessin, und nach sieben Jahren Langeweile wusste sie noch immer nicht, wo die Mitte war, doch es war an der Zeit, hinabzusteigen und sich in die Gesellschaft der Menschen zu begeben.

Sie freute sich darauf zu reden und zu lachen, aber noch vor dem ersten Wort war ihre Enttäuschung groß, als sie in ein Dorf kam. Sie sah sich die Menschen an und fühlte sich noch fremder als zuvor. Sie beobachtete diese Wesen, wie sie standen, wie sie gingen, redeten, lachten, und konnte nicht glauben, dass in diesen Köpfen jemand wohnte, so wie in ihrem Kopf. Jemand, der ihnen zuraunte, dass sie allein waren. Nein, so jemand wohnte bei den anderen nicht im Kopf.

Doch abends in der Taverne nach einem Honigwein redete sie und redete und redete. Die Worte kamen einfach aus ihrem Mund, ohne dass sie nachdenken musste, und als sie kurz innehielt, merkte sie, dass sie glücklich war, weil all die Worte wie von selbst purzelten und sprudelten und klangen, als würde Musik aus ihrem Mund kommen.

Da war Gesang in ihrem Kopf, als hätte sie eine Stimme verschluckt, und nun kam die Stimme heraus, und die ganze Welt wurde ein Lied.

Und dann sah sie den Mann an, der ihr gegenübersaß, und ihr fiel wieder ein, dass bei ihm niemand im Kopf wohnte, und wenn es doch so war, konnte sie es sich nicht vorstellen.

Die Musik war mit einem Mal weg, und sie war wieder allein.

Da betrat Doktor Lustig die Taverne, und als er die Prinzessin erkannte, lachte sein ganzes Gesicht. Er setzte sich zu ihr.

Und, wollte er wissen, hat es funktioniert?

Ja, sagte die Prinzessin, aber nur ganz kurz. Sieben Jahre habe ich meditiert und mich dann sieben Minuten gefreut.

Vielleicht solltest du herausfinden, wie es die anderen machen, sagte der Doktor, die anderen Prinzessinnen und Prinzen.

Die, von denen es immer heißt: Und wenn sie nicht gestorben sind, dann leben sie noch heute?

Genau die, sagte der Doktor, die fühlen sich bestimmt nicht einsam.

Also machte sich die Prinzessin auf die Suche nach Schneewittchen, Dornröschen, dem Froschkönig, Aschenputtel, Schneeweißchen und Rosenrot.

Jedes Mal wenn die Prinzessin ans Ende eines Märchens gereist war, um zu sehen, ob sich die glücklichen Paare nicht doch einsam fühlten, so wie sie nach sieben Wochen mit ihrem Liebhaber in der Herberge, war sie erstaunt. Denn den Paaren blieb nicht mal so viel Zeit. Sobald das Märchen zu Ende war, starben sie einfach.

Deswegen endeten die Märchen so: Und wenn sie nicht gestorben sind, dann leben sie noch heute.

Sie waren tot, am Ende des Märchens waren alle tot, selbst wenn es im Satz vorher noch geheißen hatte: So lebten sie lange Jahre glücklich zusammen. Danach kam der nächste Satz, der mit *Und wenn sie nicht gestorben sind*, und nach diesem Satz fielen die Paare einfach um und hörten auf zu atmen.

Und der Prinzessin fiel ein, was die Bremer Stadtmusikanten sagten: Etwas Besseres als den Tod finden wir überall.

Aber wenn sie glaubte, in den Köpfen der anderen würde niemand leben, war das dann nicht etwas Ähnliches wie tot sein? Wenn man nicht fühlen konnte, dass es die anderen gab, war das nicht schon das Ende? Und wieso ging ihr Ende so lang? Und wo war die Mitte der Langeweile?

In einer Herberge, in die die Prinzessin auf ihrem Weg durch die Märchen einkehrte, hatte der Gestiefelte Kater seine Stiefel ausgezogen und lag vor dem Ofen. Er war es, der ihr von der uralten Katze erzählte, die auf der Rückseite Irgendwos wohnte und Antworten wusste. Viele Antworten. Nur der Weg war beschwerlich.

Der Prinzessin fiel ihr Traum wieder ein, der Katzentraum, in dem sie immer glücklich gewesen war. Sie hatte schon seit Jahren nicht mehr daran gedacht, nicht mal, als ihr beim Meditieren so langweilig wurde. Und nun fühlte sie sich schuldig, weil sie damals so viele Katzen gequält, ihnen mit Teer Walnussschalen an die Pfoten geklebt, sie in Säcke gesteckt und in die Regentonne geworfen hatte.

Die Prinzessin hatte Angst, sich auf diesen Weg zu machen, aber sie wollte das Ende der Einsamkeit finden, die Mitte der Langeweile oder das Gefühl aus jenem Traum. Dieses Gefühl, dass das Streicheln einer Katze die ganze Welt war, dass es mehr nicht gab, nur diesen Moment. Die Prinzessin hatte Angst, aber sie ahnte auch, dass ihr wohl keine Liebschaft, kein Kraut, keine Meditation helfen konnte, sondern nur eine Katze, wie die aus ihrem Traum.

So machte sie sich auf den Weg zur Rückseite Irgendwos. Sie ging über Berge und durch Täler, sie passierte Schluchten und Flüsse, mal stieg der Weg steil an, mal fiel er ab, sie durchquerte Wüsten und segelte über Meere, bis sie schließlich an die Rückseite Irgendwos gelangte.

Dort lag die uralte Katze auf einem noch älteren Holzstuhl und schnurrte behaglich. Sie sah nicht aus wie die Katze aus ihrem Traum, aber sie war es trotzdem. So wie man in Träumen auch Orte als bestimmte erkennt, obwohl sie ganz anders aussehen.

Guten Tag, sagte die Prinzessin, ich habe gehört, du wüsstest Antworten.

Die Katze schnurrte. Das konnte ja oder nein heißen.

Ich bin nämlich auf der Suche, sagte die Prinzessin, und die alte Katze grinste.

Suchen heißt, mit dem Kopf gegen die Wand zu laufen, sagte sie, und nicht mehr mit dem Kopf gegen die Wand zu laufen bedeutet das Ende der Suche.

Ich suche das Ende der Einsamkeit, sagte die Prinzessin. Oder die Mitte der Langeweile. Oder das Gefühl aus meinem Katzentraum. Kannst du mir da helfen?

Und sie bekam jetzt schon eine Ahnung von dem Gefühl aus ihrem Traum.

Du musst aufhören zu suchen, sagte die Katze, der Rest geschieht von selbst. Aber wenn du aufhörst, verschwindet die Geschichte, so wie in dem Buch von Lewis Carroll die Katze verschwindet. Also überleg es dir gut, ob du aufhören möchtest.

Ohne die Geschichte kommst du nicht zu mir, du redest nicht mit mir, und es geschieht auch sonst nichts. Nichts Gutes und nichts Schlimmes.

Wir sind nur auf der Suche, damit es Geschichten gibt.

Ohne Geschichten ist den meisten Menschen langweilig. Ob du aufhören möchtest zu suchen: Entscheide selbst.

So sollten alle Märchen enden, fand die Prinzessin: Entscheide selbst.

Maike Hirsch

Unverhofft kommt oft

Ich mag Katzen nicht. Katzen sind unberechenbar, sie sind undankbar und kratzbürstig (im wahrsten Sinne des Wortes), sie fusseln, und sie benutzen einen lediglich als Dosenöffner, man ist für sie nur ein Mittel zum Zweck. Warum sollte man seine Zuneigung und sein Geld jemandem buchstäblich in den Rachen werfen, wenn derjenige einem kein Stück Zuneigung zurückgibt und die fütternde Hand blutig kratzt, sobald er satt ist, anstatt sich mit lebenslanger Treue zu revanchieren? Ich habe diese Frauen und Männer noch nie verstanden, die von ihren Stubentigern als ihren »Babys« sprechen, bei dem Gedanken an sie ganz glänzende Augen bekommen und stundenlang davon schwärmen können, wie eine Katze das Leben zum Positiven verändern kann. Pah, denke ich mir in solchen Fällen immer, ihr werdet euch noch wundern. Sobald eure Einrichtung und eure Nerven zerstört sind, werdet ihr es bereuen, euch so ein vierbeiniges Monster ins Haus geholt zu haben.

Tja, man merkt: Ich bin wirklich kein Katzenfreund. Umso begeisterter bin ich also, als es eines Tages an meiner Tür klingelt und meine beste Freundin Nele vor mir steht, mit einem betretenen Gesichtsausdruck und eine für mich folgenschwere Bitte auf dem Herzen.

»Hey, was gibt's?«, begrüße ich sie freudestrahlend und nichtsahnend. Ich freue mich immer, wenn Nele zu Besuch kommt. Die Gesprächsthemen gehen uns nie aus, und wir haben zusammen immer irgendwas zu lachen.

»Hallo, Paula«, sagt sie und tritt nervös von einem Bein aufs andere.

»Musst du aufs Klo?«, frage ich teilnahmsvoll und trete ein Stück zur Seite, um sie herein und zur rettenden Porzellanabteilung rennen zu lassen. Doch sie bewegt sich keinen Zentimeter und schüttelt nur den Kopf.

»Duuu ...«, beginnt sie stattdessen und fixiert irgendeinen Punkt hinter mir, um mir nicht in die Augen sehen zu müssen. Oje, was kann sie nur von mir wollen?

»Ich habe heute Morgen einen Anruf von meinem Chef bekommen. Ich muss für eine Woche nach Kopenhagen fliegen; Geschäftsreise.«

»Na, ist doch klasse! Viel Spaß und grüß die kleine Meerjungfrau von mir!«, sage ich und freue mich ehrlich für sie. Wenn sie neben der Arbeit noch etwas von der Stadt sehen kann, dann hat sie echt Glück mit ihrer Geschäftsreise gehabt, denn Kopenhagen ist toll.

»Es gibt aber zwei Haken an der Sache ...«, erklärt Nele.

»Und die wären?«, frage ich arglos, »wollen wir nicht lieber drinnen weiterre ...«

»Der erste Haken ist«, unterbricht sie mich schnell, »ich muss in zwei Stunden am Flughafen sein.«

»Oh, das nenne ich aber spontan.«

»Und der zweite ist ...« Sie macht einen Schritt zur Seite und schiebt einen geflochtenen runden Korb vor meine Türschwelle. Dabei macht sie ein betont unschuldiges Gesicht.

»Nein!«, sage ich entschieden und bin versucht, ihr einfach die Tür vor der Nase zuzuschlagen. Nele klimpert mit den Wimpern.

»Nein!«, wiederhole ich bestimmt.

»Ach, Paula, bitte!«

»Du weißt doch, dass ich diese Viecher hasse!«

»Ja, aber du bist meine letzte Hoffnung!«

»Warum kannst du ihn nicht bei dir zu Hause lassen, und irgendeiner deiner Nachbarn kommt regelmäßig zum Füttern vorbei?«

»Louis kann nicht alleine bleiben! Abends weint er dann ganz schrecklich!«, erklärt mir Nele und scheint es tatsächlich ernst zu meinen, »Futter, Katzenstreu, Spielzeug und sein Klo habe ich im Auto. Ich hole es mal eben schnell, ja?« Und ohne eine Antwort abzuwarten, flitzt meine Freundin die Treppen hinunter.

»Warum bin ich nur zu Hause gewesen?«, fluche ich leise, »Warum habe ich überhaupt die Tür geöffnet?« Ich hebe den Korb hoch, und ein Augenpaar, grün wie edle Smaragde, blitzt zwischen den schwarzen Gitterstäben des Türchens hindurch und mustert mich mit einer Mischung aus Angst und Neugier.

»Das kann ja heiter werden«, seufze ich und trage den Korb samt Inhalt mit weit von mir gestrecktem Arm in meine Wohnung.

Louis und ich haben uns am ersten gemeinsamen Abend noch stundenlang aus sicherer Entfernung beäugt und große Kreise umeinander gezogen. Gefressen hat er nichts, ich weiß nicht, ob aus Protest wegen seiner Unterbringung bei einer Katzenhasserin oder aus Kummer wegen Neles Abreise. Vermutlich beides. Eines muss ich ihm ja lassen: Er ist ein wirklich hübscher Kater. Für mich sind im Geiste ja alle Katzen wie Garfield: unförmig, klobig und eher einem geplatztzen Sofakissen gleichend. Louis aber hat einen schlanken Körper, einen kleinen Kopf mit feinen Gesichtskonturen, einen langen dünnen Schwanz und glänzendes Fell. Er ist durch und durch schwarz, wie ein zu klein geratener Panther, der zu heiß gewaschen und dabei eingelaufen ist.

Als ich heute Morgen aufwache, gilt mein erster Gedanke meinem Gast, den ich seit dem gestrigen Abend nicht mehr gesehen habe. Auf leisen Sohlen tappe ich aus meinem Schlafzimmer, um ihn zu suchen. Schließlich entdecke ich ihn im Wohnzimmer – sich in meiner Bügelwäsche wälzend!

»Kscht! Weg da, aber schnell!«, rufe ich empört und klatsche laut in die Hände, »du hast hier überhaupt nichts verloren! Schau mal, jetzt habe ich überall Katzenhaare von dir auf meinen Sachen! Schau nur mal meine Bluse an!« Mit spitzen Fingern entfalte ich besagtes Kleidungsstück, ein normalerweise blütenweißes, welches nun über und über mit schwarzen und hartnäckig haftenden Haaren bedeckt ist. Würde ich es dementsprechend formen und ausstopfen, könnte man es beinahe für eine zweite Katze halten.

»Toll!«, fauche ich und feuere die Bluse zurück in den Korb. »Jetzt kann ich die noch mal waschen!« Zu allem Übel stelle ich in diesem Moment fest, dass meine Blumen, die ich auf meinen Couchtisch gestellt habe, deutlich angeknabbert sind und dass mein neuer John Grisham, den ich mir gestern voller Vorfreude aus der Buchhandlung geholt habe, inzwischen mehrere Seiten weniger bietet, um mich zu begeistern. Ich zähle innerlich bis zwanzig, atme tief durch und beschließe dann, den Tag mit einer heißen Dusche und einem ebensolchen Kaffee zu beginnen, immerhin lasse ich mich nicht von solch einem Salonlöwen aus der Balance bringen. Ich schalte meine Kaffeemaschine ein und mache mich auf den Weg ins Badezimmer. Das Wasser rinnt über meine Haut und spült jedes bisschen Müdigkeit von mir ab, den Rest vertreibe ich mit nach Zitronengras duftendem und wunderbar schaumigem Duschgel. Ich vergesse völlig die Zeit, schließe die Augen, schnuppere den fruchtigfrischen Duft und genieße das wohltuende Gefühl. Irgendwann aber fällt mir mein Kaffee wieder ein, und meine Koffeinsucht lässt mich aus dem dichten Wasserdampf steigen und mich in meinen bunten Seidenkimono schlüpfen, den mir meine Mutter mal von einem Asientrip mitgebracht hat, und folge dann dem vielversprechenden Kaffeeduft, der sich von meiner Küche aus durch den Flur schlängelt und nach meiner Nase sucht. Inzwischen wieder gut gelaunt, summe ich leise vor mich hin und schenke mir eine Tasse von dem schwarzen Wachmacher ein. Ich lehne mich gegen die Anrichte und nippe daran, dabei fällt mein Blick auf den Boden, und mein Summen verstummt. Was ist das? Ich gehe in die Knie. Ein Pfotenabdruck, nur wenige Zentimeter groß und bestehend aus vier Zehen und einem kleinen Fußballen, ziert meinen Küchenfußboden direkt vor mir. Und da ist noch einer. Und da, und dort drüben auch … Mein Blick folgt den kleinen Abdrücken, und ich muss feststellen, dass es eine Spur ist. Mit der schlimmsten Befürchtung folge ich den braunen Tapsen und lande im Wohnzimmer. Und was muss ich sehen? Meine Bananenpalme steht ohne Blätter in ihrem großen Keramiktopf, ihre Pflanzenerde sieht aus, als hätte Bob der Baumeister darin versucht, einen Telefonanschluss zu legen, und das meiste davon befindet sich *neben* dem Topf, anstatt *darin*. Und die nasse Erde (weil frisch gegossen!), die sich neben dem Topf befindet, wurde liebevoll von kleinen fleißigen Pfötchen in meinen cremefarbenen Teppich einmassiert …

»Louis!«, schreie ich los, »komm sofort her!«

Louis kam natürlich nicht. Dafür hatte er sich unter mein Bett gequetscht, damit ich ihn ja nicht erwischen konnte. Lediglich seine Augen funkelten mir darunter entgegen, der Rest seines Körpers verschmolz beinahe nahtlos mit der Dunkelheit seines Verstecks. Inzwischen habe ich mich wieder beruhigt und sitze an meinem Küchentisch und frühstücke. Vielleicht sollte ich meinem Gast auch mal etwas anbieten. Ich bin ja nicht so.

»Louis?«, rufe ich, diesmal aber in versöhnlicherem Tonfall. »Hast du Hunger?« Ich klappere mit einer Gabel gegen seinen Napf, und tatsächlich höre ich nur wenige Sekunden später Pfotengetrappel. Da steht er im Türrahmen, den Kopf leicht schief gelegt, als überlege er, ob ich ihm eine Falle stellen oder ihn tatsächlich füttern wolle.

»Ist schon wieder gut«, beruhige ich ihn und stelle wohlwollend fest, dass er über und über mit Staubflusen bedeckt ist. Hat also endlich mal jemand unter meinem Bett gewischt, man selbst kommt ja nur selten dazu. Ich fülle seinen Futternapf auf und stelle ihn auffordernd vor ihm hin. Er schnuppert kurz, dann setzt er sich hin, tief über sein Essen gebeugt, und frisst. Fast hat es etwas Genießerisches. Nicht so wie Hunde, die alles so schnell in sich hineinschlingen. Er lässt sich Zeit, schnuppert immer wieder, kaut genüsslich, schluckt, schleckt sich über die Lippen, nimmt wieder ein kleines Stück vorsichtig mit den Zähnen. Ich ertappe mich dabei, dass ich ihn fasziniert beobachte, mein Kinn in meiner Hand aufgestützt, fast ein wenig entzückt. Paula!, schelte ich mich selbst. Eine Katze?

Doch mein kurzer Anflug von Zärtlichkeit gegenüber Louis ist schon am Abend desselben Tages wieder vergessen, denn eine Fliege hat sich in mein Wohnzimmer verirrt und löst eine halbe Katastrophe aus. Eigentlich hat Louis tief und fest geschlafen, auf einem Sofakissen zusammengerollt, doch das Brummen des dicken Insekts lässt ihn aus dem Schlaf hochfahren. Erst war das Summen nur ein weit entferntes, kaum zu erahnendes Geräusch. Ich hatte es noch gar nicht wahrgenommen, da hatte der Kater schon unbewusst seine Ohren hin und her bewegt, wie Satellitenschüsseln, um den verräterischen Klang leichter Beute genau orten zu können. Dann riss er seine Augen auf, hellgrüne Vollmonde, die jeweils von einem schwarzen Schlitz in zwei

Hälften geteilt wurden. Und dann hatte er sie entdeckt, die Fliege, wie sie ihren wohlgenährten Körper mit ihren zwei kleinen Flügelchen durch die Luft meines Wohnzimmers manövrierte und sich ihm ahnungslos immer weiter näherte. Er schoss hoch und jagte ihr hinterher, pfeilschnell, und jede seiner Bewegungen war jahrelang ausgefeilte Kampftaktik. So flitzt er also jetzt seit wenigen Minuten, die sich für mich wie Ewigkeiten anfühlen, über Tische und Bänke, immer diesem nervig brummenden Insekt hinterher, lässt eine Vase bedrohlich wackeln und stößt dann im Eifer des Gefechts einen Stuhl um.

»Hey, pass auf!«, rufe ich und bange um etliche zerbrechliche Deko- und Erinnerungsstücke in meinen Regalen. Zu Recht, denn im gleichen Augenblick klirrt es, und ein Porzellanbuddha zerschellt auf dem Wohnzimmerboden.

»Louis!«, rufe ich wieder, diesmal wütender. »Mach nicht noch mehr kaputt!« Doch Louis hört mich nicht. Es gibt in seiner kleinen Katzenwelt in diesem Moment nur ihn und die Fliege. Und er ist sich sicher: Bald wird es nur noch einen von ihnen geben. Und das wird er selbst sein. Das Summen verstummt ganz plötzlich. Ich folge dem Blick des Katers, der das Insekt taxiert, direkt auf dem feinen Stoff meiner neuen Vorhänge.

»Nein!« Ich mache einen schnellen Schritt auf ihn zu, um ihn festzuhalten, doch es ist zu spät. Er macht einen Satz, und schon zieht er sich mit ausgefahrenen Krallen an dem Dekostoff bis zur Decke hinauf. Er schnappt zu, es brummelt kurz zwischen seinen Zähnen, er schluckt und löst sich dann aus dem Vorhang, um wieder auf allen vieren auf dem Boden zu landen. Stolz sieht er zu mir auf. Ich jedoch habe alles andere als Lob für ihn übrig. Fassungslos starre ich auf die Fetzen, die vor meinen Fenstern herabhängen. Ein kratzendes Geräusch lässt mich aus meiner Starre erwachen und herumfahren. Der Kater sitzt auf meiner Couch und schärft seine Krallen mit zufriedenem Gesichtsausdruck an deren Lehne.

»Es reicht!«, schreie ich spitz. »Ich habe genug!« Ich schnappe ihn mir, stopfe ihn in seinen Weidenkorb, der immer noch im Zimmer herumsteht, schließe das Gittertürchen und stapfe dann mit ihm die Treppen hinunter zu meinem Auto – fest entschlossen, diesem Alptraum endlich ein Ende zu bereiten. Ich fahre zu dem Vierfamilienhaus in Haidhausen, in dem meine beste Freundin wohnt, parke fast direkt vor ihrem Eingang und befinde mich kurz darauf in ihrer Küche, öffne das Türchen des Katzenkorbs und stelle ihn auf dem gefliesten Boden ab. »So, das ist das offizielle Ende unseres kurzen Tête-à-Tête. Viel Spaß noch, morgen komm ich dich füttern, und bald ist Nele ja auch wieder da.« Louis tappt aus seinem Korb, den Hals vorgereckt, und beschnuppert skeptisch den heimischen Boden. Dann sieht er zu mir auf, ein fragender Blick aus grünen Smaragden.

»Du bist selbst schuld!«, versuche ich mich gegen diesen unter die Haut gehenden Blick zu wehren. »Hättest du dich ordentlich benommen … Ich mag Katzen einfach nicht, ich kann es nicht ändern.« Ich beschließe, nicht weiter auf diese Augen, dieses süße rosa Näschen und die gleichfarbigen, fein geschwungenen Lippen darunter, welche von langen feinen Schnurrhaaren umrahmt sind, zu achten, mache auf dem Absatz kehrt und verlasse die Wohnung. Kaum dass die Tür hinter mir ins Schloss gefallen ist, erklingt ein klagender Laut. Ich verharre in meiner Bewegung und bleibe mitten auf den Stufen stehen. Hatte Nele also wirklich recht? Konnte diese Katze keine Minute lang alleine bleiben? Ich lausche. Wieder erklingt dieses Geräusch, diesmal jedoch lauter und langgezogener. Es trifft mich mitten ins Herz, es klingt, als würde ein kleines Kind weinen. Aber nein, ich muss konsequent bleiben! Meine Hand umklammert das

Treppengeländer, bis die Knöchel weiß hervortreten. Ich *will* dieses Tier nicht mehr in meinem Haus haben! Entweder die Katze – oder ich! Ich mache wieder einen Schritt weiter die Treppe hinunter, und hinter meinem Rücken erklingt ein Jaulen tiefsten Kummers.

Ich schlängele mich mit meinem Auto durch den Großstadtverkehr zurück zu meiner Wohnung, neben mir auf dem Beifahrersitz steht – anders als ursprünglich geplant – wieder das Weidenkörbchen.

»Jetzt hör mir mal gut zu!«, zische ich zu ihm hinüber, ohne den Blick von der Straße zu nehmen. »Du wirst dich jetzt die letzten Tage, bis dein Frauchen wieder im Lande ist, benehmen und nichts mehr kaputt machen! Hast du verstanden? Meine Blumentöpfe: Tabu! Meine Vorhänge: Tabu! Meine Bügelwäsche, meine Bücher, meine Blumen, meine Dekofiguren und meine Sofalehne sind – erraten! – Tabuzone für dich, mein kleiner Freund! Capisci?« Aus dem Korb dringt ein klägliches Maunzen, und ich deute es zufrieden als Zustimmung. »Warum ist denn da jetzt eine Baustelle?«, seufze ich genervt und folge dem Schild mit der Aufschrift »Umleitung«. In München wird derzeit ständig irgendwo der Boden aufgerissen oder irgendetwas Neues hochgezogen, eigentlich darf ich mich über so was gar nicht mehr wundern.

»Dann fahren wir eben einen Umweg, was denkst du, Louis?« Ich mache leise das Radio an und starre gedankenverloren hinaus, es hat in der Zwischenzeit zu regnen begonnen, und ich beobachte die Regentropfen, wie sie den Staub von der Straße spülen, während ich an einer roten Ampel warte. Dann fällt mein Blick auf ein Pärchen. Er hält seiner Freundin den Schirm, hat einen Arm um sie gelegt und eng an sich gezogen, um sie vor dem Wetter zu schützen. Die beiden lachen herzlich über irgendetwas, und dann nimmt er ihr Gesicht in seine freie Hand, hebt vorsichtig ihr Kinn an und küsst sie leidenschaftlich.

»Wie süß!«, denke ich und muss lächeln. Alex, mein Freund, macht immer genau das Gleiche bei mir, kurz bevor er mich küsst. Der Scheibenwischer geht mit einem »Wapp« über meine Frontscheibe und drückt das Regenwasser zur Seite. Ich sehe wieder zu dem Pärchen hinüber, jetzt mit klarer Sicht, und stelle fest, dass sich die beiden voneinander gelöst haben. Und dabei mache ich eine Entdeckung, die mir das Blut in den Adern gefrieren lässt: Der Mann *ist* Alex! Mein Alex! Ich schlucke und fühle mich plötzlich wie betäubt. Ein lautes mehrstimmiges Hupen reißt mich aus meinem Schock, die Ampel ist wieder grün, und ich lege mit zitternden Händen den ersten Gang ein und fahre los.

Zu Hause angekommen, lasse ich Louis aus seinem Körbchen klettern, setze mich an meinen Küchentisch, lasse meinen Kopf auf die kühle Tischplatte sinken und beginne zu heulen wie ein Schlosshund. Laute Schluchzer lassen meinen Körper beben, und meine Tränen bilden schnell einen kleinen See. Ich weiß nicht, wie lange ich da schon so sitze, aber irgendwann wird es um mich herum dunkel. Mit schweren Schritten taste ich mich durch die Dunkelheit den Flur entlang zu meinem Schlafzimmer, knipse dort lediglich meine Nachttischlampe an und lasse mich dann komplett angezogen auf mein Bett fallen. Wieder rinnen die Tränen über mein Gesicht, sammeln sich an meinem Kinn und tropfen dann schwer auf Kissen und Decken. Ich ziehe die Knie an, schlinge meine Arme um sie und vergrabe meinen Kopf darin. Ich hatte doch immer gewusst, dass da irgendetwas war! Ich hatte die ganze Zeit geahnt, dass Alex nicht ständig Überstunden machen musste oder sich ständig mit Daniel treffen konnte. Na ja, vielleicht sollte ich der Baustelle in der Ismaninger Straße ja dankbar sein. Etwas stupst gegen meinen Ellenbogen, und ich zucke erschrocken zusammen. Ich linse über meinen Arm und blicke genau in Louis' Gesicht. Er hat den Kopf leicht schief gelegt und mustert mich mit runden Augen. Seine Pupillen sind in dem schwachen Licht keine Schlitze mehr, sondern groß und dunkel, wie schwarze Münzen auf einer grünen Tischdecke.

»Hallo«, murmele ich mit tränenerstickter Stimme. »Du wunderst dich bestimmt, warum ich mich so komisch benehme, hm?« Er setzt sich vor mich hin, den Rücken ganz gerade, die Brust rausgestreckt und den Schwanz ordentlich um seine Füße gelegt. Wie eine Porzellankatze sieht er jetzt aus. »Mir geht's nur nicht so gut gerade, weißt du? Aber ich gebe dir schon noch Futter später, keine Angst. Ich hab dich nicht vergessen«, erkläre ich und strecke vorsichtig meine Hand aus. Ich fahre ihm ganz leicht über den Rücken, und sein Fell fühlt sich glatt und seidig weich an. Louis sieht mich weiterhin unverwandt mit großen Augen an, dann beugt er sich plötzlich ein kleines Stück nach vorne und reibt ganz vorsichtig seinen Kopf an meiner Wange. Seine Schnurrhaare kitzeln über meine nassgeweinte Haut, aber ich genieße das Gefühl, welches sein weiches Fell verursacht. Als er den Kopf zurückzieht, machen seine Ohren ein flappendes Geräusch.

»Das ist lieb, dass du mich trösten willst«, murmele ich und kraule ihn unter seinem Kinn. Genießerisch schließt er die Augen. Doch meine eigene Geste erinnert mich wieder an den Moment mit Alex, in dem ich ihn kurz zuvor erwischt habe, und die Erkenntnis trifft mich wie ein Schlag. Sofort rinnen mir neue Tränen über das Gesicht, und ich lasse mich auf dem Rücken zwischen meine Kissen sinken. Ich fühle mich so verletzt! So verletzt und betrogen! Meine Bettdecke raschelt kaum merklich, und plötzlich ist wieder Louis neben mir. Mit einer schnellen Bewegung rollt er sich in dem kleinen Raum zwischen meinem Kopf und meiner Schulter zusammen, dicht an mein Gesicht geschmiegt. Und dann höre ich es, ganz dicht an meinem Ohr. Brrrrr, brrrrr, brrrrrrrrr. Wie wenn jemand mit einem Holzlöffel über ein Waschbrett fahren würde, immer und immer wieder. Es ist ein tiefes Geräusch, dunkel und rhythmisch wiederkehrend. Brrrrr, brrrrr, brrrrrrrrr. Ich lausche diesem so wunderbar beruhigenden Klang, bei dem ich mir nicht sicher bin, wo genau er eigentlich aus Louis herkommt. Aus seiner Kehle? Aus seiner Brust? Egal, es hört sich so unendlich tröstlich an, und zusammen mit diesem warmen Körper an meinem Gesicht schlafe ich nach kurzer Zeit einfach ein.

Am nächsten Morgen wache ich auf, weil es an meiner Tür klingelt. Ich will nicht aufstehen, ich will liegen bleiben! Am besten für immer! Ich blinzle und stelle fest, dass Louis die ganze Nacht unverändert an meiner Seite verharrt hat. Jetzt aber hebt er den Kopf und lauscht mit gespitzten Ohren dem schrillen Klingeln. Als es erneut läutet, steht er auf, macht einen Buckel, gähnt, wobei er eine Reihe spitzer weißer Zähnchen entblößt, und springt dann mit einer geschmeidigen Bewegung vom Bett. Wieder schrillt die Türklingel, und endlich kann ich mich dazu durchringen, an die Tür zu gehen. Ich tappe durch den Flur und öffne widerwillig. Doch dann bin ich plötzlich hellwach.

»Nele? Was machst du denn schon hier?«

»Hallo, Paula! Ich bin schon ein bisschen eher fertig geworden mit unserem Projekt, und da dachte ich mir, ich fliege wieder nach Hause und befreie dich von deinem kleinen Plagegeist! Du bist ja sicherlich froh, wenn du ihn wieder los bist!« Sie lacht.

»Ähm, ja, nein, das heißt …«, stottere ich verwirrt. Ich soll ihn schon wieder hergeben?

Als Nele wenig später mit Louis in seinem Körbchen ins Auto steigt, habe ich wieder Tränen in den Augen, diesmal aber nicht wegen Alex. Hm, das muss dieser Feinstaub sein, von dem immer alle reden! Ich öffne die Beifahrertür von Neles Wagen und beuge mich zu dem kleinen Weidenkorb hinab.

»Tschüss, Louis!«, flüstere ich. »Danke, dass du da warst! Und weißt du was? Ich hab grade heimlich mit Frauchens Chef telefoniert und ihm gesagt, wie viel Spaß ihr die Geschäftsreise gemacht hat. Ich hab sie ihm dringend für das zweiwöchige Projekt in London nächsten Monat empfohlen …«

»Wenn man sich mit der Katze einlässt, riskiert man lediglich, bereichert zu werden.«

Sidonie-Gabrielle Colette, (1873–1954)

Jess Jochimsen

Sommerkätzchen

»Summertime and the livin' is easy«, verspricht George Gershwin, »fish are jumpin' and the cotton is high.« Die Wirklichkeit sieht anders aus.

Kaum fallen die ersten Sonnenstrahlen vom Himmel, werden die Menschen verrückt. Sie verlassen ihre Häuser und Partner, legen sich nackt in die Parks und spielen Backgammon, als wär's das letzte Mal. »Summertime«, und der Freizeitstress bricht aus: Man muss baden gehen und spazieren gehen und »überhaupt mal wieder was unternehmen«. In Biergärten rumsitzen muss man und den Urlaub planen und Leute in kurzen Hosen anschauen. Und grillen! Und von allen Seiten hört man: »Easy livin', mein Freund, entspann dich, es ist Sommer!«

Niemals aber werde ich mich entspannen, solange der Sommer diese kleine miese, peinliche Begleiterscheinung mit sich bringt, diese Bankrotterklärung des Verstandes, diese Beleidigung der Sinne ... Ich rede von Auto-Sonnenblenden.

Sie wissen schon, diese Dinger, welche vermittels eines Gummipfropfens arglos an Autoscheiben geklebt werden, um den Insassen Schatten zu spenden. Comic-Figuren sind da gern mal drauf oder eine Werbung von Papas Büro oder – und das ist der Untergang – so süße kleine Kätzchen. Süße kleine Kätzchen!

Dass das Auto ein einziger fahrender Fetisch ist, war mir immer schon klar. Alles habe ich akzeptiert: die gehäkelte

Klorolle auf der Ablage, den Duftbaum am Innenspiegel, den peinlichen Neon-Fleck. Aber Katzen in der Scheibe – das ist das Ende! »Die Katze unter dem heißen Blechdach!«

Menschen, die Süße-kleine-Kätzchen-Sonnenblenden an die Scheiben pappen, tragen auch Socken in Sandalen, schicken Kettenbriefe weiter und malen über ihre »i« kleine Kreise. Abgesehen davon gehört eine Katze ins Körbchen oder in den Wald, im schlimmsten Fall gehört sie unter ein Auto, aber niemals daran!

Süße-kleine-Kätzchen-Sonnenblenden – unfassbar, das ist C-Klasse!

»Aber, aber«, höre ich von den besorgten Müttern, die mit ihrem Mercedes oder ihrem Volvo durch die Innenstädte brausen, »die Kätzchen sind doch voll süß und außerdem total sinnvoll für die Kinder.«

Mein Gott, was haben wir früher nur gemacht? Reihenweise verdorrten Kinder auf dem Rücksitz, qualvoll, nur weil es noch keine Gummipfropfen-Kätzchen gab, welche den Kleinen das Überleben hätten sichern können.

Ich schreie es in die Welt: Erstens ist Sommer, wenn die Fische springen, zweitens wenn die Baumwolle hoch ist, und drittens sind Sonnen-Kätzchen nicht süß, sondern beknackt. Und überhaupt wünsche ich mir das ewige Eis. Zumindest in Deutschland. Dann hat sich's mit Katzen – und zwar mit allen!

Monika Küble

Wie Hund und Katze

Sie hieß Minka und er Odilo. Er war ein Hund und sie eine Katze. Minka war zuerst da. Sie war der Familie als halbwüchsiges Kätzchen zugelaufen und hatte beschlossen zu bleiben. Offenbar gefiel ihr der Trubel in dem Haus mit den sieben Kindern und jeder Menge Kleingetier. Einmal biss sie einem Kanarienvogel den Kopf ab; am nächsten Morgen lag nur noch dessen gelber Körper im Käfig. Ansonsten ließ sie ihre tierischen Hausgenossen in Ruhe.

Minka war auf den ersten Blick eine ganz normale Hauskatze, gestromt mit weißem Latz und weißen Stiefeln. Wenn man sie aber genauer ansah, dann entdeckte man ihre hinreißende Schönheit: den schmalen, eleganten Körperbau, die langen Beine, an denen die Stiefelchen vollkommen gleichmäßig verteilt waren, die wunderschöne, kräftige Tigerzeichnung. Am ausdrucksvollsten war ihr Gesicht: sie hatte das typische M aller Tigerkatzen auf der Stirn, aber von ihren mandelförmigen, tiefgrünen Augen ging ein schwarzer Strich nach hinten, den eine Kosmetikerin mit dem Kajalstift nicht schöner hätte zeichnen können. Wie eine Diva sah sie aus. Und wie eine Diva benahm sie sich auch.

Schon nach kurzer Zeit gehörten Haus und Garten ihr. Sie drehte ihre regelmäßigen Runden um ihren Besitz, und wenn sie festgestellt hatte, dass alles in Ordnung war, dann setzte sie sich ans Gartentor, um auch die Straße zu kontrollieren. Sie schaute nach rechts und nach links, und sah sie eines der Familienmitglieder die Straße entlangkommen, dann lief sie ihm laut miauend entgegen: *Hallo, schön, dass du wieder heimkommst! Ich hab dich vermisst!* Das war ungefähr das, was sie sagte, und jeder aus der Familie verstand sie, als ob sie Schwäbisch sprechen würde. Sie strich allen um die Beine und begleitete sie bis nach Hause, und wenn die Bewohner brav die Haustür hinter sich geschlossen hatten, dann setzte sie sich wieder auf ihren Wachtposten. Irgendjemand musste ja auf die Familie aufpassen.

Denn es gab in der Nachbarschaft einige Katzen und vor allem Hunde, die eine echte Bedrohung für das Haus und seine Bewohner darstellten. Nicht nur, dass sie es wagten, in den Garten einzudringen und dort vollkommen unberechtigt ihre Markierungen zu verteilen, nein, Minka hatte Szenen erlebt, in denen Mitglieder ihrer Familie von diesen Eindringlingen belästigt wurden durch Köpfchenreiben und Miauen um Futter, wenn es sich um Katzen handelte; noch viel schlimmer jedoch waren Hunde. Mit ihren groben Umgangsformen lärmten sie bellend herum, ja, sie sprangen an den Leuten hoch oder leckten sie gar ab, so dass Minkas geliebte Menschen noch stunden-, wenn nicht tagelang nach diesen ungewaschenen Gesellen rochen.

Solche Frechheiten musste sie um jeden Preis verhindern. Und so verwandelte sich die hübsche, liebe Katzendame jedes Mal wenn einer dieser Störenfriede sich ihrem Reich näherte, in ein anderes Wesen. Ihr elegant gestreifter Schwanz wurde zu einem stacheligen, gekrümmten Fanal, ihr Rücken wölbte sich nach oben, und die Haare standen in die Höhe wie der Kamm eines Krokodils. So vergrößerte sie ihr Erscheinungsbild spielend um die Hälfte. Am erschreckendsten aber veränderte sich ihr Gesicht. Die schwarzen Samtöhrchen drückten sich flach an den Kopf, ihre zusammengekniffenen Augen schienen nur noch aus schwarzem

Kajal zu bestehen. Mit hochgezogenen Lefzen, regelrechten Zornesfalten auf der fein behaarten Nase und senkrecht nach vorn gerichteten Schnurrbarthaaren präsentierte sie drohend ihr Gebiss. Dazu fauchte, knurrte und heulte sie, dass sogar einem Menschen angst und bange werden konnte.

Die Katzen der Nachbarschaft verstanden sie auf Anhieb und hielten respektvollen Abstand, die Hunde jedoch waren ihrer Sprache nicht immer mächtig, oder aber sie vertrauten auf ihre überlegene Größe, wenn sie denn eine solche hatten. Diese Fehleinschätzung kam sie manchmal teuer zu stehen.

Ein Irish Setter, der Minka mit wedelndem Schwanz gutmütig-herablassend aus der Nähe beschnuppern wollte, bekam eine solche Ohrfeige, dass er laut winselnd zum Frauchen zurücklief, das seine blutende Nase mit einem Taschentuch abtupfte, während es sich über die aggressive Katze empörte. Minka saß unterdessen seelenruhig in der Hofeinfahrt und leckte sich genüsslich die blutige Pfote.

Noch schlechter erging es einem Dobermann, dessen Familie neu ins Viertel gezogen war und den Hund frei herumstreunen ließ. Als er Minka zum ersten Mal sah, stürzte er prompt auf sie los, mit heiserem Gebell, wie ein angriffslustiges Raubtier auf der Jagd. Doch das vermeintliche Wild nahm nicht Reißaus, wie er wohl gehofft hatte, damit er umso freudiger hinter ihm hätte herhetzen können. Die Katze hatte ihn schon von Weitem kommen sehen und war gewappnet. In ihrer üblichen Haltung stand sie da und fauchte den wütenden Gesellen an, der am Ende doch seinen Lauf verlangsamte und schließlich vor ihr zum Stehen kam. Eine Zeit lang standen sie sich gegenüber, er knurrte, sie fauchte, dann trat sie Schritt für Schritt den Rückzug an. Aber nur zum Schein. Sie kannte das Gelände. Als sie immer weiter fauchend und Pfotenhiebe austeilend rückwärts an der Trauerweide im Vorgarten angekommen war, drehte sie sich plötzlich um und flitzte mit ein paar eleganten Sätzen am Stamm hoch auf den ersten Ast in zwei Metern Höhe. Der Hund stand für einen Moment verblüfft da, doch dann begann auch er, am Baumstamm hochzuspringen, knurrend und bellend, und als er endlich begriffen hatte, dass da für ihn kein Hochkommen war, beging er einen folgenschweren Fehler. Er fing an, Kreise unter dem Baum zu ziehen, kleine Volten und Achten, und immer wieder blieb er stehen und bellte zornig zu Minka hoch. Die ließ ihn nicht aus den Augen, sie verfolgte jede seiner Bewegungen, bis es ihr schließlich zu ärgerlich wurde. Als er bereits müde wurde und kurz davor war aufzugeben, sprang sie plötzlich mit einem gezielten Satz von ihrem Zufluchtsort herab, dem dünnhäutigen Hund auf den Rücken, und krallte sich in seinem fuchsbraunen Fell fest. Er jaulte vor Schreck laut auf, dann knurrte er noch wütender als zuvor, drehte sich wie ein Wahnsinniger im Kreis, nach dem Ding auf seinem Rücken schnappend. Allerdings hatte sich Minka zwischen seinen Schultern eingekeilt, und je mehr er sich drehte und schnappte, umso tiefer drangen ihre Krallen in die empfindliche Hundehaut ein, bis er rasend vor Schmerz und Ohnmacht davonrannte, Richtung Heimat. Doch erst kurz bevor er unter lautem Gewinsel dort angekommen war, ließ ihn die Katze los und wurde vom Schwung seiner rasenden Flucht in den nächsten Vorgarten geschleudert. Von dort kehrte sie würdevoll, mit hocherhobenem Haupt, nur noch ab und zu ärgerlich mit dem Schwanz zuckend wegen der ungebührlichen Störung ihrer Ruhe, zu ihrem Heim zurück.

Ab diesem Tage traute sich der Dobermann nur noch in Begleitung seiner Besitzer an dem Haus vorbei, und wenn sie – was selten vorkam – tatsächlich einmal gemeinsam die Straße entlangspazierten, dann ging er leise fiepend dicht neben seinem Herrchen, mit hochgebogenem Rücken, denn den Schwanz konnte er nicht mehr einziehen, den hatte man ihm kupiert.

So hatte Minka sich schließlich in der ganzen Nachbarschaft Respekt verschafft und führte ein relativ geruhsames Leben.

Bis Odilo in ihr Leben trat.

Ein Schulfreund von einem der Jungen seiner Familie besaß einen prächtigen Boxerrüden, den er hin und wieder zu Deckdiensten verlieh, und wie es üblich war, durften sich seine Besitzer aus dem jeweiligen Wurf einen Welpen aussuchen. Meistens wurden diese dann weiterverkauft, doch ein besonders hübsches Boxermädchen beschloss man zu behalten, um eventuell selber zu züchten. Die kleine Boxerin erwies sich jedoch als etwas frühreif, und bevor ihre Menschen sichs versahen, hatte sie sich schon mit dem eigenen Vater eingelassen. Heraus kamen vier Boxerwelpen, die bei keinem Zuchtverband gemeldet waren und deshalb nicht als reinrassig verkauft werden konnten. Ihre eventuellen inzestbedingten Gendefekte sah man den kleinen Rackern nicht an, im Gegenteil, sie waren allerliebst. Da man mit vier unverkäuflichen Hunden nichts so recht anzufangen wusste, fragte der Schulfreund den Jungen, ob er nicht einen der Kleinen übernehmen wollte. Dessen Vater hatte schon länger mit dem Gedanken gespielt, sich einen Hund anzuschaffen, und so fuhr die ganze Familie eines Tages ins Nebendorf, um die illegitimen Sprösslinge des Rassehundes in Augenschein zu nehmen. Sie einigten sich schnell auf einen kleinen rotbraunen Rüden mit Blesse, vier weißen Pfoten, weißem Latz und weißer Schwanzspitze. Er schien ihnen gut zu Minka zu passen. Auf die Frage der Besitzer, ob sie ihn noch kupieren lassen sollten, antworteten alle einhellig mit einem entrüsteten Nein, und so behielt der kleine Boxerrüde seine Hängeohren und den langen Schwanz. Er wurde »Odilo« getauft, nach dem Lieblingslehrer des Jungen. In zwei Wochen würden sie ihn abholen können.

Natürlich lautete die Hauptfrage, die sie auf der Heimfahrt erörterten: »Wie sagen wir's unserer Katze?« Doch keinem der Familienmitglieder fiel eine wirklich gute Antwort ein. Es würde sich ergeben.

Sie besorgten einen Hundekorb mit Kissen und stellten ihn in die Küche direkt neben den alten Herd. Die Mutter hatte bei der Renovierung des Hauses darauf bestanden, ihren Holz- und Kohleherd zu behalten, der beim geringsten kühlen Lüftchen angeheizt wurde und angenehme Wärme verbreitete. Damit war die Küche selbstverständlich der Lieblingsaufenthaltsort der Katze geworden, vor allem im Winter. Nun war zwar Frühling, aber trotzdem kam sie nach nächtlicher Pirsch jeden Morgen als Erstes in die Küche, streifte am Herd entlang, um ihre Duftmarken zu legen, und begab sich dann zu ihrem frischgefüllten Futternapf, um zu frühstücken. Dort wurde nun der Korb aufgestellt. So konnte sich Minka wenigstens schon mal daran gewöhnen. Dachten die Menschen. Sie beäugte zunächst misstrauisch das fremde Ding, das ihr beim morgendlichen Kontrollgang plötzlich den Weg versperrte, doch dann begann sie ihre Wange daran zu reiben, um es in Besitz zu nehmen, ja, einmal rollte sie sich sogar darin zusammen und hielt ein Schläfchen. Wie würde sie aber reagieren, wenn eines Morgens ein kleiner Hund darin lag?

Der Abend, an dem Odilo zu ihnen kam, war noch recht kühl. Die Mutter hatte ein kräftiges Feuer im Herd angezündet, so dass es warm war in der Küche. Minka war wie immer zu einem Streifzug durch die Nacht aufgebrochen. Der Vater fuhr nach der Arbeit mit drei seiner Kinder zum Schulfreund des Jungen. Sie hatten extra eine warme Wolldecke mitgenommen, denn Odilo war ja noch ein Hundebaby, und die Mutter hatte gesagt, dass Babys leicht frieren. Mit der Decke sollten sie ihn während der Fahrt wärmen.

So musste sich der Kleine von Mama, Papa und seinen Brüdern verabschieden. Von sechs Kinderhänden wurde er ins Auto befördert und in die Decke gewickelt. Daheim angekommen, brachten sie Odilo unter großem Hallo an seinen neuen Platz in der Küche. Den ganzen Abend verbrachte die Familie damit, den neuen Hausgenossen zu tätscheln, zu füttern und mit ihm herumzutollen. Todmüde rollte der kleine Hund sich schließlich in seinem Körbchen zusammen und schlief augenblicklich ein.

In der Nacht erwachte der Junge von einem markerschütternden Jaulen. Als er in die Küche kam, standen da schon seine Eltern und zwei seiner Brüder. Odilo war aufgewacht und hatte sich in einer völlig fremden Umgebung wiedergefunden, und zwar ganz allein. So war ihm nichts anderes übrig geblieben, als um Hilfe zu weinen. Was auch funktioniert hatte. Erleichtert hatte er sich übrigens auch. Aber das war abzusehen gewesen, und so hatte die Mutter die Küche mit Zeitungen ausgelegt, damit man seine Hinterlassenschaften besser entsorgen konnte. Gemeinsam beruhigten und hätschelten sie das einsame Hundebaby, und als es schließlich wieder eingeschlafen war, gingen auch sie zu Bett.

So fand ihn Minka früh am nächsten Morgen. Die Mutter war in den Schuppen gegangen, um Holz für den Herd zu holen, dabei war die Katze wie üblich zur Haustür hereingeschlüpft und schnurstracks in die Küche marschiert. Doch schon auf der Schwelle zur Küche prallte sie zurück. Wie eine unsichtbare, nur für Minkas feine Nase wahrnehmbare Wand hing der Geruch des Hundewelpen in der Luft. Mit bebenden Nasenflügeln und unruhig zuckendem Schwanz pirschte sie sich ganz langsam an den Hundekorb heran. Odilo, völlig erledigt von den Strapazen und neuen Eindrücken, schlief noch immer. Minka glaubte, ihrer Nase und ihren Augen nicht trauen zu können, als sie vorsichtig über den Rand des Korbs schielte. Nicht mehr nach ihr roch er, sondern nach einem dieser unverschämten, verlausten Hundewesen! Und tatsächlich bestätigte der nähere Augenschein ihren Verdacht. Ein Hund! Mitten in ihrer Küche, in **ihrem** Haus! Ihre Ohren klappten nach hinten, der Schwanz plusterte sich auf, und aus ihrer Kehle drang ein heiseres Knurren, das den kleinen Welpen aufweckte. Noch völlig verschlafen gähnte er und hob dann schwerfällig den Kopf. Minka zog die Lefzen hoch, und das kehlige Knurren verwandelte sich in ein giftiges Fauchen. Sie hob langsam ihre Tatze, doch bevor sie zuschlagen konnte, kam die Mutter mit einer Schürze voller Holz in die Küche.

»Minka!«

Da trat die Katze den Rückzug an. Wie der Blitz rannte sie aus der Küche, aus dem Haus, aus dem Garten, fort von diesen undankbaren Menschen, die ihren größten Feind aufgenommen und sie verstoßen hatten. Sie ließ sich einige Tage lang nicht mehr blicken. Die Familie hatte ein schlechtes Gewissen, aber die Anwesenheit Odilos ließ alles andere in den Hintergrund rücken. Der herzige Welpe gewöhnte sich rasch an sein neues Heim, in Windeseile hatte er begriffen, was er tun musste, um möglichst viele Leckerli und Streicheleinheiten zu bekommen, er erkundete zuerst das Haus, dann den Garten, immer gefolgt von den Kindern, und es dauerte auch nicht lange, bis er stubenrein war. Es gab für die Jungen und Mädchen nun immer etwas zu tun, ihn füttern, an die Leine gewöhnen, mit ihm spazieren gehen, Stöckchen und Bällchen werfen, und so fiel ihnen nur hin und wieder, wenn er gerade schlief und sie sich genug über ihn unterhalten hatten, auf, dass Minka nicht da war.

»Sie spielt beleidigte Leberwurst!«

So war es in der Tat, mehrere Tage trieb sie sich irgendwo

herum, aber dann kam der Augenblick, in dem sie es leid war. Eines Morgens war sie wieder da. Die Mutter holte Holz, Minka schlüpfte ins Haus. Nun war sie schon gefasst auf das, was da in der Küche auf sie wartete. Sie trat vorsichtig ein und blieb erst einmal bei der Tür sitzen, um zu sehen, ob der Hund noch schlief. Er schlief nicht nur, er schnarchte sogar. Vorsichtig ging sie näher ran. Kurz vor dem Korb setzte sie sich nervös wieder hin und leckte rasch über ihre Pfote. Dabei ließ sie den Hundeschlafplatz nicht aus den Augen. Als das gleichmäßige Schnarchen sich nicht veränderte, lugte sie vorsichtig über den Rand des Korbs. Eine Zeit lang verharrte sie ganz still und sah sich den Eindringling an. So ruhig, wie er dalag mit seinem braunen Fell, hätte er auch eine Katze sein können, viel größer war er nicht. Nur seine Pfoten waren viel dicker, ebenso wie seine Nase, die röchelnd die Luft einsog.

Da kam die Mutter in die Küche. Sie blieb bei der Tür stehen, erkannte die Situation und begann leise mit der Katze zu reden. »Minka, du Schöne, mein Kätzchen, meine Kleine, ganz ruhig, ganz lieb sein, ruuuhig, meine Süße.«

Minka setzte sich hin und starrte die Mutter an. *Was soll das, was habt ihr mir da angeschleppt?*, fragte ihr Blick, während der Schwanz unwillig hin und her peitschte.

Von der Stimme der Mutter geweckt, erhob sich gähnend auch der kleine Hund. Als er die Katze sah, blieb er erst einmal in seinem Korb stehen, um das fremde Ding zu beäugen. Er schnupperte in die Luft, während Minka ihm einen bösen Blick zuwarf. Rasch stellte die Mutter der Katze ihr Lieblingsfutter hin und redete weiter beruhigend auf sie ein. Minka bequemte sich schließlich zu ihrer Futterschüssel und fing an zu fressen, wobei sie sich immer wieder nervös nach dem Hund umsah. Der näherte sich nun unsicher seiner haarigen Hausgenossin. Neugier und Angst wechselten sich in seiner Hundeseele ab. Als er der Katze zu nahe kam, drehte die sich abrupt um. Er erschrak und wich zwei Schritte zurück, doch dann sah er, wie ihr Schwanz hin und her peitschte, was für ihn ein Zeichen freudiger Erregung war. Erleichtert wollte er Minka nun aus der Nähe begrüßen und tapste mit seinen XXL-Pfoten auf sie zu. Doch das sprachliche Missverständnis wurde von der Katze sofort aufgeklärt, sie fauchte und versetzte ihm einen Hieb, dass er winselnd aufschrak und sich schnell in seinen Korb zurückzog. Dort drückte er sich auf den Boden, den Kopf zwischen den Vorderpfoten, und schielte hoch zu der Mutter, so dass sich auf seiner Stirn fragende Falten bildeten, fast wie bei einem Menschen. *Was ist das denn für eine Zicke?*

Die Mutter zuckte nur die Schultern und redete jetzt beruhigend auf ihn ein, während Minka in aller Ruhe die Küche verließ. Von nun an nahm die Katze ihre gewohnten Rituale wieder auf, weitgehend ungestört durch den Hund, der seine Lektion gelernt hatte und auf erneute Annäherungsversuche verzichtete. Nur manchmal beobachtete er sie von Weitem, so, als ob er die Hoffnung hegte, dass sie sich vielleicht doch eines Tages mit ihm beschäftigen würde. Doch diesen Gefallen tat sie ihm nicht, sie ignorierte ihn völlig.

Dann kam der Tag des Unfalls.

Es war die Schuld des Jungen. Die Mutter wollte mit dem Auto zum Einkaufen fahren, und als der Wagen schon aus dem Gartentor rollte, fiel ihm ein, dass sie ihm noch etwas mitbringen sollte. Er öffnete die Haustür und rannte dem Auto hinterher, und mit ihm Odilo, der das Ganze für ein neues Spiel hielt. Die Mutter sah die beiden zu spät, dem Jungen passierte nichts, er war langsamer, aber Odilo rannte vor das Auto und wurde von der Stoßstange erfasst. Ohnmächtig blieb er auf der Straße liegen. Der Sohn stand unter Schock und starrte ihn nur an, seine älteste Schwester hatte die Szene vom Fenster aus mitbekommen und rannte schreiend auf die Straße.

»Der Hund, der Hund! Odilo, mein Kleiner …«

Das Mädchen begann zu heulen, weil er wie tot dalag, aber die Mutter holte wieder die Wolldecke, das Mädchen bettete ihn auf den Schoß, und sie fuhren zum Tierarzt. Der nahm sie als Notfall auch sofort dran und untersuchte den Hund. Es hatte zum Glück schlimmer ausgesehen, als es war. Ein Bein war gebrochen, das andere gestaucht und aufgeschürft, wahrscheinlich hatte er auch eine Gehirnerschütterung, aber ansonsten war er in Ordnung. Er wurde geschient und verbunden. Von der Narkose würde er noch bis zum nächsten Morgen schlafen. Dann sollten sie ihm ein Schmerzmittel ins Futter mischen. Erleichtert hüllten sie den kleinen Kerl wieder in die Wolldecke und fuhren heim. Zu Hause betteten sie ihn vorsichtig in seinen Korb.

Am nächsten Morgen kam Minka wie üblich früh ins Haus. Sie roch sofort, dass etwas nicht stimmte. Gestank nach Blut und Desinfektionsmittel hing in der Luft. Sachte näherte sie sich dem Körbchen. Odilo lag darin wie tot, sein Atem ging ganz leise. Lange sah sie ihn an, das hilflose Wesen, das nicht viel größer war als sie, Geruchsspuren von Angst und Schrecken in seinem braunen Fell. Schließlich stieg sie zu ihm in den Korb und begann ihm mütterlich das Gesicht zu lecken. Dann kuschelte sie sich an ihn, wie es eine Katzenmutter mit ihren Jungen macht, um sie zu wärmen. So fand sie die Mutter, als sie mit ihrem Holz in die Küche kam. Minka rührte sich nicht, blinzelte nur zu ihr hoch. *Ach weißt du, normalerweise würde ich mich ja nie dazu herablassen, aber heute ist er so erbarmungswürdig …*

Die Katze blieb bei Odilo liegen, bis er langsam wieder zu sich kam. Er hatte Schmerzen, und der Schreck saß ihm noch in den Knochen, doch da war etwas neben ihm, etwas Haariges, Warmes, fast wie seine Mutter, die er schon einige Wochen nicht mehr gesehen hatte, und das Etwas leckte ihm das Gesicht sauber, und da leckte der kleine Hund zurück und war glücklich.

Von diesem Tag an waren Odilo und Minka Freunde. Jeden Morgen, wenn die Katze ins Haus kam, führte ihr erster Gang sie zum Hundekorb. Dort kuschelte sie sich zwischen Odilos Vorderbeine, er leckte ihr kurz übers Gesicht, und sie hielten noch mal ein Schläfchen zu zweit. Ihren Wächterjob gab sie deshalb aber nicht auf. Die Hundefreundschaft bezog sich nur auf den Boxerrüden, für die anderen Mitglieder seiner Spezies galten die alten Regeln. Minka war streitbar wie eh und je. Doch auch Odilo lernte sie von anderen Katzen zu unterscheiden. Die Stubentiger aus der Nachbarschaft wurden unbarmherzig von ihm verbellt und verjagt. Manchmal saßen die beiden Seite an Seite vor dem Gartentor, der eine schaute nach rechts, die andere nach links, als ob sie sich die Arbeit teilten.

Die Zeit verging, und Odilo wuchs zu einem ebenso prächtigen Rüden heran, wie sein Vater gewesen war. Er wurde zuerst doppelt so groß wie Minka, dann dreimal, schließlich sechsmal so schwer wie sie. Der Hundekorb war einer Decke gewichen, aber das Ritual der beiden war dasselbe geblieben. Jeden Morgen, ob sommers, ob winters, begannen sie den Tag mit einer Kuschelrunde.

Die eigentliche Nagelprobe für ihre Freundschaft stand aber noch bevor.

Minka war schwanger geworden. Zu jener Zeit war es noch nicht üblich, dass Katzen auf dem Land kastriert oder sterilisiert wurden, und so bekam Minka ein- bis zweimal im Jahr Nachwuchs. Irgendwie schaffte die Familie es immer, die Jungen unter den Schulfreunden der Kinder an den Mann zu bringen.

Kurz vor ihrer Niederkunft stellte die Mutter für gewöhnlich ein gepolstertes Kistchen neben den Herd, in dem Minka auch wirklich ihre Jungen gebar, ein Spektakel, dem die Kinder, mit angehaltenem Atem und nur leise flüsternd, mehr als einmal hatten beiwohnen dürfen. Doch inzwischen war der Platz am Herd besetzt, und die Mutter hatte Angst, dass die Grenzen der tierischen Freundschaft erreicht sein würden, wenn die Katze Junge bekam. Also wurde das Kistchen in diesem Jahr in das Esszimmer neben der Küche gestellt, dessen Tür man schließen konnte, so dass der Nachwuchs für Odilo unerreichbar sein würde. Dort warf Minka fünf junge Kätzchen, zwei schwarz-weiße, zwei gestromte, wie sie selbst war, und ein vollkommen schwarzes. Liebevoll leckte sie die Winzlinge trocken und legte sich dann neben sie, um sie zu wärmen und zu säugen. Sie war eine gute, erfahrene Mutter, und die Kleinen soffen und schliefen, soffen und schliefen. Nach jeder Mahlzeit leckte sie ihnen gründlich Bauch und Po, um ihre Verdauung anzuregen. Und wenn alle schliefen, setzte sie sich auf den Stuhl neben dem Kistchen, um sich selber zu putzen. Nur wenn es unbedingt notwendig war, verließ sie das Zimmer, um ihre Notdurft zu verrichten oder in der Küche einen Happen zu fressen. Sie hatte keine Zeit mehr, morgens mit Odilo zu kuscheln, und wenn er ihr zufällig in der Küche oder im Garten über den Weg lief, dann strich sie ihm nur noch hastig mit aufgestelltem Schwanz übers Gesicht – *Hallo, ich hab's eilig!* – und schon war sie wieder bei ihren Jungen.

Die Familie achtete indes peinlich genau darauf, dass die Esszimmertür immer verschlossen war, so dass Odilo sich der Katzenkinderstube nicht nähern konnte. Der spürte natürlich, dass dort etwas im Gange war, weshalb seine Freundin keine Zeit mehr für ihn hatte. Immer wieder lief er zur Tür, schnupperte am Spalt, winselte leise, kratzte auch manchmal am Holz. Und dann, als die Kleinen etwa acht Tage alt waren, passierte es.

Offensichtlich war er an der Tür hochgesprungen und hatte die Klinke nach unten gedrückt. Dann hatte er sich mit seiner Schnauze durch den Spalt gedrängt. Der Mutter blieb fast das Herz stehen, als sie den riesigen Boxerrüden direkt auf das Katzenkistchen zusteuern sah. Neugierig schnuppernd blieb er erst einmal stehen. Minka saß auf dem Stuhl daneben und war gerade dabei, sich den Allerwertesten zu putzen. Als der Hund seinen mächtigen Kopf über die Kiste beugte, um die winzigen, noch blinden Kätzchen aus der Nähe zu beriechen, stellten die Kleinen plötzlich alle Haare auf, fuhren ihre Krallen aus und begannen zu fauchen. Instinktiv erkannten die Kätzchen am Geruch, dass sich ein Feind näherte, und reagierten, wie Katzen auf Feinde reagieren. Und Minka?

Die Mutter erzählte den Kindern später: »Ich dachte, jetzt stürzt sie sich auf ihn und kratzt ihm die Augen aus. Ich wollte mich schon dazwischenwerfen, aber dann, ich hab meinen Augen nicht getraut! Wisst ihr, was sie getan hat? Sie hat einen Moment aufgeschaut, dann hat sie sich seelenruhig weiter ihren Hintern abgeleckt!«

Der Hund hingegen erschrak ein wenig über die Abwehrreaktion und das feindliche Fauchen der jungen Katzen, er vollführte einen kleinen Satz zurück, dann richtete er sich auf und machte »Wuff!«, als ob er sie zum Spielen herausfordern wollte. Die Kätzchen waren aber nicht in Spiellaune und fauchten weiter, während Minka inzwischen die andere Seite ihres Pos bearbeitete.

Nun wurde es der Mutter doch zu bunt, und sie zerrte den Hund am Halsband weg vom Kistchen. Odilo trollte sich, er hatte seine Neugierde befriedigt.

Von da an ließ man die Tür offen, und Hund und Katzennachwuchs gewöhnten sich aneinander. Der Boxerrüde nahm schließlich fast so etwas wie die Vaterstelle bei den Kleinen ein, die immer zutraulicher wurden und sich wild mit, um und auf ihm balgten, stets vor Minkas mütterlichen Augen, die vollstes Vertrauen zu ihrem hündischen Freund hatte. Der war ganz traurig, als die Jungen schließlich eins nach dem anderen weggegeben wurden, bis er wieder allein war mit Minka.

Da nahmen die beiden ihr Morgenritual wieder auf, und nun sah man sie auch tagsüber wieder gemeinsam am Gartentor sitzen, Odilo links und Minka rechts, zwei wie Pech und Schwefel, wie Hund und Katze.

Klaus Modick

Buddy-Holly-Album

In der Nachbarschaft gibt es zwei lebhafte Terrier. Sie heißen Ama und – man ahnt es schon – Deus. Warum nicht gleich Mo und Zart? Wir finden das jedenfalls leicht prätentiös, wofür natürlich unsere ungehobelte musikalische Sozialisation verantwortlich ist. Nicht zufällig hieß unsere letzte Katze Woodstock.

Nachdem sie gestorben war, fehlte etwas im Haus, und zwar nicht nur die Katze Woodstock als real existierendes Familienmitglied, sondern die Schwingung auf jener undefinierbaren Wellenlänge, die unsereiner mit Katzen verbindet. Bewusst wird sie uns jedoch erst, wenn sie nicht mehr schwingt. Inzwischen funken die *Good Vibrations* allerdings wieder, und zwar gleich auf doppelter Frequenz, weil wir seit gut einem Jahr zwei Kater haben.

Aber was heißt schon »haben«? Katzen kann man nicht einfach besitzen wie Hunde, von beherrschen ganz zu schweigen. Hunde haben Herrchen, Katzen bekanntlich Personal. Und weil der musikalische Wind bei uns nun mal aus diesen Richtungen weht, heißen »unsere« Kater Buddy und Holly. Die klassisch angehauchte Nachbarschaft von Ama und Deus nehmen sie furchtlos und gelassen hin. Vielleicht bemitleiden sie die Terrier, wenn sie angeleint Gassi gehen? Womöglich verachten Buddy und Holly sie sogar, weil sie ihrem Herrchen gehorchen.

Damals hatte man uns erzählt, dass auf einem Landhaus ein Wurf von sieben Katzen geboren und zu verschenken war, und an einem strahlenden Maitag fuhren wir über grün-silberne Birkenalleen ins Delfshauser Moor. Wir wollten zwei Tiere aufnehmen, weil sie nicht nur unsere, sondern auch Gesellschaft von ihresgleichen haben sollten. Und um die berüchtigte Revierkonkurrenz unter Katern auszuschließen, dachten wir an eine Katze und einen Kater – Katzenkoedukation sozusagen.

Am Tor zum Landhaus begrüßte uns eine riesige, munter bellende Hovawart-Hündin und eskortierte uns schwanzwedelnd zur Terrasse, wo uns die Besitzer des Hauses erwarteten. Die Kätzchen waren erst zwei Wochen jung und noch so winzig, dass sie auf eine Handfläche passten. Wir wollten uns jetzt zwei Tiere aussuchen, sie aber erst sechs Wochen später abholen, wenn die Erziehung durch ihre Mutter abgeschlossen sein würde. Allerdings zeigte die Katzenmutter herzlich wenig Interesse am wimmelnden Nachwuchs. Als Babysitter schien die Hündin engagiert worden zu sein, die die Kleinen inbrünstig ableckte und uns misstrauisch beäugte, wenn wir die Winzlinge vom Boden aufnahmen. »Nur anfassen, noch nicht mitnehmen«, sagte der Hundeblick. Die Gelassenheit, mit der Buddy und Holly heutzutage die Nachbarschaft solch schräger Gestalten wie Ama und Deus und überhaupt die Anwesenheit tollpatschiger Hunde ertragen, ist wohl dieser zartfühlenden Hündin zu verdanken, die sich fast so aufführte, als sei das ihre eigene Kinderschar.

Eines der Kätzchen war gleich so kess-zutraulich, wie wenn es *uns* adoptieren wollte. *Die* würden wir auf jeden Fall nehmen. Und dann noch den sanft blickenden Kater mit sehr weichem grauem, elegant silbern gestreiftem Fell und weißem Bauch. Am liebsten hätte man ja gleich alle genommen, den ganzen Wurf, alle eins, zwei, drei, vier, fünf, sechs ... Sollten es nicht sieben sein? Der siebte, ein rotblond getigerter Hänfling, hatte sich unter den Holzplanken der Terrasse verkrochen, als wüsste er schon, was die Leute gleich über ihn sagen würden.

»Den werden wir wohl nicht los«, sagten sie nämlich, »der war der letzte im Wurf und ist etwas, nun ja, zurückgeblieben.«

Das tat uns zwar sehr leid, aber wenn wir schon die freie Auswahl hatten, würden wir natürlich nicht aus purem Mitgefühl zum Mängelexemplar greifen.

Sechs Wochen später. Wieder so ein tiefblauer Tag mit Birkenalleen. Auf dem Rücksitz des Wagens stand der Katzentransportkorb. Den hatte Woody (Woodstock) gehasst, weil er gleichbedeutend mit Tierarztbesuch war. Wieder die freundlichen Landhausleute und wieder die als Katzenmuttterersatz agierende Hündin. Die zutrauliche Katze, unsere erste Wahl, war aber nirgends zu sehen. Sie sei sehr unternehmungslustig, sagten die Leute, treibe sich wohl irgendwo im Gemüsegarten herum, werde aber gewiss bald auftauchen. Der graue Kater mit dem sanften Blick machte auf den sonnenwarmen Terrassenplanken ein Nickerchen. Aber er schlief dort nicht allein, sondern eng an den rotblonden Hänfling geschmiegt.

»Die beiden«, sagten die Leute, »sind unzertrennlich. Wir haben den Eindruck, als wollte der Graue seinen kleinen Bruder beschützen.«

Die Hovawart-Hündin sah uns an, leckte die Brüder wach, sah uns wieder an. Der Blick besagte: »Beide oder keinen!«

Meine Frau und ich sahen uns auch an, während die beiden Brüder drollig miteinander zu balgen begannen und dabei von der Terrasse purzelten. Die Hündin stupste mir mit der Schnauze gegen den Oberschenkel, was eindeutig »Worauf wartest du noch?« hieß.

Meine Frau nickte und sagte: »Dann dürfen wir die beiden ja auch wohl nicht trennen.«

Die Hündin nickte ebenfalls und streckte sich zufrieden auf den Planken aus.

»Und die kesse Katze?«, fragte ich.

»Ach, für die gibt's genug Interessenten«, erwiderten die Leute.

»Aber zwei Kater?«, gab ich zu bedenken. »Das kann doch nicht gut gehen. Revierkonkurrenz und so.«

Doch da hatte meine Frau die beiden Bürschchen schon aufgehoben. Sie schmiegten sich schnurrend in ihre Handflächen. »Das geht gut«, sagte meine Frau.

Und die Hündin hätte »Hab ich doch gleich gesagt« gesagt, wenn sie etwas zu sagen gehabt hätte.

Die Namensfindung erwies sich als komplizierter Prozess. Ein Ratgeber für Katzenhalter, im Grunde ein Widerspruch in sich, hatte uns darüber informiert, dass Katzen auf Namen, die mit *I* oder *Y* enden, angeblich besonders gut reagieren. Wir glaubten das nicht so recht, wissen wir doch, dass Katzen sich kaum einem Zuruf, ob mit oder ohne putzig auslautendem *I* oder *Y*, und nie einem Befehl fügen, sondern ungerufen kommen, wenn es ihnen gefällt. Bewegen kann man sie nur zu dem, was ihnen passt, nützt oder dient. Katzen verhalten sich also durchaus wie die sogenannte Inspiration, die nie kommt, wenn man nach ihr ruft, sondern nur, wenn man nicht mit ihr rechnet; und dann kommt sie auch nicht plump angetrampelt, sondern auf sprichwörtlich leisen Pfoten. Vielleicht haben musische Menschen deshalb ein besonderes Faible für Katzen. Aber Künstler mit Katzenallergien sind natürlich tragische Fälle!

Was nun die Empfehlung für Namen mit *I*- oder *Y*-Endungen angeht, so entspringt sie vermutlich keiner verhaltensforschenden Erkenntnis, sondern dem menschlichen Urbedürfnis nach Possierlichkeit, dem auch wir wohl längst aufgesessen sein mussten, weil wir bereits Woodstock zu Woody verniedlicht hatten. Und während der Graue mit seinem zirka zehn Minuten jüngeren Bruder auf unserem Sofa erste Purzelbäume schlug, grübelten wir über immer absurdere Namenskombinationen, die von Humpty und Dumpty über Laurel und Hardy bis Urbi und Orbi reichten. Ergebnislos. Bis ich plötzlich den Nachbarn hörte, der seinen wieder einmal in die Hintergärten durchgebrannten Terriern nachjagte und mit überschnappender Stimme »Ama! Deus!« schrie.

Einen demonstrativen U- und E-Konflikt haben wir, Ehrenwort, niemals beabsichtigt. Es hat sich einfach so ergeben. Aber wenn wir jetzt im Garten »Buddy! Holly!« rufen, während auf der Straße gleichzeitig oder leicht synkopiert »Ama! Deus!« gebrüllt wird, dämmert uns, dass hier Klassik auf Pop prallt. Aber nun ist es zu spät. Buddy heißt Buddy und Holly Holly. Und das ist auch gut so.

Buddy und Holly verstehen sich gut miteinander, sind aber ziemlich ungleiche Brüder. Holly ist nicht nur zirka zehn bis fünfzehn Minuten älter als Buddy, sondern auch wesentlich, nun ja, stattlicher als sein kleiner Bruder, der aber durchaus nicht mehr der kümmerliche Hänfling ist, den wir damals in den Transportkorb setzten. Und von »zurückgeblieben« kann überhaupt keine Rede mehr sein. Wir halten Buddy für schlau.

Als die beiden vier Monate alt waren, fing Holly an, Duftmarken zu setzen. »Frühreifer Bursche«, wunderte sich der Tierarzt und kastrierte gleich beide in einem Aufwasch. Aber mit seinen Markierungen hatte Holly bereits Revierclaims abgesteckt und sich unwillentlich zum Alphatier gemausert – und Buddy emigrierte, packte, bildlich gesprochen, sein Bündel und machte sich auf die Suche nach einem eigenen Revier.

Nachdem er zwei Tage überfällig gewesen war, verteilten wir Handzettel in sämtlichen Hausbriefkästen der Nachbarschaft und bekamen auch den erhofften Anruf: Buddy hatte es sich in einem Secondhandladen für Damengarderobe gemütlich gemacht. Als er sich bei Ladenschluss dort noch immer herumdrückte, hatte die Besitzerin das Tierheim angerufen, wo ich den Ausreißer dann abholte. Ein paar Wochen später verschwand er erneut; da wir beiden Katern inzwischen Identifikationschips verpasst hatten, rief diesmal das Tierheim bei uns an. Buddy hatte es über mehrere stark befahrene Straßen bis in die Innenstadt geschafft und – ausgerechnet – im Städtischen Jugendamt um Asyl nachgesucht. Im Tierheim wurde er mit »Ach, der schon wieder!« begrüßt.

Wir verpassten ihm zusätzlich zum Chip ein Halsband mit Adresskapsel, um für die nächste Exkursion gerüstet zu sein. Sie ließ nicht lange auf sich warten. Zwei Tage verstrichen. Kein Buddy. Drei, vier Tage. Im Tierheim wusste man von nichts: »Den würden wir ja sofort erkennen!« Wir liefen durch Straßen: »Buddy!«, Gärten: »Buddy!!«, Parks: »Buddy!!!« Eine Woche. Kein Anruf. Kein Buddy. Wir setzten eine Vermisstenanzeige mit Foto auf eine einschlägige Website. Kein Buddy, nirgends. Holly schlich betrübt durch

Haus und Garten. Alphatier zu sein, war schön und gut, allein zu sein, war sterbenslangweilig. Wenn er mich am Schreibtisch besuchte, war er nicht verspielt wie sonst, bettelte nicht mal um mehr Futter, sondern schien meinen Trübsinn zu teilen.

»Wo steckt bloß dein kleiner Bruder?«, sagte ich zu ihm. »Du musst es doch wissen. Ich denke, du wolltest auf ihn aufpassen?«

Aber da guckte Holly noch viel trübsinniger als ich, und irgendwie war es ja auch nicht fair, ihm Vorwürfe zu machen. Wir verfielen in finsterste Vermutungen und schauerliche Phantasien. Wurde nicht immer mal wieder vor dubiosen Katzenfängern gewarnt? Was machten die eigentlich aus ihren Opfern? Pelzmäntel? Tiermehl? Wir schliefen schlecht. Und gab es nicht auch diese unterirdischen Geheimlabors, in denen wahnsinnige Wissenschaftler grausame Tierversuche an lebenden Objekten anstellten? Wir schliefen gar nicht mehr.

Und dann kam schließlich der erlösende Anruf. Eine katzenfreundliche Dame aus der näheren Nachbarschaft hatte die Website studiert. Ein paar Häuser weiter, sagte sie, sei der Familie Soundso ein Kater zugelaufen. Der sehe wie Buddy auf der Website aus. Die Dame hatte auch gleich die Adresse parat.

Zehn Minuten später kreuzten wir dort samt Transportkorb auf. Buddy kauerte sichtlich verstört in einer schmuddeligen Küche, erkannte uns aber sofort, strich uns erfreut um die Beine. Meine Frau hob ihn auf. Er schnurrte selig.

»Und der ist Ihnen also zugelaufen?« Hier stimmte etwas nicht.

»Jaja«, sagte Frau Soundso forsch, »der ist uns zugelaufen.«

»Aber warum haben Sie nicht das Tierheim informiert? Und warum haben Sie nicht die Adresskapsel geöffnet?«

»Tja, also …« Die Frau wand sich vor Verlegenheit. »Der Kleine ist ja so zutraulich.«

»Das wissen wir«, sagte ich.

»Und unsere Tochter findet ihn so süß.« Ein schlechtes Gewissen schien Frau Soundso fremd zu sein.

»Das finden wir auch«, sagte ich.

Die Sache roch nach Catnapping. »Haben Sie Buddy etwa angefüttert?«, fragte meine Frau.

»Nein, nein, wir haben ihm gar nichts gegeben.«

»Soll das etwa heißen, dass Sie ihn hier seit acht Tagen ohne Futter festhalten?«

»Ja, das heißt, nein, also …«

Jetzt stank die Sache nach Catnapping. Meine Frau setzte Buddy in den Transportkorb. »Wenn Sie für Ihre Tochter eine Katze wollen – es gibt genug zu verschenken. Oder erlösen Sie eine aus dem Tierheim.«

»Ja, aber der Kleine ist doch einfach so süß und zutraulich, und die Farbe ist auch so schön, und meine Tochter findet …«

Herr Soundso, der die ganze Zeit mürrisch danebengestanden hatte, mischte sich ein. »Ich hab euch doch gleich gesagt, dass das nicht gut geht«, knurrte er.

Es *war* Catnapping.

Seitdem – toi, toi, toi! – hat Buddy keine Extratouren mehr unternommen, jedenfalls keine, die länger als vierundzwanzig Stunden gedauert hätten. Die Tage, die er bei den Catnappern Soundso eingekerkert war, haben ihn offenbar kuriert. Und Holly gibt sich ersichtlich Mühe, nicht den großen Bruder und dicken Boss zu markieren, obwohl er inzwischen fast doppelt so breit wie Buddy ist.

Und während Holly seine bedächtigen Runden im Garten dreht, sich gelegentlich gutmütig mit Buddy balgt und im Übrigen zwischen Fressnapf und Couch hin und her pendelt, ist Buddy nach wie vor unternehmungslustig. Im Viertel hat er es inzwischen zu einer gewissen Berühmtheit als »der Autokater« gebracht. Ja, Buddy ist ein Autonarr. In unserer Straße springt er auf sämtliche parkenden Wagen und thront dann stolz und wachsam auf Kühlerhauben und Autodächern. Warum? Wir wissen es nicht. Wer kennt schon seinen Kater? Aber obwohl wir ihn dabei noch nie beobachtet haben, vermuten wir, dass er die Anwohner beim Rangieren in die Parklücken winkt, den Reifendruck kontrolliert und gelegentlich auf abgelaufene TÜV-Plaketten aufmerksam macht.

Jedenfalls muss er jetzt nicht mehr auswandern. Holly bequemt sich zwischen zwei Nickerchen manchmal an die Straße, um einen wohlwollenden Blick auf das verantwortungsvolle Treiben seines Bruders zu werfen. Buddy hat ersichtlich sein Revier gefunden. Und macht einen sehr guten Job.

Marie Velden

Von Himmel zu Himmel

Hallöchen, Frau Robell!

Höchste Zeit, dass ich Ihnen schreibe. Dieser Brief brennt mir schon seit Langem unter den Pfoten. Die Zeilen wollen heraus, als drücke eine Flut von Wasser gegen eine Tür, breche durch und brause einfach weiter. Vielleicht habe ich sie zu oft gedacht, wenn ich irgendwo zusammengerollt auf einem Kissen döste und die Welt nur durch den Schlitz meiner halbgeschlossenen Augen zu mir kam. Also wundern Sie sich bitte nicht. Fragen Sie auch nicht, ob es Halluzinationen sind, an denen Sie gerade leiden. Ob Ihr armer Kopf am Durchdrehen sei.

Das ist er nicht. Keine Ahnung, was es ist. Ein Traum vielleicht? Hexerei (alte Frau und Katze, Sie verstehen ...?), ein Mysterium, ein Wunder? In jedem Fall ist es etwas, dessen Entstehung niemand begreift, und trotzdem ist es da. Wenn es Sie tröstet, fragen Sie doch einmal mich, wie verwirrt ich mich dabei fühle. Oder was ich darüber denke. Oder beides. Im Allgemeinen bin ich eine Freundin der Vernunft und deshalb geneigt, es schlicht für einen Traum zu halten. Irgendeine Erklärung muss ja her! Katzen schreiben keine Briefe (natürlich, weil sie es nicht können), und selbst wenn, dann nicht an alte Frauen, die sie nie gekannt haben und die längst verstorben sind. *Wenn* ich schreiben könnte, dann vielleicht an einen gewissen Henri, einen Kater, der mich… – aber lassen wir das. Keine Vertraulichkeiten. Nicht in diesen Dingen.

Nein, Frau Robell, wir sind uns nie begegnet. Ich bin Ihnen nie ums Bein gestrichen, und Sie haben nie »Miez, Miez« gemacht. Nur gehört habe ich von Ihnen. Ihr Name fiel des Öfteren. Auch nachdem Sie die irdische Welt verlassen hatten. Ach ja, fragen Sie und lächeln geschmeichelt? Lächeln Sie nicht zu früh, muss ich da warnend maunzen. Manches war nicht schmeichelhaft.

Tut mir leid. Auch wenn Sie jetzt enttäuscht sein mögen und man über Tote nicht murren soll. (Warum eigentlich nicht? Wenn einer ein stinkender Fisch war, dann *war* er eben einer. So was leugnet der Tod doch nicht fort.)

Nein, bitte, nicht kreischen! Meine Ohren! »Stinkender Fisch« – damit sind nicht Sie gemeint. So schlimm war es nicht. Sie waren bloß die alte Ratschkathl, wie man hierzulande sagt. Eine, die beständig die Ohren spitzt, um den neuesten Tratsch von der Nachbarschaft auszukundschaften, und ihn dann mit Leidenschaft durch die Gegend trägt. Genau wie Krösa Maja in »Michel aus Lönneberga«. Nicht wirklich angenehm, nein. Auch wenn man weiß, worum es dem dummen Altchen in den Tiefen seines Herzens ging. Um ein bisschen Gehör, um ein wenig Fülle, Farbe und Bewegung im eigenen leeren Leben. Worum ging es Ihnen?

Und Ihr Geiz. Ach, wie war der legendär. Obwohl Ihre Schmuckschatullen vor Gold und Perlen überquollen – so kam es mir zu Ohren –, die Zinserträge Ihrer Konten fetter gewesen sein sollen als jede Schüssel Sahne und Pelzmäntel (musste das denn sein? ich bitte Sie!) sich in Ihren Schränken reihten, hatten Sie für niemand einen Heller übrig. Wenn es darauf ankam, auch für sich selber nicht. Brummelnd verbrachten Sie Ihre Abende im Dunkeln, brühten Ihren Kaffee zweimal mit demselben Pulver auf, spülten mit dem Putzwasser die Toilette, feilschten um das Pfund Suppenfleisch genauso wie um den Weihnachtsbaum, während Ihre Nichte nicht wusste, womit sie ihren beiden vaterlosen Kindern etwas darunterlegen sollte. War Ihnen das eigentlich bekannt?

Und später, als Sie krank und elend waren, gab es auch keine Anerkennung für die Nachbarin, die sich um Sie kümmerte. Nicht einmal ein Sträußchen Blumen.

Den Rest muss ich nicht erwähnen. Sie starben ganz allein in Ihrer Wohnung, die Nachbarin fand Sie schließlich auf dem Boden vor dem Bett. Ihre Möbel gingen an den Sperrmüll, die Pelzmäntel in die Altkleidersammlung, Andenken und Nippes fielen in den Müll, der Wind wehte vergilbte Fotos aus einem alten Kästchen durch den Hof, hinaus auf die Straße, in Rinnsteine und Gullys – wer weiß, wo Sie geblieben sind. Ihr Geld erbte der Staat, die Nichte nur den Pflichtteil.

Weinen Sie etwa? Nicht doch! Was bringt das jetzt? Außerdem wollte ich das nicht, Sie zum Weinen bringen. Keine Ahnung, wie ich in diese alten Geschichten schlittern konnte. Sie fielen mir nur ein. Wenn Sie genau hinhören, können Sie mich schnurren hören. Ich mache meine Beine lang, wölbe den Buckel, stelle den Schwanz auf und reibe mich an Ihrer Wade. Ich gurre »Hallöchen!«, denn ich bin Ihnen freundlich gesonnen. Für mich sind Sie nicht die alte Ratschkathl oder der Geizknochen, für mich sind Sie Ilse Robell, die Glücksbringerin. Eine Lucia-Sängerin mit einer Kerze auf dem Kopf. Ja, *nun* dürfen Sie geschmeichelt lächeln. Denn das wollte ich Ihnen eigentlich sagen. Fragen Sie nur Lotte. Der sieht das ebenso. Er hat nie ein böses Wort über Sie verloren. Ganz im Gegenteil.

Sie kennen Lotte? Eigentlich heißt er Nicolai. Weil ihm das aber nicht über die Lippen wollte, als er sprechen lernte, nannte er sich selbst Lollai, woraus irgendwann Lotte wurde, und dabei ist es dann geblieben. Erinnern Sie sich an ihn? An den Jungen mit den roten Locken und den runden braunen Augen? Der zusammen mit seiner Mutter im gleichen Haus wohnte wie Sie selbst? Natürlich tun Sie das. Was frage ich da? Als Sie starben, war er fünf, und er weinte um Sie. Sogar sehr. Heute ist er neun und hat Sie nicht vergessen. Es braucht nur Ihr Name zu fallen, da werden seine Augen noch ein bisschen runder, sein Mund mit den Zahnlücken lacht fröhlich, und er ruft im selben Augenblick: »Frau Robell hat mir Katinka geschenkt.« Es ist das Erste, was ihm einfällt, wenn er von Ihnen hört, und ich nehme an, so wird es bleiben.

Nein, das bin nicht ich. Ich bin Katinka 2. Vor mir kam Katinka 1, die Katinka, *Ihre* Katinka, mit der alles begann: eine Riesenliebe, eine tiefe Seelenverwandtschaft oder Leidenschaft. Wie man will. Es ist alles da. All das haben Sie geweckt, liebe Frau Robell, als Sie damals vor dem dürftigen Spielwarenregal in der Drogerie standen, wo Sie immer Ihre Seife kauften, das Spülmittel, den Gebissreiniger und die große Dose Nivea-Creme und nach einem Spielzeugkätzchen griffen. Sein Fell war aus rotem Frottee, die schielenden Augen aus Plastik, das Mäulchen mit der rosa Zunge aufgestickt, auf dem Preisschild stand drei Euro fünfundneunzig. Ich glaube nicht zu übertreiben, wenn ich behaupte, dass Sie nie zuvor drei Euro fünfundneunzig so gut angelegt haben wie in diesem Augenblick, als Sie beschlossen, dem kleinen Jungen aus Ihrem Haus das Kätzchen zu schenken. Sie wussten nicht einmal, warum. Es war nur ein vages Gefühl, eine ungefähre Ahnung, dass Sie ihn mochten, weil irgendetwas an ihm Ihr altes, verstocktes Herz rührte und eine kleine Stelle darin ein bisschen weicher machte. Sie hätten das niemandem verraten, aber Sie spürten es, und es tat Ihnen gut. Und so kam Katinka 1 zu Lotte.

Katinka hieß sie von Anfang an. Er rief den Namen in

jenem Moment aus, als Sie, Frau Robell, das Kätzchen in seine Hände legten, und dann wiederholte er ihn mehrere Male, bevor er sein Gesicht in das rote Frotteefell drückte. Sie lachten und fuhren ihm durch die flaumigen Haare. Und Ihre Hände mochten das Gefühl. Es war Zärtlichkeit. Erinnern Sie sich noch?

In Lottes Kinderzimmer gibt es viele Spielsachen. Eine elektrische Eisenbahn, Autos, Dinosaurier, Lego, Plüschtiere, Bausteine und was weiß ich. Alles ist in Fülle da. Seine Mutter hat ihm sogar einmal zu Weihnachten eine (teure) Plüschkatze gekauft, die miauen und sich bewegen kann. Sie liegt seitdem auf Lottes Bett, und manchmal spielt er auch mit ihr. Ehrlich gesagt, nicht besonders oft.

Mit Katinka 1 war das völlig anders. Mit ihr lag Lotte auf dem Boden seines Zimmers, hielt sie über sein Gesicht, bewegte ihre Beinchen, betrachtete ihr Gesicht, kraulte ihre Ohren, warf sie in die Luft, ließ sie über den Boden springen und hüpfen und vor allem: Er sprach mit ihr. Stundenlang hörte man aus seinem Zimmer sein hohes Stimmchen, wie es erzählte, krähte, sich ereiferte, sang, lachte und kicherte, und ab zu hörte man, wie er eine andere machte, eine Stimme, die noch ein bisschen höher und heller klang als seine echte, und das sollte wohl die von seinem Kätzchen sein. Jeden Abend nahm Lotte es mit ins Bett. Und wenn er morgens aufwachte, hörte es sein erstes Guten Morgen und bekam den ersten Kuss.

So ging das jahrelang. Inzwischen ist Katinkas Frotteefell ganz abgewetzt und stumpf, die weißen Schühchen sind trotz einiger Wäschen grau, und Lotte ist mittlerweile ein großer Junge, der zur Schule geht. Alles egal. Noch immer liebt er sie voller Hingabe, noch immer schläft sie bei ihm im Bett, noch immer drückt er sie an sein Gesicht.

Lotte liebt Katzen. Eigentlich alle. Aber die roten noch ein Fünkchen mehr. Ob ihn das rote Frottee von Katinka 1 geprägt hat oder ob er sich durch seine eigenen flauschigen katzenroten Haare eben verwandter als mit anderen fühlt, kann ich nur vermuten. Aber als ich ihn zum ersten Mal sah, dachte ich spontan: Könnte eins von meinen Jungen sein. Ich habe nämlich Kinder. Fünf. Und sie alle haben mein dickes rotbraunes Fell geerbt, das weiße Gesicht und die dunkle Zeichnung über den Augenbrauen. Der Anblick dieses Menschenjungen mit seinem Puschelkopf ließ mich sofort an mein Mäxchen denken.

Lotte ist ein wahrer Katzenmensch. Ich habe das gleich erkannt, denn er wusste instinktiv, dass es auf den richtigen Abstand ankommt, um uns zu kriegen. Ganz im Gegensatz zu diesen lästigen Kreaturen, die nicht wissen, dass wir Katzen es nicht schätzen, wenn fremde Hände nach uns greifen und allzu vertraulich sind. Lotte hielt mir nur seine Fingerspitzen entgegen, flüsterte »hallo« und »na, du« und »oh, du bist so süß!« und wartete, bis ich von selber zu ihm kam. Es dauerte nicht lange, und ich hätte ihn am liebsten sanft im Genick genommen, um ihn durch die Gegend zu tragen und ihn später noch ein bisschen gegen den Bauch zu stupsen und ihm das Fell zu lecken. Ich nehme an, Frau Robell, so empfanden auch Sie, wenn Sie ihm durch die Haare fuhren.

Nach dieser ersten Begegnung hielt ich jeden Morgen Ausschau nach ihm, obwohl ich es natürlich wie Zufall aussehen ließ, wenn wir uns auf seinem Schulweg trafen. Ich spazierte ein bisschen durch das Gras, duckte mich, wenn ich ihn von Weitem erblickte, schlich hinter den Fliederbusch und stolzierte graziös hervor, wenn er endlich da war und nach mir rief. Wir Katzen haben da unseren eigenen Stolz.

Aber wie war ich in Wahrheit froh, wenn ich ihn schon in der Ferne sah. Wie er dahersauste auf seinem Roller, in einem Affentempo, in schnittigen Schlenkern und eleganten Bögen. Mit erhitzten Backen, Wind in den Locken, die Augen tanzend vor Freude. Und dann saßen wir dort wie verabredet vor den beiden Fliederbüschen, zwischen Grashalmen, meine Ohren aufgestellt, die weißen Pfoten nebeneinander, und während ich meinen Kopf an seiner Schulter rieb, lag in seinen Augen dieselbe Sehnsucht wie in meinen. Er wollte nie nach Hause, und ich wollte nie, dass er ging.

Was übrigens ein kleines Wunder war. Denn ich hatte mir geschworen, keinem Menschen wieder zu vertrauen, geschweige denn, einen von ihnen zu lieben. Dafür gibt es einen triftigen Grund. Oh ja. Nicht, dass Sie glauben, ich sei zickig oder gar neurotisch. Meine erste Familie hat mich verlassen. Oder zurückgelassen, um es besser auszudrücken. Sie zogen – weil ein Baby unterwegs war – in eine größere Wohnung. Dort aber waren Tiere nicht erlaubt, und so bissen sie in den sauren Apfel (so drückten sie es aus, als sie mich zum Abschied streichelten und mich in den Garten schickten) und ließen mich zurück, in der Hoffnung, jemand aus der Nachbarschaft würde sich schon um mich kümmern. Womit sie ja nicht falsch lagen. Von den einen bekam ich Wasser, bei den anderen stand ein Schälchen Futter vor der Tür, sie sprachen mit mir und kraulten mich zwischen den Ohren. Diese Unabhängigkeit war im Grunde gar nicht schlecht, aber ganz tief drinnen fühlte ich mich fortgestoßen und wertlos. Mir fehlte mein Spielzeug, mein Kissen, meine Menschen, ihre Stimmen und Berührungen, mein Zuhause. Selbstverständlich hätte ich das nie zugegeben. Meinen Stolz hatte ich behalten, und es kam nicht infrage, dass ausgerechnet ich am Image der Katzen als unabhängigen Naturen kratzte. Nur Lotte erzählte ich davon, eines Tages am Ende des Sommers. Und er verstand mich gut. Er nickte, schimpfte über die Bösen, die mich allein gelassen hatten, tröstete mich und wischte sich die Tränchen aus den Augen. Sagte schließlich, er müsse jetzt heim zu seiner Mutter, und ich verstand ihn. Ach ja, bevor ich es vergesse: Wir verstanden uns übrigens von Anfang an. Über unsere Gedanken. Sozusagen telepathisch. Genau wie »Findus und Petterson«. Lotte liebt die Geschichten um den alten Kauz und seinen Kater. Und wenn er sie las, lag ich auf seiner Brust und hörte sie telepathisch mit. Daher weiß ich, dass auch andere diese Fähigkeit besitzen.

Jetzt habe ich Ihnen das Ende schon verraten, liebe Frau Robell. Indem ich sagte, ich lag auf Lottes Brust, während er las.

Denn noch am selben Tag, nachdem ich von meiner alten Familie erzählt hatte, kam er am Abend wieder zurück. Diesmal im Auto seiner Mutter. So ein kleines silberblitzendes Gefährt. Er musste ihr alles erzählt haben, denn sie hielt vor der Wiese mit den Fliederbüschen, sah mich und öffnete die glänzende Tür. Lotte auf dem Rücksitz hüpfte und rief: »Komm rein, Katinka! Komm rein! Du fährst mit uns nach Hause. Du gehörst jetzt zu uns!«

»Wenn du mir versprichst, den Hasen nicht zu ärgern und die Fische nicht anzurühren«, fügte seine Mutter hinzu. Aber sie lächelte mich an, und ich sprang kurzerhand hinein.

Liebe Frau Robell, was sagen Sie dazu? Finden Sie nicht auch, dass es nach dieser Geschichte ganz egal ist, ob man Sie Ratschkathl nannte oder Geizknochen? Mit Katinka 1 haben Sie dafür gesorgt, dass ich noch zwei Jahre Glück und Liebe erleben durfte, bevor mich ein Auto überfuhr. Ein sehr banales Katzenschicksal, ich weiß. Vor etwas mehr als zwei Monaten.

Und jetzt kennen Sie auch das Geheimnis. Weshalb ich

Ihnen schreiben kann. Von Himmel zu Himmel ist es nicht weit. Ganz egal, ob es Katzen- oder Menschenhimmel heißt. Die Dinge geschehen hier anders und machen vieles möglich, von dem wir auf Erden nicht einmal zu träumen wagten. Vielleicht besuchen Sie mich eines Tages, und wir reden von Lotte. Darüber, ob seine Liebe zu uns Katzen schon immer in ihm war oder ob *Sie* diese Hingabe mit Katinka 1 hervorgerufen haben. Doch wissen Sie was? Im Grunde ist das egal. Es zählt nur das Gefühl. Und wichtig ist, dass sie ihn jetzt tröstet, wo ich nicht mehr bei ihm bin. Und auch das verdankt er Ihnen, Frau Robell. Sie haben doch ein schönes Erbe hinterlassen.

Es grüßt Sie mit einem
herzlichen Miauen Ihre
Katinka 2

Jana Scheerer

Senkrecht

Die Katze tauchte auf, als Hannes und ich das erste Mal miteinander schliefen.

Das hatte gedauert. Erst hatten wir uns zum Mittagessen getroffen, dann nachmittags im Café, dann abends in der Kneipe, und schließlich war ich zu ihm nach Hause gekommen. Dort hatten wir ein paar Abende auf dem Sofa verbracht, bis er an einem Samstag gegen neun auf die Uhr sah und sagte: Gehen wir ins Bett?

Auf diesen Satz hatte ich seit Wochen gewartet.

Hannes stand auf, nahm unsere Wassergläser und ging Richtung Flur. Ich lief ihm hinterher. Im Schlafzimmer stellte er mein Wasserglas auf den einen Nachttisch und seines auf den anderen. Dann setzte er sich aufs Bett und zog sich aus. Ich stand herum und wusste nicht, was ich tun sollte. Hannes, inzwischen vollständig nackt, legte sich unter die Decke. Ich legte mich in meinen Kleidern dazu. Er zog mich an sich. Ich streichelte seinen Nacken, so wie ich es die Wochen davor auf dem Sofa getan hatte. Hannes brummte. Dann zog er mich aus. Ich legte mich auf ihn.

Es klingelte.

Hannes warf mich von sich, sprang auf und rannte zur Tür. Ich zog mir die Decke bis unter das Kinn und wartete.

Als Hannes wiederkam, hatte er einen Mantel an und trug einen großen Stapel Zeitschriften. Neben ihm lief die Katze ins Zimmer. Sie war tiefschwarz und hatte große grüne Augen. Hannes legte die Zeitschriften auf das Bett, zog den Mantel aus, schlug die Decke zurück, schüttelte sein Kissen aus, setzte sich, zog sich die Decke über den Bauch, setzte seine Brille auf, nahm sich einen Stift aus der Nachttischschublade und eine Zeitschrift vom Stapel, schlug sie auf und starrte hinein.

Ich räusperte mich.

Er sah nicht auf.

Die Katze setzte sich zwischen uns und starrte mit Hannes in die Zeitschrift. Ich spürte ihr Fell an meiner nackten Schulter und rückte ein Stück weg.

Die Katze rückte nach. Ich versuchte, in das Heft zu sehen, doch die Katze beugte sich so darüber, dass ich nichts erkennen konnte. »Hannes«, sagte ich, »ich bin übrigens hier, neben dir.« – »Ja«, sagte Hannes, ohne aufzusehen, »stimmt.« Er schrieb etwas in die Zeitschrift. »Moldau«, sagte er. Die Katze schnurrte und nickte. Ich stand auf und zog mich an. Bevor ich ging, sah ich noch einmal ins Schlafzimmer. Da saß Hannes aufrecht im Bett, die Katze neben sich. Beide sahen konzentriert auf die Zeitschrift.

Als wir uns das nächste Mal sahen, sprachen wir weder von der Katze noch von den Zeitschriften.

Es war schön mit Hannes; ich liebte es, wenn er mich ganz fest im Arm hielt und ich den Kopf an seine Schulter lehnte. Ich liebte es, dabei zuzusehen, wie er am Schreibtisch saß und schrieb. Ich liebte Hannes. Allerdings war mir nicht so ganz klar, warum. Hannes war klein und untersetzt und zwanzig Jahre älter als ich. Er schlief auf eine Art mit mir, wie ich mir immer vorgestellt hatte, dass meine Großeltern es getan haben mussten. Im Grunde wunderte es mich, dass er sich nicht vorher noch einen Flanellschlafanzug anzog.

Ich betete ihn an.

Keine Ahnung, woher die Katze das im Gefühl hatte, aber sie klingelte immer, wenn wir im Bett lagen. Wie es ihr gelang zu klingeln, darüber machte ich mir schon keine Gedanken mehr, und auch nicht darüber, wie sie die riesigen Stapel Zeitschriften transportierte, die sie jedes Mal mitbrachte. Offenbar wusste auch Hannes nicht, wann genau sie kommen würde, denn er sprang jedes Mal überrascht auf. Sobald die Katze die Wohnung betreten hatte, war Hannes nicht mehr ansprechbar. Dann beugte er sich mit ihr zusammen über die Zeitschriften und sah nicht mal auf, wenn ich ging.

Es dauerte dann jedes Mal genau sechs Tage, bis Hannes sich wieder bei mir meldete. Und wenn wir uns sahen, saß er lange weit von mir entfernt auf dem Sofa und fand nur langsam wieder zu mir.

Ich fürchtete das Klingeln. Ich fürchtete die Katze. Ich fürchtete die intensive Zweisamkeit der beiden, wenn sie sich gemeinsam über die Zeitschriften beugten. Beide starrten auf die Seite, ohne zu blinzeln. Ab und zu trug Hannes etwas ein, und die Katze nickte dazu. Manchmal blickte sie kurz auf und nickte mir zu; ohne es genau sagen zu können, wusste ich doch, was das Nicken bedeutete. Wenn die Katze mir zugenickt hatte, konnte ich den beiden nicht länger zusehen und ging.

Irgendwann hielt ich es nicht mehr aus und fragte Hannes, wo die Katze die restliche Zeit war. Hannes sah mich überrascht an. »Bei meiner Frau natürlich.«

Natürlich.

Das mit Hannes' Frau hatte ich von Anfang an gewusst. Schon als wir uns das erste Mal trafen, erzählte er mir davon, wie seine Exfrau mal eine ganze Nacht kotzte, nachdem sie zu viele kalte Pommes gegessen hatte. Damals dachte ich mir nicht viel bei dieser Geschichte. Er hatte ja *Ex*frau gesagt, und das mit dem Kotzen war auch nicht gerade schmeichelhaft. Deshalb trug ich es mit Fassung, dass ihr Name noch an seiner Wohnungstür stand. Und dass ihr Foto in seinem Schlafzimmer hing. Genauer gesagt, war es ein Foto von Hannes und seiner Frau; sie standen irgendwo am Strand, wohl im Winter an der Nord- oder Ostsee, sie waren warm eingepackt, und Hannes hielt sie auf die Art und Weise fest, wie ich es so liebte. Wenn ich mit Hannes im Bett lag, sah ich genau auf das Foto. Dann fragte ich mich, ob ihr das vielleicht zu viel Festgehalte gewesen war. Ob sie aus dieser Umarmung geflohen war. Ob man irgendwann aufhören konnte, nach dieser Umarmung süchtig zu sein. Ob ich irgendwann damit aufhören können würde.

»Die Katze«, sagte Hannes, »ist gewissermaßen eine Trennungskatze. Sie lebt immer eine Woche bei mir und dann eine Woche bei meiner Frau.« Ich streichelte seinen Nacken. »Bei deiner geschiedenen Frau?« Hannes schüttelte so heftig den Kopf, dass ich meine Hand aus seinem Nacken nehmen musste. »Wir sind nicht geschieden, nur getrennt.« Ich sah Hannes an. Er starrte an die Wand. »Sie hat mich vor vier Jahren verlassen. Hat einen anderen Mann kennengelernt.« »Und seitdem«, sagte ich, »pendelt die Katze zwischen euch hin und her?« Hannes nickte. »Meine Frau gibt ihr die Rätselhefte mit, damit ich die waagerechten Kästchen ausfüllen kann. Sie senkrecht, ich waagerecht, so haben wir das immer aufgeteilt.«

Sie senkrecht, ich waagerecht, war der Satz, der mir nicht mehr aus dem Ohr ging. Wenn ich Hannes küsste, hämmerte es in meinem Kopf: *Sie senkrecht, ich waagerecht*, wenn ich mit Hannes schlief, hörte ich es: *Sie senkrecht, ich waagerecht*. Ich wollte Hannes' *Senkrecht* sein, ich hatte ein Recht darauf, ich war es, die mit ihm ins Bett ging und die seinen Nacken streichelte, und nicht diese Exfrau, diese Noch-Frau, diese Für-Immer-Frau.

Auch wenn ich nicht bei Hannes war, dachte ich an seine Frau. Ich sah sie in einem Sessel sitzen und die senkrechten Kästchen ausfüllen, mit der Katze auf ihrem Schoß. In meinen Gedanken war Hannes' Frau wunderschön, wie sie dasaß und schrieb, noch viel schöner als auf dem Foto im Schlafzimmer. Ich stellte mir vor, wie es war, ein Kreuzworträtsel zu lösen und nur die senkrechten Kästchen auszufüllen. Es erschien mir selbstlos, nie den Lohn der eigenen Erkenntnisse einzustreichen, nie die Buchstaben zu nutzen, die man selbst eingetragen hatte. Ich war mir nicht sicher, ob ich so sein konnte.

Als die Katze das nächste Mal kam, ging ich nicht nach Hause. Ich blieb im Bett, genau dort, wo ich gelegen hatte, als es klingelte. Zunächst sah die Katze so konzentriert mit Hannes ins Heft wie immer, dann wurde sie unruhig. Sie rückte in meine Richtung. Ich spürte ihr Fell auf meiner Haut, wich aber nicht zurück. Die Katze streckte ein Bein zur Seite aus; ich spürte ihre Krallen, die sich ganz langsam in meine Haut gruben. Ich blieb, wo ich war. Die Katze warf mir einen kurzen Blick zu. Dann krallte sie sich noch tiefer fest. »Lift«, sagte Hannes und schrieb. Die Katze schnurrte und nickte. Ich spürte, wie ihre Krallen sich tiefer bohrten. »Ern«, sagte Hannes und sah die Katze an. Die Katze nickte und schnurrte noch freundlicher. »Ah, Fränkisch für Hausflur?«, sagte ich. Hannes reagierte nicht. Die Katze drückte noch fester zu. Ich spürte, wie mir das Blut den Arm hinunterlief. Die Katze schnurrte. Ich riss meinen Arm aus ihren Krallen, packte sie im Nacken und warf sie aus dem Bett. Sie prallte gegen die Wand, genau dort, wo das Bild von Hannes und seiner Frau hing. Zusammen mit dem Bild landete die Katze auf dem Boden. Hannes starrte die Katze an, die bewegungslos dalag. »Geh!«, sagte er.

Ich wartete wochenlang darauf, dass Hannes sich meldete. Immer wieder stellte ich mir vor, wie er sagen würde, dass alles ein Missverständnis war, dass natürlich ich sein *Senkrecht* war und nicht diese Frau, und wie er fragen würde, wie es meinem Arm ging, und erzählen, dass die Katze jetzt immer bei seiner *Ex*frau bleiben würde, weil sie uns nicht guttat.

Hannes meldete sich nicht.

Ich ging zu ihm.

Ich sah die Katze schon von Weitem. Sie saß auf einem riesigen Stapel Zeitschriften und streckte ihre Pfote gerade nach der Klingel aus. Neben ihr hielt ein Taxi. Der Fahrer stand am Wagen und schlug die Hintertür zu. Ich rannte los.

Tatsächlich erwischte ich die Katze, bevor sie klingeln konnte. Ich riss die Tür des Taxis auf, schmiss die Katze hinein, warf die Zeitschriften hinterher und setzte mich daneben. Die Katze sprang mir ins Gesicht. Ich wehrte ihre Krallen ab, so gut es ging. Der Taxifahrer drehte sich vom Fahrersitz aus zu uns um. »Es ist niemand zu Hause«, sagte ich, »die Katze muss leider zurückgebracht werden.« Der Taxifahrer sah interessiert dabei zu, wie die Katze mir das Gesicht zerkratzte. »Fahren Sie, ich zahle.« Er zuckte mit den Schultern und fuhr los. Ich packte die Katze fest im

Nacken und drehte sie so, dass ich ihren wütenden Blick nicht sehen konnte.

Als das Taxi hielt, waren wir am Stadtrand angekommen, in einer sehr grünen und sehr teuren Gegend. »Nehmen Sie sich Geld aus meiner Tasche«, sagte ich zum Taxifahrer, »und legen Sie die Zeitschriften auf den Bürgersteig.« Mit der zappelnden Katze stieg ich aus.

Ich ließ die Zeitschriften liegen und ging in Richtung See. Die Gegend kannte ich gut; Hannes und ich hatten hier im Sommer mehrere Sonntage verbracht.

Am Ufer fand ich einen schmutzigen Pappkarton. Irgendwie gelang es mir, die zappelnde Katze hineinzubekommen und den Karton zuzumachen. Ich lief auf den Steg hinaus und ließ den Karton in den See fallen. Der Karton schwamm. Einen Moment später öffneten sich die Klappen, ich glaubte eine schwarze Pfote zu erkennen. Ich drehte mich um und ging.

Die Zeitschriften waren noch dort, wo ich sie liegen gelassen hatte. Ich hob den Stapel auf und klingelte an dem Haus, vor dem der Taxifahrer gehalten hatte. Während ich wartete, sah ich Hannes' Frau vor mir, wie sie neben Hannes am Meer stand.

Nach einer Weile machte eine ältere Frau mit grauen Locken auf. Ich versuchte, sie irgendwie mit dem Bild in Hannes' Schlafzimmer zusammenzubringen. Es gelang mir nicht. Die Frau sah mich misstrauisch an. Dann fiel ihr Blick auf die Zeitschriften. »War etwas nicht in Ordnung damit, hab ich was falsch eingetragen?« Ich sah sie an. Sie klang wie eine besorgte Serviererin. »Nein, alles in Ordnung«, sagte ich. »Es ist nur so, dass – wer immer Sie sind, Hannes braucht das nicht mehr.« Ich gab ihr die Zeitschriften. Die

Frau taumelte etwas unter dem Gewicht des Stapels. »Sind Sie sicher?« »Ganz sicher.« Ich nickte so, wie die Katze immer genickt hatte. »Er hat jetzt mich.« Die Frau sah mich an. Sie sah ängstlich aus und schwankte mit dem Stapel hin und her. Sie sprach sehr leise. »Seine Frau hat mich darum gebeten, als sie ging. Immer die Senkrechten ausfüllen, sagte sie. Und die Katze einmal die Woche schicken. Das hält ihn am Leben.«

Ich sah die Frau an. »Jetzt nicht mehr.«

Ich ging. Bevor ich das Gartentor erreicht hatte, drehte ich mich noch einmal um. »Auf dem See schwimmt ein Karton«, rief ich der Frau zu, »da sitzt jemand drin, der dringend Ihre Hilfe braucht. Kümmern Sie sich darum?«

Die Frau nickte.

Thommie Bayer

Isso

»Heilandsack, bist du schön«, sage ich beim Anblick der weißen Katze mit den grauen und schwarzen Flecken auf einem Holzstoß, an dem ich in wenigen Sekunden vorbeigegangen wäre, hätte ich nicht automatisch meinen Schritt verlangsamt, damit sie nicht erschrickt und flieht. Ich bleibe stehen.

Säße sie am Boden, ginge ich jetzt in die Knie. Das tue ich immer, denn der Charme von Katzen weht mich an wie eine Botschaft oder Ahnung – etwas, das ich zwar immer nur fast verstehe, aber umso aufmerksamer beachte –, vielleicht ist es nur das: Wenn ich eine Katze sehe, dann weiß ich, dass ich lebe.

»Das ist kein Grund zu fluchen«, sagt sie.

»Wie bitte?«

»Hast du schon verstanden.«

»Sprichst du?«

»Klar.«

»Menschensprache?«

»Nicht direkt. Es kommt in deinem Kopf als Menschensprache raus, ich spreche nicht wirklich, es passiert innen, ich muss nicht mal den Mund aufmachen dafür. Oder siehst du mich miauen?«

Sie gähnt, streckt sich, zuerst die Vorderpfoten, dann die hinteren, dann nimmt sie wieder ihre sitzende Position von eben ein und schaut vor sich hin, als warte sie auf das

Erscheinen einer Maus direkt zwischen ihren Pfoten. Für mich sieht das ein bisschen gelangweilt aus, aber ich weiß schon, dass unsere Gebärdensprache sich von der katzischen unterscheidet.

»Darf ich näher kommen?«, frage ich.

»Klar.« Das klingt nun aber wirklich gelangweilt.

»Langweile ich dich?«

»Das ist keine Katzenkategorie. Langeweile ist nur was für Menschen.«

Das klingt nun gar regelrecht arrogant für mich, aber wenn ich sie darauf hinweise, dann erklärt sie mir, dass auch Arroganz keine Katzenkategorie sei. Also schlucke ich den kleinen Ärger, den mir ihr blasierter Ton verursacht (blasiert ist sicher auch keine Katzenkategorie), und gehe die drei Schritte bis zum Stapel, lehne mich an und schaue ihr in die Augen. Grün und Bernstein. Sie gähnt wieder. Sie hat Mundgeruch.

»Und das, was du gerade tust, also hier liegen und in die Gegend schauen, wie fühlt sich das an? In Katzenkategorien gedacht?«

»Wie vordemjagen, nachdemschlafen oder vordemspielen oder nachdemessen.«

»Verarschst du mich?«

»Nein. Ich mag dich.«

»Warum?«

»Weil du *mich* magst. Und ich seh dir an, dass du schon mal um eine wie mich getrauert hast. Dein Blick ist liebevoll und sehnsüchtig, so als könnte ich vielleicht eine Wiedergängerin derjenigen sein, deren Fehlen du immer noch manchmal an deiner Haut spürst.«

Damit trifft sie ins Schwarze. Und zwar so heftig, dass ich den Blick von ihr wende, weil ich nicht will, dass sie sieht, was jetzt in mir vorgeht.

Die Augen auf die Wiese gerichtet, versuche ich, das

Thema zu wechseln: »Du denkst also nur deinen Teil des Dialogs und schickst ihn dann auf irgendwie telepathische Weise in mein Gehirn, wo er fertig übersetzt in Menschensprache ankommt?«

»So etwa. Ja.«

»Dann bist du echt was Besonderes.«

»Gleichfalls. Du auch.«

»Wieso?«

»Dem Hübschen macht der Spiegel Komplimente.«

Obwohl das nun ganz sicher was Nettes war, werde ich den Verdacht nicht los, dass sie mich herablassend behandelt – allein die Form ihrer Antwort, eine Art Weisheitsgemeinplatz im Orakelton, stellt mich als bedürftigen Empfänger notwendiger Ratschläge dar. Es passt mir nicht.

»Ist ein Spiegel eine Katzenkategorie?«

»Ein Spiegel ist ein Ding, und eine Kategorie ist was zum Denken. Und mit den Unterschieden von Katzensicht und Menschensicht würden wir endlos Zeit verschwenden«, sagt sie, »tut mir leid, dass ich davon angefangen habe. War meine Schuld.«

Darauf weiß ich nichts zu sagen. Das Gespräch läuft nicht besonders rund. Ich lehne mich an den Holzstoß, beide Ellbogen obenauf gelegt, und betrachte die Wiese mit den Sommerblumen, den etwas weiter entfernten Waldrand – wir sind an einer Lichtung, die etwa zur Hälfte, unserer Hälfte, von der Sonne beschienen ist. Wo die Katze hinschaut, weiß ich nicht, ich jedenfalls schaue stur geradeaus und versuche, die Bienen oder Hummeln zu entdecken, deren Gebrumm ich höre.

Dieser Ort ist wie geschaffen zum Glücklichsein. Der Moment eigentlich auch, aber irgendwas stört. Jetzt rede ich schon mal mit einer Katze, einer wunderschönen obendrein, das wird mir wohl nicht noch mal im Leben passieren, und trotzdem bin ich nicht verzaubert und vergnügt, sondern beschäftige mich mit misstrauischen Spekulationen darüber, ob die Katze sich eventuell über mich lustig macht. Und wenn schon. Was wäre dagegen einzuwenden?

»Geht's dir gut?«, fragt sie neben meinem Ohr.

»Ich weiß nicht so recht«, sage ich, »manchmal weiß ich´s nicht so recht. Jetzt grade ist das der Fall.«

Ich spüre ihre feuchte Nase an meinem Kinn, dann ihren Pelz – sie reibt sich an mir. Dann spüre ich ihre raue Zunge in meinem Haar – sie putzt mich.

»Und jetzt?«, fragt sie nach einigen Minuten intensiver Fellpflege.

»Geht's mir gut«, sage ich.

Sie schnurrt.

Sie hat sich so neben mich gelegt, dass ich ihre Brust an meinem Bizeps spüre und eine Pfote auf meinem Oberarm. Ihr Schnurren ist beruhigende Musik und mischt sich wunderbar mit dem Gesumm der Bienen oder Hummeln, die ich noch immer nicht sehen kann, aber inzwischen auch nicht mehr suche. Was ich sehe, ist mir schön genug.

»Hast du einen Namen?«, frage ich nach einer ziemlich langen Zeit.

»Wir haben nur einen Geruch. Das reicht bei uns. Aber nenn mich ruhig, wie du möchtest. Mir ist jeder Name recht.«

»Flecki?«

»Das musst du mit dir selbst ausmachen. Wenn du den Namen gut findest, dann heiße ich so. Kein Problem.«

Ich gehöre eigentlich zu der Sorte von Menschen, die ihre Katzen irgendwie ironisch tauft, weil sie sich ihrer eigenen Zärtlichkeit schämt, sich vermutlich sogar davor ängstigt und deshalb gewollt nüchtern gibt – ein so kindlich-liebevoller Name wie Flecki wäre mir früher nicht in den Sinn gekommen –, eher irgendwas Verzicktes und verquält Albernes wie Kopernikus, Elvis, Frau Müller oder Erinnye. Um nur ja nicht von etwaigen Besuchern für kitschig gehalten zu werden. Als ob der Ausdruck von Liebe automatisch auf Kitsch rauslaufen müsste. Oder als ob Liebe zu einem Tier eine Art Verfehlung wäre, etwas Blamables, Peinliches, Zweitklassiges.

»Schön, dich zu spüren, Flecki«, sage ich, und ihr Schnurren wird von einem erneuten Gähnen unterbrochen, das mit einem Klacken des Gebisses endet.

»Gleichfalls«, sagt sie und schnurrt gleichzeitig weiter.

»Unter Menschen geht so was nicht«, sage ich, »jedenfalls nicht unter Fremden – dass man sich einfach aneinanderschmiegt und freundliche Geräusche dazu macht.«

»Ist auch unter Katzen nicht direkt üblich.«

»Nein? Wieso eigentlich nicht?«

»Isso.«

»Wie?«

»Das. Ist. So.«

»Ach so, jetzt hab ich´s: isso.«

»Und bestimmt ist es eher gut so«, sagt sie, »zumindest bei euch. Stell dir die Missverständnisse vor, die daraus entstehen würden. Du fährst mit dem Zug durch die Nacht, und die Person auf dem Sitz neben dir legt ihren Kopf in deinen Schoß und schläft. Dazu lässt sie noch vertrauensvoll ihre Hand auf deinem Schenkel liegen – wie fühlt sich der Gedanke an?«

»Du hast recht«, sage ich, »nur mit sehr viel Zusätzlichem erträglich. Nein, eigentlich gar nicht erträglich. Was auch immer ich mir dazu denke – es ist eine Frau, sie ist schön, ich bin einsam und auf der Suche, sie ist ungebunden und mit mir schon fündig geworden, sie ist nicht nur schön, sondern auch klug und mild, genau der Mensch, mit dem ich verbunden sein will, verbunden sein kann, sie denkt dasselbe von mir, wir haben beide die Statur, einander durch alle künftigen Verwandlungen hindurch zu begleiten, wir werden..., ach herrje, das führt zu nichts. Es geht nicht.«

»Nur zwischen Menschen und Katzen.«

»Und da auch nur zwischen manchen, oder?«

»Jetzt hast du's«, sagt sie, »nur bei denen, die echt was Besonderes sind.«

»Weil sie telepathisch dolmetschen?«

»Das würde ich nicht direkt zur Voraussetzung machen – es ginge auch ohne Gespräch –, überhaupt ist es eigentlich auch nichts Besonderes, was Besonderes zu sein.«

»Und wie meinst du das nun wieder?«

»Wir Katzen sind alle was Besonderes, und die Menschen, die das bemerkt haben, auch. Fertig. Isso. Kein komplizierter Gedanke.«

»Mir wird schwindlig. Du bist eine Rabulistin.«

»Nein, ich bin nur die erste Katze mit Humor, der du begegnest – zumindest die erste, bei der du's merkst.«

»Du verarschst mich also doch.«

»Wenn du das Verarschen nennst.«

»Was denn sonst?«

»Verbale Zärtlichkeit vielleicht? Plaudern? Ein Streicheln mit Worten, ohne gleich allzu ranschmeißerisch zu sein?«

»Na dann. Gut, dass wir darüber gesprochen haben.«

»Sollen wir ein bisschen schlafen? Es ist so schön warm.« Sie gähnt wieder und streckt sich und schaut mich an.

»Ja. Machen wir«, sage ich und klettere auf den Holzstoß, lege mich hin, einen Arm unter dem Kopf, den anderen so ausgestreckt, dass sie sich daran schmiegen kann – sie tut es, schnurrt wieder, und ich spüre ihre Krallen, die sich in meinen Unterarm bohren. Es ist nicht sonderlich bequem, aber es fühlt sich dennoch sehr, sehr gut an, ich schlafe ein.

Es war überhaupt nicht bequem, das wird mir noch viel klarer – falls etwas klarer als klar werden kann, ich vermute: nein, kann es nicht –, als ich aufwache und vor mir zwei kichernde Mädchen und ein ängstlich dreinblickender Junge stehen, alle drei mit Fahrrädern und New-York-Yankees-Mützen, und alle drei mit je einem Fuß auf dem Pedal, um sofort losflitzen zu können, falls ich mich, wie es zumindest der Junge zu befürchten scheint, als Sittenstrolch, flüchtiger Verbrecher oder sonstwie gefährlich herausstellen sollte. Die Katze ist weg.

»Seid ihr schon lang da?«, frage ich.

»Nein«, sagt eins der Mädchen, und »Sie haben geschnarcht« das zweite. Der Junge schweigt, schaut aber ein bisschen weniger ängstlich – vielleicht weil ich immerhin dieselbe Sprache spreche wie er.

»Habt ihr eine Katze gesehen?«

»So eine, äh …«, sagt der Junge.

»…weiße?«, biete ich an.

»Mit so, äh …«

»… Flecken?«

»Ja genau.«

»Nein«, sagt der Junge.

»Wenn du sie nicht gesehen hast«, frage ich, »woher weißt du dann, dass sie weiß war?«

»Weiß ich ja nicht«, sagt er jetzt mutiger und fröhlicher, weil er es geschafft hat, mich zu verarschen, »hab ich nur so gesagt.«

Schon wieder Humor. Wieder auf meine Kosten. Irgendwas stimmt nicht mit diesem Tag. Liege ich vielleicht im Koma, rennen Ärzte um mich herum, die um mein Leben ringen, und mein Gehirn spendiert mir zur Entschädigung einen lustigen Landausflug mit Katze, Kindern und Hummeln? Die Kinder fahren jetzt weiter – ich bin nicht mehr interessant, nur ein schnarchender Mann auf einem Holzstoß.

»Flecki!«, rufe ich, als die Kinder sicher außer Hörweite sind, aber sie bleibt verschwunden. Ich suche noch die Wiese ab, rufe immer wieder, dann den Waldrand, dann lehne ich mich noch eine Zeit lang an den Holzstoß und merke, dass ich traurig werde. Ich habe die Katze meines Lebens gefunden und schon wieder verloren.

Und mir wird klar, dass Flecki nicht der richtige Name für sie war. Ich hätte sie Isso nennen sollen. Oder Groucho. Ich gehe zurück zu dem Haus, das ich für einen Monat gemietet habe, um endlich eine dringende Arbeit in Angriff zu nehmen, einen Essay, den ich schon vor einem halben Jahr versprochen, aber nie begonnen habe, dessen Ablieferungstermin jetzt aber immer greller im Kalender zu blinken scheint. Über die Grenze zwischen Wahrnehmung und Einbildung, den Punkt, an dem Realität zu Fiktion wird, und die Frage, wieso wir uns mit solchen Fragen überhaupt abquälen, da doch alle Wirklichkeit erst durch unsere Wahrnehmung transponiert und so als Repräsentation, als Erzählung, als Quasi-Fiktion bei uns ankommt. Das wird keinen interessieren. Es interessiert ja nicht mal mich. Aber versprochen ist versprochen.

Das Haus liegt schon ganz im Schatten, nur der Blick von der Terrasse wird noch in sonnige Gefilde reichen. Es ist immer noch so heiß wie vor zwei Stunden, als ich losgegangen bin, und es scheint auch nicht mehr kühler werden zu wollen. Ich schwitze von dem kurzen Weg hierher. Und ich habe einen Sonnenbrand vom Schlaf auf dem Holzstoß.

Als ich den Schlüssel ins Schloss stecke und herumdrehe, höre ich ein gutturales Geräusch, klingt nach Taube, ist aber Katze.

»Isso?« rufe ich und höre sie antworten: »Hier. Schau nach oben.«

Sie sitzt auf dem kleinen Vordach und schaut zu mir herunter. »Schließ auf«, sagt sie. »Mach schon, ich hab Durst!«

Autoren- und Quellennachweis

Armin Ayren, geboren 1934, studierte in Tübingen, Paris und München Germanistik, Romanistik, Kunstgeschichte und Philosophie. Er lebt als freier Schriftsteller mit seiner Frau Eva Berberich im Schwarzwald, schreibt Rezensionen, Hörspiele, Erzählungen und Romane, wissenschaftliche und essayistische Texte. Von ihm erschienen u. a. »Der Sautrog« (2004), »Die Leiter zu den Sternen« (2005) sowie »Der Reiter im Vorgebirge« (2008).

Thommie Bayer, geboren 1953, lebt mit seiner Frau Jone Heer und Katze Colette in Staufen. Er schreibt Romane, Kurzgeschichten und Drehbücher. Zuletzt erschienen von ihm »Eine kurze Geschichte vom Glück« (2007), »Aprilwetter« (2009) und »Fallers große Liebe« (2010).

Eva Berberich, schreibt nach ihrer Tätigkeit als Lehrerin Hörspiele, kurze Geschichten und Erzählungen. Mit Katzen und Ehemann lebt sie in Oberwechnegg im Hochschwarzwald. Zuletzt veröffentlichte sie »Das Glück ist eine Katze« (2005), »Nicht ohne meinen Kater« (2007) sowie »In der blauen Stunde kommen die Katzen« (2009).

Claire Beyer, geboren 1947, lebt und arbeitet als freie Schriftstellerin in Markgröningen. Neben ihren Romanen schreibt sie Erzählungen und Gedichte. Für ihr Werk erhielt sie zahlreiche Literaturpreise, u. a. das Große Landesliteraturstipendium Baden-Württemberg. Von ihr erschien zuletzt »Rosenhain« (2003), »Rauken« (2004), »Remis« (2006) und »Rohlinge« (2009).

Alex Capus, geboren 1961, studierte Geschichte, Philosophie und Ethnologie in Basel und arbeitete während seines Studiums bei diversen Tageszeitungen. Er lebt heute als freier Schriftsteller mit seiner Familie in Olten. Seit 1994 veröffentlichte Alex Capus Kurzgeschichten, historische Reportagen und Romane. Zuletzt erschienen von ihm »Patriarchen« (2006), »Eine Frage der Zeit« (2007) und »Himmelsstürmer« (2009).
»Der König von Olten«. Aus: Alex Capus. Der König von Olten. Knapp Verlag, 2009.

Liane Dirks, geboren 1955, lebt und arbeitet in Köln, ist Mitglied des P.E.N., lehrt kreatives Schreiben, und hatte mehrere Gastprofessuren in den USA. Für ihr Werk erhielt die Schriftstellerin zahlreiche Preise und Auszeichnungen. Zuletzt veröffentlichte sie »Falsche Himmel« (2006), »12 Monatsbücher« (2007) sowie »Der Koch der Königin« (2009).

Werner Fuld, geboren 1947 , arbeitete von 1980 bis 1994 als Literaturkritiker bei der Frankfurter Allgemeinen Zeitung. Er veröffentlichte u. a. Biographien über Walter Benjamin (1979) und über Wilhelm Raabe (1993) sowie Lexika. Er lebt in der Nähe von München und in Spanien. Von ihm erschien bereits »Von Katzen und anderen Menschen« (1999), »Das Lexikon der Worte« (2001) und »Die Bildungslüge« (2004).

Karin Gündisch, geboren 1948 in Heltau, Rumänien, studierte Deutsch und Rumänisch. Sie arbeitete als Deutschlehrerin in Bukarest, gleichzeitig war sie freie Mitarbeiterin bei der rumäniendeutschen Presse, bei Rundfunk und Fernsehen. Zudem veröffentlichte sie Kindergeschichten. Seit 1984 lebt sie als freie Schriftstellerin in Bad Krozingen bei Freiburg. Sie veröffentlichte u.a. »Cosmin. Von einem der auszog, das Leben zu lernen« (2005), »Das Paradies liegt in Amerika« (2007) sowie »Geschichten über Astrid« (2009).

Elfriede Hammerl, geboren 1945, studierte Germanistik und Theaterwissenschaft. Neben ihrer Tätigkeit als Kolumnistin bei *Stern, Vogue, Profil, Cosmopolitan* und *Marie Claire* verfasste sie zahlreiche Bücher. Die österreichische Schriftstellerin veröffentlichte u.a. »Der verpasste Mann« (2004), »Müde bin ich Känguru« (2005) sowie »Hotel Mama: Nesthocker, Nervensägen und Neurosen« (2007).

Jone Heer, geboren 1953, studierte Pädagogik und Psychologie. Sie arbeitet seit zweiundzwanzig Jahren als Psychotherapeutin in eigener Praxis in Staufen bei Freiburg. Die in diesem Band erschienene Geschichte ist ihre erste Veröffentlichung.

Maike Hirsch, geboren 1986 im bayerischen Landshut, begann schon als Vorschulkind, sich Geschichten auszudenken und diese ihrem Papa zu diktieren. In der Zwischenzeit hat sich viel getan. Seit ihrem achtzehnten Lebensjahr schreibt sie für Onlinemagazine und Studentenzeitungen, textet Werbeanzeigen und hat mit ihren Kolumnen und Kurzgeschichten bereits zwei Literaturwettbewerbe gewonnen. Das Schreiben verbindet sie mit ihrer zweiten Leidenschaft, Mode und Lifestyle.
Weiteres zur Autorin: www.maike-hirsch.de

Franz Hohler, geboren 1943, ist Schriftsteller, Kabarettist und Liedermacher. Sein Werk umfasst Theaterstücke, Film- und Fernsehproduktionen, Kabarettprogramme, Kurzgeschichten, Kinderbücher und Romane. Er lebt und arbeitet in Zürich. Zuletzt erschienen von ihm »Vom richtigen Gebrauch der Zeit« (2006), »Es klopft« (2007) und »Das Ende eines ganz normalen Tages« (2008).

Jess Jochimsen, geboren 1970, studierte Germanistik, Politikwissenschaften und Philosophie. Der Autor und Kabarettist lebt und arbeitet in Freiburg. Er tritt allein oder im Duo mit Sascha Bendiks auf allen bekannten deutschsprachigen Bühnen auf. Zuletzt veröffentlichte er »Bellboy oder Ich schulde Paul einen Sommer« (2005) sowie »DanebenLeben. Ein fotografischer Streifzug durchs städtische Hinterland« (2007).

Monika Küble, geboren 1960 in Bergatreute in Oberschwaben, studierte Sozialarbeit, Literatur und Kunstgeschichte in Weingarten, Konstanz und Perugia. Seit 1990 lebt sie in Konstanz, wo sie freiberuflich als Italienischlehrerin, Dolmetscherin, Reiseveranstalterin (*Sagittarius-Reisen*), Ausstellungskuratorin, Journalistin und Autorin arbeitet. Unter dem Pseudonym **Helene Wiedergrün** hat sie »Apollonia Katzenmaier und der Tote in der Grube« (2006) und den Katzenkrimi »Blutmond – Ein Fall für Apollonia Katzenmaier« (2010) veröffentlicht.

Klaus Modick, geboren 1951 in Oldenburg, wurde für sein umfangreiches Werk mehrfach ausgezeichnet, zuletzt 2005 mit dem Nicolas-Born-Preis des Landes Niedersachsen. Er veröffentlichte zahlreiche Romane, darunter »Vatertagebuch« (2005), »Bestseller« (2006) und »Die Schatten der Ideen« (2008). Klaus Modick ist auch als Übersetzer aus dem Englischen tätig. Er lebt in Oldenburg.

Selim Özdogan, geboren 1971 in der Türkei, kam im Kindesalter nach Deutschland und ist seit 1995 als Autor tätig. Er lebt und arbeitet in Köln. Von ihm erschienen bereits »Es ist so einsam im Sattel, seit das Pferd tot ist« (1995), »Im Juli« (2000), »Die Tochter des Schmieds« (2005) sowie »Zwischen zwei Träumen« (2009).

Gisa Pauly, geboren 1947 in Gronau, stieg nach zwanzig Jahren aus dem Lehrerberuf aus und veröffentlichte 1994 das Buch »Mir langt's – eine Lehrerin steigt aus«. Seitdem lebt sie als freie Schriftstellerin, Journalistin und Drehbuchautorin in Münster und auf Sylt. Sie veröffentlichte zahlreiche Kriminalromane, zuletzt die Sylt-Krimis um Mamma Carlotta, »Die Tote am Watt« (2007), »Gestrandet« (2009), »Tod im Dünengras« (2009) und »Flammen im Sand« (2010). Gisa Pauly wurde mehrfach ausgezeichnet, darunter mit dem Satirepreis der Stadt Boppard und der Goldenen Kamera des SWR für das Drehbuch »Déjàvu«. Weiteres zur Autorin: www.gisa-pauly.de

Thomas Raab, geboren 1970, entdeckte schon während seines Mathematik- und Sportstudiums die Liebe zur Musik und zum Schreiben. In beiden Sparten preisgekrönt, lebt er heute zusammen mit der Schauspielerin Simone Heher und der gemeinsamen Tochter als Sänger, Komponist und Autor in Wien. Der erste Fall für seinen Ermittler Willibald Adrian Metzger »Der Metzger muss nachsitzen« (2007) wurde für den Glauser Preis und den Literaturpreis 2008 nominiert. Nach »Der Metzger sieht rot« (2008) erschien zuletzt »Der Metzger geht fremd« (2009). Weiteres zum Autor: www.thomasraab.com

Jana Scheerer, geboren 1978, studierte Germanistik, Amerikanistik und Medienwissenschaften. Heute lebt die freie

Autorin in Berlin. 2005 erschien ihr Buch »Mein Vater, sein Schwein und ich«. Jana Scherer erhielt den Literaturpreis Prenzlauer Berg (2004).

Michael Schulte, geboren 1941, lebt als freier Schriftsteller, Hörspielautor, Herausgeber und Übersetzer in Berlin und Schleswig-Holstein. Nach dem Studium der Germanistik, Geschichte und Philosophie lebte er mehrere Jahre in den USA. Zuletzt erschienen von ihm »Ich freu mich schon auf die Hölle. Szenen aus meinem Leben« (2005), »Berta Zuckerkandl. Saloniere, Journalistin, Geheimdiplomatin« (2006) sowie »Die Flaschenpost des Herrn Debussy« (2007).

Hajo Steinert, geboren 1952, ist promovierter Germanist, Literaturkritiker, Leiter der Abteilung »Kulturelles Wort« beim Deutschlandfunk, ständiger Juror unter anderem der SWR-Bestenliste und Mitglied im P.E.N. Er veröffentlichte Anthologien und Hörbücher mit deutscher Gegenwartsliteratur, literaturwissenschaftliche Essays und schrieb Bücher zur Kulturgeschichte des Fußballs. Zuletzt erschienen »Podolskis Ahnen. Erinnerungen an den Fußball« (2006) und »Chargesheimer im Zoo. Fotografien der fünfziger Jahre« (2010).

Marie Velden, geboren 1968, wuchs in einem kleinen Ort in der bayerischen Rhön auf. Sie volontierte bei einer Tageszeitung und ging danach nach Paris, wo sie als Kindermädchen jobbte, Briefe für eine Werbeagentur tippte und in einer kleinen Galerie tätig war. Später arbeitete sie als Theaterdramaturgin in München und schrieb für Zeitschriften und Tagszeitungen. Marie Velden lebt mit ihrer kleinen Familie in München. Zuletzt erschien ihr Roman »Lilienrupfer« (2010).

Edith von Welser-Ude

Vom Zauber, mit Katzen zu leben

Eine Liebeserklärung in Fotografien und Geschichten. 144 Seiten. Piper Taschenbuch

Marianne Sägebrecht, Michaela May, Joseph von Westphalen, Dieter Hanitzsch, Stephan Moses und viele andere Katzenliebhaber in einem originellen Band vereint: Edith von Welser-Ude hat über fünfzig glückliche Paare vor die Linse bekommen – Miezen mit ihren Menschen. Sensible Porträts und originelle Szenen zeugen von der Vertrautheit in diesen Beziehungen. Eine zauberhafte Liebeserklärung in Fotografien mit Texten von Christian Ude.

»Ein Muß für jeden Katzen-Liebhaber und eine Schmunzellektüre für jeden Leser, der sich gerne amüsiert.«
Abendzeitung

05/1919/02/L

Helge Timmerberg, Frank Zauritz

Timmerbergs Tierleben

Vorwort von Heinz Sielmann. 144 Seiten vierfarbig mit 53 Farbfotos von Frank Zauritz. Piper Taschenbuch

Neugierig und furchtlos ist Helge Timmerberg durch die Zoos gezogen und hat sie alle besucht: Riesenschildkröte Leopold, Eisbär Lars, Wölfin Kunigunde oder Walross Antje. Er beschreibt ihre unterschiedlichen Liebes- und Jagdtechniken, die immer wieder zum Lachen verleiten, und erklärt, wie man mit einem attackierenden Strauß fertig wird oder wie man ein Breitmaul-Nashorn streichelt. Eine großartige Hommage an die Tierwelt, illustriert mit wunderbaren Farbfotografien von Frank Zauritz.

»Timmerbergs zoologische Kunststücke über den Killer-Strauß, den besoffenen Elefanten Hussein oder Zoowärter Toni sind urkomisch und so lehrreich wie Baron Münchhausens Abenteuer.«
Amica

05/2142/02/R